A guardiã do Tempo

Stacey McGlynn

TRADUÇÃO
Léa Viveiros de Castro

EDITORA RECORD
RIO DE JANEIRO • SÃO PAULO
2015

CIP-BRASIL. CATALOGAÇÃO NA FONTE
SINDICATO NACIONAL DOS EDITORES DE LIVROS, RJ

McGlynn, Stacey
M429g A guardiã do tempo / Stacey McGlynn; tradução de Léa Viveiros de Castro. — 1. ed. — Rio de Janeiro: Record, 2015.

Tradução de: Keeping Time
ISBN 978-85-01-09164-2

1. Ficção americana. I. Castro, Léa Viveiros de. II. Título.

15-21768 CDD: 813
CDU: 821.111(73)-3

Título original: KEEPING TIME

Publicado mediante acordo com a autora por intermédio de BAROR INTERNATIONAL, INC., Armonk, Nova York, EUA

Texto revisado segundo o novo Acordo Ortográfico da Língua Portuguesa.

Editoração eletrônica: FA Studio

Direitos exclusivos de publicação em língua portuguesa somente para o Brasil adquiridos pela
EDITORA RECORD LTDA.
Rua Argentina, 171 — Rio de Janeiro, RJ — 20921-380 — Tel.: 2585-2000, que se reserva a propriedade literária desta tradução.

Impresso no Brasil

ISBN 978-98-01-09164-2

Seja um leitor preferencial Record.
Cadastre-se e receba informações sobre nossos lançamentos e nossas promoções.

Atendimento e venda direta ao leitor:
mdireto@record.com.br ou (21) 2585-2002.

EDITORA AFILIADA

Para Rob,
por todo o sempre

A personagem Daisy Phillips foi inspirada na incomparável
Dot Nicholson, de Liverpool, Inglaterra

1

— Não fique assim, mãe. Ninguém quer enfiar você no meio do mato. — Palavras de Dennis. Dirigidas a Daisy. Estragando a noite.

Dennis, um homem de 55 anos, sentado no sofá de linho cinza claro em frente à mesinha de mogno. Sua nova esposa, Amanda, sentada ao lado dele, sem dizer uma palavra. Inclinado para a frente, Dennis esperava pacientemente ouvir tudo que Daisy não dizia. Depois insistiu, forçando um sorriso.

— Espero que você não esteja achando isso.

Na verdade, Daisy Phillips *estava* achando isso.

Já sentia o cheiro do mato.

Sentia o capim fazendo cócegas no nariz.

Examinava o rosto do filho, tentava encontrar algum traço de quando era bebê, algum vislumbre da infância, algum resquício da adolescência. Nada. Era tolice pensar que poderia haver, mas Daisy procurava, completamente abalada.

— Eu acho, *nós* achamos — corrigiu Dennis, gesticulando para incluir Amanda — que você ia gostar de lá. É loucura continuar assim. — "Assim" significava permanecer na casa onde ela nascera e que herdara dos pais. A casa onde havia morado a vida inteira. — Seria como viver eternamente de férias — prosseguiu Dennis.

Daisy não respondeu. Delicada e correta demais, com uma elegância e uma graciosidade que nunca precisaram ser ensinadas. A postura perfeitamente ereta, inculcada nela por uma mãe que passara a vida inteira focada nas coisas erradas. Contemplando as próprias mãos entrelaçadas com força no colo, Daisy revirou o anel.

Dennis colocou o folheto colorido no campo de visão da mãe. Daisy desviou o olhar. O filho segurou o papel por um momento, sacudindo-o, como se precisasse ser sacudido para chamar a atenção dela. Sem resposta, suspirou. Colocou o folheto na mesinha ao lado.

— Você pode levar os folhetos para casa. Dê uma olhada quando estiver disposta. Amanda e eu achamos que o Carillion seria perfeito para você. Essas casas de repouso são muito mais interessantes do que você imagina. Pelo menos pense no assunto, tudo bem?

Daisy olhou para ele. Encontrou seus olhos.

— Eu gostaria de ir para casa agora — respondeu, levantando-se e alisando a saia bege pregueada sobre os quadris estreitos.

— Posso levá-la agora mesmo, se quiser. — Dennis também se levantou do sofá.

— Eu gostaria, sim — disse Daisy, assentindo.

Minutos depois, com o alto da cabeça brilhando por causa da chuva que pegou no caminho entre a porta e o carro, Dennis levava sua silenciosa mãe para casa, deixando para trás as ruas molhadas e escuras de Merseyside e percorrendo as ruas molhadas e escuras de Saint Helens, a nordeste de Liverpool. Os limpadores de para-brisa trabalhavam ruidosamente, e ele repassava a conversa na mente. Não chegara nem perto de onde queria chegar. Amanda sem dúvida reclamaria com ele quando voltasse para casa.

Dennis entrou devagar pelo portão 24 da Rosemary Lane. Colocou o carro em ponto morto e se virou para a mãe.

— Espero que tenha gostado do jantar.

— Sim. Foi muito agradável, obrigada. — A resposta foi formal.

— Olha, mãe. — Dennis se ajeitou no assento para encarar Daisy. — Me desculpe, mas tem sido difícil manter as duas casas:

dois gramados para aparar, dois encanamentos para cuidar e duas fiações para ficar de olho. Sei que você tenta não me deixar preocupado, mas as coisas sempre acabam sobrando para mim, e eu também já não sou tão jovem. Você sabe que Amanda quer se mudar para Chessex, para ficar mais perto da família dela. E, agora que Gabriel está terminando a escola, não tem nada que nos prenda aqui. Já começamos a ver casas. Chessex é um lugar lindo. Você poderia ter um apartamento aconchegante no Carillion, e eu e Amanda estaríamos por perto. Pense nisso como uma aventura, um novo capítulo na sua vida.

Daisy assentiu levemente com a cabeça. Por dentro, aquilo parecia um turbilhão.

Dennis sentiu uma onda de alívio. Talvez estivessem chegando a algum lugar.

A mão dela encontrou a tranca do lado do passageiro. Inclinou-se para beijá-lo.

— Boa noite, Dennis.

— Boa noite, mãe.

Dennis a viu sair do carro, atravessar a calçada com agilidade e passar pelo muro de pedra. Observou-a desaparecer atrás da alegre porta amarela, ladeada de trepadeiras de rosas vermelhas que subiam pela parede branca da casa de alvenaria com vigas aparentes de madeira escura e telhado de sapê.

Não viu o que acontecia do outro lado daquela alegre porta amarela: Daisy encostada nela, o corpo tremendo apoiado na ombreira sólida, rendendo-se a uma crise de choro.

No sábado seguinte, Dennis ligou. Daisy havia temido por aquela ligação semanal a manhã inteira. Durante a semana, não conseguira pensar em outra coisa que não fosse a proposta dele — sem chegar a conclusão nenhuma. Parecia estar presa num ciclo que consistia em ignorá-la, negá-la, se aborrecer com ela, ficar com raiva, ficar desesperada, e voltar a ignorá-la.

E agora o telefone tocava.

Daisy atendeu. Tinha que atender. Saber que Dennis não pensaria que ela poderia estar ocupada na cozinha, na sala ou no banheiro era uma responsabilidade maior a cada dia. Ele recearia que ela estivesse morta na cozinha, na sala ou no banheiro. Suspirando, atendeu.

Uma troca de saudações. Algumas brincadeiras. Dennis não foi direto ao assunto. Explicou primeiro que não poderia aparar a grama dela de novo por causa da chuva. Breves comentários sobre a chuva incessante. Depois, finalmente, o assunto principal: perguntou se ela tivera a oportunidade de dar uma olhada nos folhetos.

Daisy disse que sim — e de fato tinha dado uma olhada enquanto eles voavam pelo ar e caíam no lixo.

Ele quis saber o que ela achava. De um apartamento no Carillion. De se mudar para Chessex.

— Oh, quem será? — perguntou-se Daisy, pedindo desculpas por ter que desligar. Havia alguém à porta. Pena não poderem conversar mais um pouco.

Em parte, era verdade. Havia *mesmo* alguém à porta.

Daisy estava à porta. Foi até lá e ficou parada na chuva, com o telefone sem fio na mão. Ela disse que a conversa teria que esperar até o sábado seguinte, ou até a chuva por fim parar e Dennis poder ir a sua casa cortar a grama.

Ela desligou, sentindo a culpa percorrer seu corpo. Mas deixou o sentimento de lado e foi se arrumar para ir ao clube. Tinha que pegar o trem. Ia almoçar com as amigas, depois fazer compras e tomar chá.

Diante do espelho com moldura dourada do banheiro, Daisy passou maquiagem. Penteou os cabelos castanho-claros. Colocou batom. Observou-se com atenção. O rosto, especialmente o queixo

— comprido, como sempre —, não era culpa da idade. Seus traços delicados numa cabeça com proporções perfeitas. O nariz, fino. Grandes olhos azuis por trás dos óculos metálicos de armação oval. As faces sem muitas rugas; a testa não muito lisa. Cabelos ondulados, repartidos do lado esquerdo, uma franja espessa que caía tanto para a esquerda quanto para a direita, formando uma série de cachinhos sobre a testa. Longo o suficiente para chegar às sobrancelhas, curto o bastante para revelar os lóbulos das orelhas, o penteado ficava ondulado sob a parte de trás da gola. Uma mulher pequena, magra, de 77 anos. Abençoada com um sorriso sempre presente, uma risada fácil.

Ela respirou fundo. Esticou bem o corpo. Confiante, desafiadora, otimista.

Ignorando o gotejar lento e constante do chuveiro.

Reunidas em volta dela, as amigas Gladys, Marylin, Cate, Ellen e, sua favorita, Dot. Guarda-chuvas e capas encharcadas à porta.

Daisy gostava desses almoços semanais. De tomar o trem para a cidade, almoçar, fazer compras no renovado Albert Dock. Sentir-se parte de algo com a cidade fervilhando ao redor. Liverpool recentemente foi eleita a capital cultural da Europa. O parque regional de Merseyside Waterfront e toda a área costeira atraíam milhões de visitantes todo ano. O Cavern Club, o Museu dos Beatles e as casas onde os integrantes da banda cresceram ainda conquistavam a atenção de fãs do mundo inteiro. Os cafés, os pubs, a arquitetura de tirar o fôlego, os teatros moderníssimos — tudo contribuía para a energia que Daisy adorava.

Se ao menos o céu não parecesse uma mangueira molhando a cidade constantemente.

Mas isso era Liverpool.

Daisy se sentia bem. Usava um vestido novo — azul-marinho debruado de bege — que ia até pouco abaixo dos joelhos. Confortáveis sapatos de salto baixo da mesma cor. Sorria durante a conversa. Passava manteiga no pão. Pedia carneiro. Ignorava as pequenas implicâncias. Repensava o que ultimamente vinha considerando: fazer uma proposta a Dot.

Após esperar pela pausa apropriada na conversa, dirigindo a atenção a Dot, preparou-se para lhe contar sua ideia. Esperançosa, mal podia conter a empolgação para falar.

Mas então Dot a surpreendeu, falando primeiro. Mencionando de forma inocente que passaria o verão fora. Na Espanha, onde a filha tinha uma casa. Aquilo arruinou o plano de Daisy antes mesmo que pudesse ser explicado. Sem lhe dar a chance de dizer que ela considerava uma ótima ideia as duas fazerem uma viagem juntas. Para a Irlanda. Ou para a Escócia. Ou quem sabe para o País de Gales.

Quando Paul era vivo, ele e Daisy viajavam diversas vezes ao ano. Ambos adoravam explorar novas paisagens; juntos, percorreram quase o mundo inteiro. Mas já fazia quatro anos que Daisy não ia a lugar nenhum — desde a morte de Paul. Ela sequer havia pensado nisso. Até recentemente. Espantara-se ao pensar em viajar de novo — em escala bem menor, é claro. Lugares para onde poderia ir dirigindo. Só precisava pensar com quem. O rosto de Dot havia surgido e, depois de refletir por algum tempo, Daisy tinha concluído que a amiga seria realmente a companheira de viagem ideal. Elas gostavam das mesmas coisas, tinham vontade de tomar chá exatamente na mesma hora do dia, dormiam e acordavam no mesmo horário, eram ambas ativas — o que significava que eram bastante dinâmicas para a idade que tinham — e se dedicavam ao mesmo ritual noturno: Cointreau. Dot era a melhor substituta que Daisy podia imaginar para Paul.

Mas, assim que as palavras "Dot, andei pensando" saíram de sua boca, Dot largou sua bomba. Daisy assentiu com a cabeça, sorrindo, desejando uma ótima viagem a ela, os olhos desapontados percorrendo os rostos ao redor da mesa para ver se mais alguém poderia ser uma possível candidata.

Eliminou uma de cada vez. Aquela sensação desagradável de novo: paredes se fechando, sonhos escoando pelo ralo, possibilidades ainda não vividas como sementes de dentes-de-leão nas asas de pássaros — repletas de potencial sem nunca chegar ao solo. Não conseguia deixar de pensar que seus melhores dias tinham ficado para trás. Era triste perceber que viajar também estava naquela lista — naquela lista grande e arrasadora.

Suspirou. Quando Paul se foi, tudo se foi com ele. Exceto sua casa, em Rosemary Lane, número 24. Ainda era dela. Não seria descartada como saias curtas, saltos altos, seu passaporte — não se conseguisse evitar. Dennis e Amanda podiam ir embora. Eles que fossem para Chessex, mas não com ela.

Contrataria alguém para aparar a grama toda semana. Ela mesma consertaria o chuveiro.

Pronto. Problema resolvido.

2

Quarta-feira, ainda chovendo. A Inglaterra toda sob um dilúvio. As pessoas se perguntando se algum dia pararia de chover. Os jornais e a televisão divulgavam histórias de rios transbordando, ruas alagadas, estradas interditadas. Aparentemente, água por todo lado.

E, onde não havia água, havia umidade — acumulada em casas, roupas, dentes, ossos. As pessoas balançavam as cabeças, tentando se manter otimistas. Comentavam que a grama continuava verde e que as flores de junho estavam muito felizes.

No trabalho, Daisy estava sentada atrás do balcão da recepção da biblioteca local, seu emprego de meio expediente desde que Paul tinha morrido. Administrar o estabelecimento sem ajuda se tornara uma tarefa difícil. Ela havia oferecido aos filhos, mas nenhum deles aceitou. Dennis estava satisfeito escrevendo para a revista *Artefatos, Tesouros Arqueológicos e Antiguidades*. Falava em começar a escrever outro livro, sequência do seu último. E Lenny? Fora de forma, muito gordo, nunca sério, Lenny se esforçava demais para não trabalhar. Um emprego real com responsabilidades reais iria interferir em seu estilo de vida de fotógrafo minimalista freelance e divorciado. Então Daisy alugou o espaço, inclusive o apartamento que ficava em cima, e passou a viver da renda. O emprego na biblioteca era só para sair de casa e não ficar parada. Manter a cabeça funcionando.

Para ter acesso aos best-sellers antes que eles chegassem às prateleiras.

Daisy estava lendo um manual de consertos domésticos de três páginas. Capítulo sobre encanamento. Uma interrupção atrapalhou sua concentração. Ela examinava as ilustrações de chuveiros e os canos que se ligavam a eles havia mais de meia hora, esforçando-se para evitar que as instruções se transformassem em algo incompreensível. A interrupção — um toque bem-vindo em seu ombro — não foi, portanto, perturbadora. Daisy se virou e viu Grace Parker olhando para ela.

Daisy tentava preparar uma explicação para o fato de estar com o nariz enfiado nos mistérios do encanamento quando Grace disse algo inteiramente diferente.

— Vou sair. Queria informar a você pessoalmente.

— Sair? — Daisy imaginou se ela queria dizer sair da sala. Pelo resto do dia? Para sempre? Ela torceu para não ser a última opção.

Era.

— Estou me aposentando.

Aposentando! Sirenes, campainhas, alarmes, apitos. Daisy não sabia o que dizer, certa de que estava com a boca aberta, sem conseguir fechá-la. Que idade teria Grace? Ela devia ser mais jovem, mas quanto tempo? Meia década? Uma década inteira?

— Daqui a duas semanas.

Daisy olhava para as orelhas de Grace. Já as observara rapidamente no passado, mas agora não conseguia parar de encará-las. Essa mulher alta, atraente, elegante, de cabelos grisalhos, de pele clara, com pouquíssimas rugas, tinha as orelhas mais pontudas que Daisy jamais vira. Elas se projetavam da cabeça como se um artista de rua ou um cartunista as tivesse desenhado para provocar um exagerado efeito cômico. Daisy percebia que Grace tentava disfarçá-las com o cabelo, mas na idade dela isso era difícil. Provavelmente tinha conseguido escondê-las com facilidade quando mais jovem, porém a velhice insistia em revelar as coisas. Tirando nossas muletas quando mais precisamos delas.

Aparentemente, os olhos de Daisy estavam fixos nas orelhas compridas demais. As mãos de Grace se apressaram em defendê-las, ajeitando o cabelo sobre elas.

Pega em flagrante, Daisy. Que vergonha. Recuperando-se rapidamente, disse:

— Ah, Grace, minhas segundas e quartas não vão ser as mesmas sem você. É claro que estou contente por você, muito contente.

— Obrigada. É difícil sair depois de tantos anos, mas Hal e eu achamos que está na hora. Vamos vender a casa, comprar um apartamento e viajar. Temos quatro filhos espalhados pelo mundo. Achamos melhor começar a aproveitar a vida agora, enquanto ainda estamos saudáveis.

Daisy assentiu gentilmente, expressando palavras e sentimentos apropriados.

Louca para ir para casa.

Daisy não se lembrava da última vez que estivera numa loja de ferragens.

Parada na calçada debaixo do guarda-chuva, ela contemplava a vitrine do estabelecimento, tentando se lembrar. Por fim, concluiu que devia ter sido com um pirulito de uva na mão e sapatos de fivela nos pés, numa tarde de sábado, várias gerações atrás, com o pai. Sem querer retardar mais a segunda incursão, entrou.

Pelo que pôde ver, ao percorrer os corredores, não tinha havido grandes mudanças. A mesma atmosfera bolorenta e empoeirada. A mesma iluminação. A mesma sensação de segurança de que eles eram capazes de consertar os problemas da vida. Munida de uma câmera digital com fotos do seu chuveiro, Daisy foi até o fundo da loja à procura do senhor — mais velho que ela, com certeza — que estava do outro lado do balcão. Ele estudou criteriosamente as fotos do chuveiro. Segurando a maquininha nas mãos grandes e avermelhadas, conseguiu detectar o problema.

A carrapeta do registro do chuveiro, que ficava dentro da parede, devia estar gasta. Era fácil fazer o conserto. Bastava trocá-la.

Rapidamente, o homem espalhou sobre o balcão tudo de que ela precisaria para trocar a peça. Ensinou-a como fazê-lo — devagar, com paciência, como se tivesse todo o tempo do mundo, pois ele provavelmente tinha percebido que Daisy era a única freguesa na loja. Garantiu que a tarefa seria realizada com facilidade em menos de uma hora. E não expressou a menor dúvida sobre sua capacidade, motivo pelo qual ela seria eternamente grata.

E ficaria eternamente atônita. Daisy supôs que ele devia ser cego ou louco, mas naquele instante, pelo menos, sua ausência de dúvida foi bastante gratificante.

Sábado seguinte. Já. A chuva não dava trégua. A ligação de Dennis exatamente na hora. Preparada, Daisy atendeu o telefone, dizendo que tinha encontrado outra pessoa para aparar seu gramado e que ele não precisava mais se preocupar com essas tarefas. Agradeceu ao filho por ter feito isso por tanto tempo.

Sua revelação foi recebida em silêncio. Então, palavras atropeladas, perguntas, desculpas. Ele sentia que as palavras da mãe eram uma acusação. Depois, Dennis reconsiderou. Percebeu o quanto aquilo era sensato. Por que não pagar algumas libras a um garoto para cortar a grama? De repente, ficou bastante satisfeito com a notícia. Não disse uma palavra sobre o Carillion. Em vez disso, comentou sobre a festa de formatura de Gabriel, marcada para o dia seguinte. Avisou que iria buscá-la às três. E desligou, com a cabeça cheia de providências a tomar.

Daisy se sentiu bem e mal — bem porque havia conseguido contar sobre o garoto e a grama e porque Dennis aceitara aquilo; mal porque era tudo invenção. Ela não tinha tomado nenhuma providência no sentido de contratar alguém para cuidar do gramado. Ainda bem que estava chovendo. Se nunca parasse de chover, talvez ela não tivesse que tomar nenhuma providência nesse sentido.

Entrou no banheiro, ignorando o vazamento que tinha aumentado, para se preparar para o almoço no clube. Pulou as ferramentas e as peças que arrumara no chão três dias antes. Prometeu a si mesma que faria isso logo cedo, na segunda de manhã, antes do trabalho e da festa de despedida de Grace Parker.

3

Nada de mais. Era só desatarraxar o chuveiro da parede, olhar dentro do cano, encontrar a carrapeta gasta no registro, retirá-la, substituí-la pela nova, colocar o chuveiro de volta no lugar e atarraxar bem apertado.

Nada de mais.

Segunda de manhã bem cedo. Daisy pensou no conserto do chuveiro enquanto tomava seu chá com torradas. Lavou o prato e a xícara e decidiu que precisava vestir algo mais apropriado para a tarefa.

Foi até o guarda-roupa. Examinou as opções. Nada. Tudo muito bom. Com certeza nenhum encanador vestiria roupas boas para trabalhar. Virou-se para a cômoda e procurou nas gavetas, sem saber o que queria, mas imaginando que saberia quando visse.

Não havia nada lá apropriado para consertar um chuveiro, embora ela tenha encontrado um suéter cor-de-rosa que não via havia anos e agora se lembrava do quanto gostava dele. Lembrou-se de que o comprara para a viagem deles à Espanha. Recordou vividamente um café ao ar livre em Barcelona — aquele suéter, grandes óculos escuros de armação branca e um chapéu com fita cor-de-rosa. Tirou a peça de roupa da gaveta, pensando que era uma pena Dot ir passar o verão na Espanha. Provavelmente não só este, mas todos os próximos verões, privando Daisy, sem saber, do único plano prático que ela conseguira bolar e relegando as viagens ao escaninho da memória, não ao escaninho dos próximos eventos.

É claro que a culpa não era de Dot. Era de Daisy, que sabia disso. Devia estar procurando excursões para uma pessoa. Pensou em talvez fazer isso.

Depois pensou que com certeza não faria. Nunca tinha viajado sozinha na vida e não ia começar a fazer isso agora.

Pôs o suéter na pilha de roupas para lavagem a seco. Depois, saiu do quarto, foi ao porão e ralhou consigo mesma por não gastar mais tempo procurando roupas para fazer o conserto. Ela precisava fazer aquele conserto, porque, se conseguisse adquirir alguma experiência com coisas básicas, como chaves de fenda, martelos, pregos e alicates, poderia permanecer na casa dela, mandar Dennis e Amanda seguirem seus caminhos e decidir sozinha se e quando era hora de partir.

Desceu as escadas até o porão, o velho porão de carvão que tinha sido convertido em lavanderia e depósito. Lembrou-se de um velho macacão que Paul costumava usar. Pensou que provavelmente conseguiria encontrá-lo e usá-lo, porque tinha alças ajustáveis. Seria agradável usar algo dele. Paul a estaria ajudando a trocar a carrapeta gasta.

O porão estava úmido. Como poderia ser diferente, com aquela chuva constante?

Daisy acendeu a luz e ficou olhando para a pilha de caixas — algumas de Paul, algumas dela. Achou que seria interessante ver o que havia nas do marido. Ele não era um acumulador. Os 78 anos de vida estavam distribuídos em um punhado de caixas. Daisy se aproximou da primeira delas, procurando algum tipo de identificação. Não havia nada indicado. Encontrou algumas caixas que eram dela, todos os seus velhos tesouros, mas agora nem sabia ao certo o que havia no interior — exceto no de uma. Sabia o que havia numa delas, que não tinha sido aberta desde o dia em que fora fechada, que continha uma caixa de joias.

Daisy abriu uma caixa de Paul. Sapatos de boliche. Dele e dela. Por baixo, patins de gelo, um par preto, um par branco. E calças e jaquetas de esqui, além de chapéus variados, cachecóis e luvas. Lembrou-se de esquiar em Saint Moritz, onde eles haviam comprado aquilo tudo. Pensou no quanto era improvável precisar de alguma coisa que houvesse naquela caixa. Melhor doar.

Fechou aquela caixa e abriu a seguinte. Velhos enfeites de Natal de muitos anos atrás. Examinou cada um, tocando-os, imersa por algum tempo em antigas lembranças. Fechou a caixa. Foi para a seguinte, consciente de que o tempo estava passando. Velhas ferramentas de jardim, luvas de jardinagem, pacotes de sementes que nunca foram plantadas. Nenhum macacão.

Caixa seguinte de Paul, coisas de bebê. Seus olhos se encheram de lágrimas. Ele tinha guardado as mantas dos meninos! Emocionada, passou os dedos primeiro sobre a manta de Lenny, depois sobre a de Dennis. Como Paul era sentimental. Que adorável.

Daisy tinha adorado ter bebês. Queria que aqueles dias nunca acabassem. Podia ter ficado insegura sobre se casar — e havia ficado mesmo, terrivelmente —, mas nunca tivera a menor dúvida quanto a ser mãe. Sentiu uma ternura no peito, segurando mais uma vez as mantinhas. Colocou cada uma no nariz em busca de algum cheirinho de bebê. Nada. Apenas um forte odor de mofo. Guardou-as de novo na caixa.

Na caixa seguinte, dela, seu vestido de noiva. Que estranho olhar de novo para ele. Lembrou-se do que tinha sentido ao usá-lo. O conflito. A impaciência da mãe. Daisy estremeceu ao visualizar o rosto da mãe.

Retirou o vestido da caixa devagar, segurou-o diante dos ombros, inclinou-se para a frente para ver como ele ficaria. Havia amado o vestido, as pequenas pérolas falsas e a gola alta de renda. Perguntou-se se ainda serviria, acreditando que era possível que sim.

Fez algo inesperado.

Experimentou-o ali mesmo, naquele porão sombrio. Tirou a camisola e enfiou o vestido. De camisola para vestido de noiva. Sem parar para pensar que aquilo era uma tolice. Simplesmente vestiu. Para experimentar de novo a sensação.

Olhou para baixo, observando o caimento dele; a bainha arrastou no chão. Deu uma olhada nas costas. Imaginou os filhos vendo-a agora e riu do que eles iriam pensar.

Tirou o vestido, tornou a guardá-lo com cuidado, o pensamento voltando para a única caixa que não tinha sido aberta, a que guardava a caixa de joias. Foi até ela.

Abriu-a. Espiou o interior. Encontrou a caixa de joias no meio de outras quinquilharias, quase sessenta anos depois. Retirou-a e a levou até a escada. Deixou-a lá para que subisse com ela depois que tivesse encontrado o macacão.

Ao ver algo na escada, lembrou-se do que o senhor da loja de ferragens dissera a ela para fazer. E fez o que ele havia sugerido. Fechou o registro principal da casa.

Sentiu-se uma encanadora.

Três caixas depois, encontrou o macacão de Paul. Levou-o para cima junto da caixa de joias — e de outra coisa: as mantas dos filhos. Entrou no quarto com os braços cheios de velharias. Pôs o macacão nas costas da cadeira, a caixa de joias em cima da mesinha de cabeceira, as mantinhas estendidas adoravelmente sobre a cama.

Daisy deu um passo para trás para admirar as mantas. Onde elas ficariam agora.

Meia hora depois estava enfiada no macacão. Chuveiro retirado. Carrapeta gasta removida. Escada armada. Daisy subiu — uma das mãos apoiada no ladrilho branco, um dedo enfiado no cano para ver se a nova carrapeta estava bem-colocada. Desceu para pegar uma lanterna e espiou o interior.

Tudo parecia correto. Animada, Daisy atarraxou o chuveiro novamente.

Ela havia conseguido. Desceu da escada, ficou parada no chão do banheiro, olhando para o chuveiro, contente consigo mesma. Parecia perfeito. E nem uma gota pingando!

Então, um pensamento desalentador. Ela havia fechado o registro principal. É claro que não estava pingando. Voltou rapidamente ao porão para abrir o registro, depois retornou correndo até o chuveiro para ver se estava pingando.

Não estava! Agora podia ficar orgulhosa.

Parada ali, deixou os minutos passarem, contente consigo mesma. Era capaz de aprender a fazer coisas novas sozinha. Estava ansiosa para contar a Dennis. Ligaria imediatamente para ele e pediria que fosse até lá no dia seguinte para ver o que ela havia feito. O filho ficaria surpreso!

Sentindo-se feliz e orgulhosa, correu até o quarto para se trocar e vestir a roupa para trabalhar.

Nada podia abalar seu bom humor, porque fazia muito tempo que ela não se sentia tão bem. Durante a festa de despedida de Grace Parker, quando a funcionária se aproximou de Daisy para cochichar e apontar quem iria substituí-la, Daisy olhou para a nova Grace Parker e não ficou preocupada. Quando ouviu a nova Grace Parker — cinquenta anos mais jovem que ela — falar com alegria e entusiasmo sobre as modernas tecnologias que seriam implementadas para melhorar e modernizar a biblioteca, Daisy não ficou assustada. E, quando soube mais a respeito dos planos de Grace para a aposentadoria, Daisy não sentiu nenhuma pontada no peito.

Em vez disso, sentia vontade de falar sobre ter consertado o chuveiro.

Imaginou voltar à loja de ferragens e conversar com o senhor que a atendera sobre o que ela havia feito. Talvez comprar algumas ferramentas novas ou uma caixinha de ferramentas. E perguntar se conhecia alguém para cortar a grama da casa dela. Agora Daisy estava convencida de que era verdade: lojas de ferragens podem mesmo consertar os problemas da vida.

Mas estava cansada demais depois do dia na biblioteca para fazer algo que não fosse voltar para casa e, quando chegou, estava cansada demais para fazer algo que não fosse comer, ver um pouco de televisão, tomar um Cointreau, ler um pouco e ir cedo para a cama. Olhou para a caixa de joias na mesinha de cabeceira. Muito cansada para examiná-la. Após tantos anos, podia deixar isso para outro dia.

Deitou-se debaixo dos novos cobertores. Puxou as mantas dos bebês para perto dela. Apertou-as contra o rosto. Ignorou o cheiro de mofo. Adormeceu lentamente sob o calor delas.

Reviveu os sentimentos de fazer parte de uma família de quatro pessoas — quando era o centro de tantas vidas.

4

Impossível saber exatamente por quanto tempo o barulho da água jorrando tinha se incorporado ao sonho de Daisy Phillips, mas uma coisa era certa: no que se referia a despertares assustadores, esse ficaria no topo da lista, porque "água jorrando" aparece logo abaixo de "sob artilharia pesada" e "chamas de três metros de altura".

Durante um longo tempo ela não conseguiu identificar aquele som nem de onde vinha. Ficou deitada na cama, no escuro, tentando decifrá-lo. Achando que era uma chuva torrencial lá fora — como sempre, havia uma chuva torrencial caindo lá fora — antes de perceber, assustada, que se tratava de algo mais.

Havia uma chuva torrencial caindo lá dentro também.

Sentiu o calor do medo tomar conta do corpo. Saiu da cama, calçou os chinelos, vestiu o robe. O som da água foi ficando mais alto à medida que se aproximava do hall, seguindo o barulho até a porta do porão. Abriu-a. Parou para ouvir. Não havia dúvida. Acendeu a luz e começou a descer a escada.

Água por todo lado, cobrindo o chão de parede a parede, com vários centímetros de profundidade.

Assustada, Daisy parou no último degrau. Tentou absorver a enormidade da situação. Precisou se conformar com o agravante de não poder chamar Dennis. De ter que lidar com o problema sozinha. Entender de onde estava vindo a água. De dentro? De fora? E o que ela poderia fazer.

Notou uma coisa: a água vinha das vigas do teto. Por quê? Por que de lá? As vigas estavam vazando?

Daisy observou a escada encostada na parede do outro lado do chão inundado. Sequer hesitou. Pisou na água fria que ia até as canelas, subindo quase até os joelhos. Andou em meio à correnteza para pegar a escada de mão. Colocou-a sob a viga de madeira, de onde descia água aos borbotões. Subiu até o quarto degrau, olhou para o alto, à procura de um buraco na viga ou no piso acima dela, e encontrou algo inesperado.

A água não *vinha* da viga. Ela corria *na direção* da viga. Uma enxurrada que se originava em outro lugar e encontrava a viga, dando a impressão de que ela estava vazando. Daisy seguiu com os olhos a direção da água e a localizou na máquina de lavar. A água saía de trás da máquina, num ângulo reto que a fazia jorrar até a metade do porão e atingir a viga.

Daisy começou a descer a escada, mas não foi até o chão.

Salvou sua vida.

Porque, de repente, algo parecia explodir.

Daisy cambaleou na escada. Agarrou-se nas laterais. As pontas dos dedos ficaram brancas de tanto apertar a fibra de vidro. Olhou horrorizada. Viu o quadro de fusíveis entrar em curto. Centelhas por toda parte. O medo de respirar, de mexer um fio de cabelo, dominou Daisy, que observava apavorada aquela descarga elétrica.

Finalmente acabou. Não se ouvia um som exceto o da água descendo pela viga, caindo ao lado dela como se fosse uma cascata.

Daisy nem respirava. Não se mexia. O cérebro funcionando a mil. Reconheceu o perigo que havia à sua volta. Na água. A água não estava simplesmente fria e desagradável. Ela se tornara mortal.

A eletricidade que havia nela poderia matá-la.

Quando Dennis encontrou Daisy depois das sete daquela noite, ela estava irreconhecível.

Como a mãe não tinha atendido à porta, ele havia usado a própria chave para entrar, imaginando por que a casa estaria às escuras, por que todas as luzes estavam apagadas, e que "surpresa" era aquela. Ele ouviu a água imediatamente. Chamou-a. Seguiu o barulho estranho até o porão, imaginando que a escuridão e o som faziam parte da "surpresa" que ela prometera quando ligou na noite anterior.

O que Dennis encontrou *foi* uma surpresa, uma surpresa terrível, que o deixou atônito. Ele nunca tinha visto uma cena tão horrível, apavorante e trágica.

A água chegava ao quarto degrau da escada do porão, e lá estava sua mãe, no alto de uma escada, no último degrau, com as pernas encolhidas junto ao corpo, balbuciando. Balbuciando coisas sem sentido, com o queixo tremendo e os dentes batendo.

Dennis a chamou.

— Sou eu, Dennis. Você consegue me ouvir?

Em pânico, na escuridão quase total, gritou o nome da mãe sem parar. Sem obter resposta. A escada estava virada de lado; ela estava olhando para a parede oposta. Ele não conseguiria atrair a atenção da mãe nem se plantasse bananeira. Só podia ficar ali parado, gritando, na esperança de conseguir tirá-la daquele transe e acalmá-la, dizendo que o problema havia chegado ao fim, que ele estava ali e que buscaria ajuda.

Pegou o celular no bolso. Ligou, nervoso, para os bombeiros.

Os minutos de espera até a chegada deles foram tediosos. Dennis os passou tentando entender como aquele horror tinha acontecido e procurando chamar a atenção da mãe, gritando o nome dela em diversos tons de voz, na esperança de arrancá-la daquele estado de transe.

Mas ela continuava balbuciando coisas desconexas. Dennis não conseguia ouvir direito, não conseguia entender o que ela estava dizendo. Achou que a ouvira repetir um nome: Michael. Quem era Michael?

Os bombeiros chegaram. Um grupo de homens uniformizados, com mangueiras, máscaras, equipamentos, falando alto. Todo movimento parou quando eles viram a situação. Unânimes, recusaram descer a escada enquanto a companhia elétrica não chegasse. A água estava "quente".

Então Dennis teve que esperar mais tempo, sem poder fazer nada, enquanto os bombeiros chamavam a companhia elétrica e uma ambulância. Andando de um lado para o outro, contando os longos segundos até os técnicos chegarem e cortarem a energia da casa, permitindo finalmente que descessem a escada e resgatassem sua mãe.

Daisy parecia uma boneca de pano molhada nos braços do bombeiro. Carregada na água até as mãos dos paramédicos. Dennis a observou sendo colocada com delicadeza sobre uma maca, onde foi sedada. Para piorar mais a situação, precisou ser conduzida até a ambulância estacionada no meio-fio sob a chuva torrencial que caía.

Em seguida, Dennis voltou para começar a lidar com a "surpresa" que a mãe tinha preparado para ele.

Daisy Phillips, 77 anos, tinha passado onze horas e vinte e sete minutos contemplando a morte do alto de uma escada.

Dennis Phillips, 55 anos, não sabia se ria ou se chorava. Após paramédicos, eletricistas e bombeiros irem embora, após fechar o registro central, após ficar sozinho na casa, sentou-se no alto da escada do porão e ficou olhando para a água preta como petróleo, com a escuridão da noite ao seu redor. Não conseguia se acalmar. Suas emoções estavam atingindo cantos tão cheios de teias de aranha que não deviam ser visitados havia décadas. Amava a mãe, e naquele momento a amou mais do que a havia amado em muito tempo. Sentiu um amor completo, absoluto, um sentimento avassalador. Foi como se ela tivesse acabado de morrer. Sentado nos degraus, sentiu um novo amor por ela inundá-lo. Ondas de gratidão e de alívio.

Quando essa sensação começou a desaparecer, a raiva tomou conta dele. Como ela pôde ser tão estúpida? Como pôde fazer o que quer que tivesse feito? Dennis ainda não sabia do que se tratava, mas tinha que ser alguma estupidez.

Por outro lado, Dennis também compreendia que pelo menos agora ela venderia a casa. Talvez, de alguma maneira horrível, aquilo fosse tudo de que a mãe precisava — uma grande lição. Porque, sem sombra de dúvida, ele precisava sair de Liverpool. Morar ali se tornara dispendioso demais. A diferença entre o que estava ganhando de salário e dos direitos autorais dos seus dois livros de não ficção — um deles um best-seller — e suas despesas altíssimas tinha se tornado insustentável. Ou ele diminuía seus custos ou aumentava sua renda, o que era improvável. Os convites para dar palestras haviam escasseado muito ultimamente, deixando-o preso à esperança de que uma mudança para Chessex reduzisse seus problemas financeiros. Talvez uma mudança de cenário fosse o impulso necessário para escrever outro livro; talvez lá recuperasse sua energia intelectual.

Porque Amanda era muito cara — não que ele se arrependesse de ter se casado. Havia se apaixonado por ela no fim da primeira conversa entre os dois, naquele dia em que ela o abordara depois de sua palestra, e os dois anos que passaram juntos foram maravilhosos. Amanda demonstrava amá-lo mais em um dia — em um bom dia — do que sua primeira esposa, egoísta e arrogante, demonstrara em vinte e dois anos de casamento. Mas Amanda era muito cara.

O cabelo dela, por exemplo. Dennis sonhara em tocá-lo muito antes de ter tido a oportunidade, e ainda não perdia a chance de fazê-lo, mesmo enquanto dormia. Ele gostava de adormecer com o cabelo de Amanda cobrindo seu rosto. Mas o custo para mantê-lo era altíssimo! Dennis jamais teria imaginado. Ela tentava contribuir, tentava conseguir algum dinheiro dando aulas de ioga, mas o que ganhava não cobria de forma alguma seus gastos.

Dennis pegou o celular. Ligou para Amanda e contou a ela o que tinha acontecido. Lamentou o fato de que a esposa provavelmente já estava na rua. Em algum lugar. Com os cartões de crédito.

5

Daisy passou três dias se recuperando no hospital. Dormiu os dois primeiros sem acordar.

No terceiro dia, sentou na cama. Sentiu-se culpada, arrependida, tola. Suas visitas: Dennis, Amanda, Gabriel e Lenny. Este chegou três horas depois de todos, animado, abraçando Daisy com seus braços fortes, dando um beijo estalado em cada bochecha antes de deitá-la delicadamente de volta no travesseiro duro do hospital. E, com ele, uma pessoa nova. Uma namorada nova: Sarah. A atenção de todos se voltou para Sarah durante as apresentações, imaginando se Lenny tinha rompido o padrão com esta — a começar pela idade dela, que parecia estar bem longe da dele. E por seu tom de cabelo — um castanho natural. E por suas roupas no tamanho certo, como se tivessem sido escolhidas para ela e não para sua versão mais jovem. E por sua aparência de um modo geral — mais elegante, mais simpática, mais atraente que todas as muitas ex-namoradas.

Todos ao redor de Daisy, dividindo educadamente a falta de cadeiras, movimentando-se pelo quarto, alterando posições. Gabriel ficou ao pé da cama.

Daisy puxou diversos assuntos que não deram em nada. A conversa parecia girar em círculos, em torno de um eixo que Daisy esperava que não ficasse evidente. Foi assim:

GABRIEL: Acho incrível você ter aguentado passar o dia todo no alto daquela escada, vovó.

Todos concordaram com a cabeça.

DAISY: Eu me sinto péssima por todas aquelas pessoas precisarem ir lá em casa. Imagina? Bombeiros, eletricistas, o pessoal da ambulância, todos debaixo daquela chuva torrencial para resgatar uma tola presa no alto de uma escada no próprio porão.
LENNY: A culpa não foi sua, mamãe. Isso podia ter acontecido com qualquer um.
DENNIS: Só que aquela bolha na mangueira da máquina de lavar provavelmente estourou quando ela abriu o registro central de novo. A pressão deve ter causado isso.
LENNY: E daí? Tudo o que ela fez foi fechar e abrir o registro central como qualquer pessoa teria feito. Estou orgulhoso por você ter conseguido trocar aquela carrapeta sozinha, mamãe.

Daisy sorriu. Também sentindo orgulho de si mesma, até lembrar o que aquilo tinha causado.

DENNIS: Admito que foi o fio que deu curto, o que explodiu no quadro de fusíveis. Foi um certo azar, mas nada disso teria acontecido se não tivesse mexido no registro central. Foi loucura sua pensar que podia fazer isso sozinha, mamãe.
LENNY [dando de ombros]: Você não tem como saber. Talvez a mangueira fosse arrebentar de qualquer jeito. A gente nunca vai saber. Não é preciso ter nenhuma habilidade especial para abrir um registro de água.
GABRIEL: Acho incrível você ter aguentado passar o dia todo no alto daquela escada, vovó.

Todos concordaram com a cabeça.

DENNIS: Então, acho que todos nós concordamos agora que mamãe não deve mais morar sozinha. Esse é exatamente o tipo de coisa que estamos tentando evitar. E acho que devemos voltar a

falar sobre Chessex, mesmo correndo o risco de parecer um disco quebrado.
LENNY: Então não fale. Ela não quer ir, quer, mamãe?

— Eu, ahn, bem... — Daisy vasculhou suas lembranças, pesquisando a categoria de respostas educadas e diplomáticas. Controlou-se para não gritar que não queria ir de jeito nenhum. Sentiu os olhos de Amanda pesando sobre si.

LENNY [continuando]: Está vendo, ela não quer. [Olhando atentamente para Daisy] Certo? Casas de repouso? Isso não serve para você, mamãe. Você não quer isso realmente, quer? E, além do mais, é muito longe.
DENNIS: Longe do quê, Lenny?
LENNY [com simplicidade]: De mim.
DENNIS [exasperado]: É fácil para você apoiar que ela fique, Lenny. Quando foi a última vez que você fez alguma coisa para ela? Quando foi a última vez que ela chamou *você* para ajudá-la?
LENNY [com um sorriso largo, culpado, passando os dedos gordos pela boca]: Deve ter sido quando Thatcher era primeira-ministra.
DAISY: Aqueles pobres bombeiros provavelmente vão contar essa história pelo resto da vida, sobre a velha idiota no alto da escada.
GABRIEL: Talvez, mas acho incrível que você tenha aguentado passar o dia todo no alto daquela escada, vovó.

Todos concordaram com a cabeça, e a coisa recomeçou. A mesma conversa se repetiu a tarde inteira, até o cair da noite, quando finalmente Lenny, Sarah e Gabriel se despediram, enquanto Amanda, com seu cabelo brilhante, cor de mogno e olhos cor de âmbar, o corpo esguio, nariz e rosto finos, folheava uma revista de moda — as fotos, não os artigos. E então surgiu um novo assunto, rompendo o padrão.

Para Daisy foi extraordinário.

Com um olhar distraído para o noticiário que passava na televisão, Dennis de repente se vira e pergunta:

— Aliás, mamãe, quem é Michael?

— Michael? — repete Daisy, espantada.

— Você estava falando sobre um Michael quando a encontrei. Você estava dizendo "Michael" e alguma coisa sobre uma caixa e um relógio.

— É mesmo? — Daisy soou perplexa, e Dennis assentiu.

— Alguma ideia de quem poderia ser?

Daisy balançou a cabeça, negando.

Mas é claro que ela sabia.

Ela sabia disto: Michael Baker. 1945. Anos antes de Paul.

Um soldado americano. Bonito daquele jeito tipicamente americano, como uma estrela do cinema. Como Gary Cooper. Um rosto franco, simpático, sincero, cujas emoções ficavam evidentes rapidamente. Daisy se surpreendia ao ver aquela característica num soldado. Ela sempre achara que eles tinham que ter rostos rígidos. O uniforme era verde-escuro. A roupa o fazia parecer importante, parte de algo essencial. Capaz, forte, corajoso, valente. Pronto para tudo. Destemido, mas não impulsivo.

Na cama do hospital, Daisy se lembrou da primeira vez que o vira; estava convencida de que seu coração tinha parado, antes de voltar a bater três vezes mais depressa. Tudo que ele fez foi comprar um jornal, um chá, uma torta. Daisy considerava cada movimento dele um milagre. Tão alto. Ombros largos. Mãos e pés fortes, lindo. Nada parecido com seus colegas de escola. Nada parecido com os rapazes da vizinhança. Onde ele havia conseguido aqueles ombros? Aqueles olhos escuros? Aquele queixo? Ele só podia ser uma estrela do cinema. Esse foi seu primeiro pensamento. Ele devia estar ali fazendo um filme. Daisy sentiu o rosto enrubescer, parte dela queria desviar o olhar, se esconder, fugir, mas não conseguia parar de olhar para ele. A atração era forte demais.

Ele não estava lá fazendo um filme. Estava lá com um amigo, outro soldado americano, Gilbert Gilmore. Eles receberam alguns dias de licença para fazer uma viagem que incluía trem, ônibus e balsa — vieram lá da americana Burtonwood, da Base Aérea de Warrington, a quarenta quilômetros de Liverpool, do outro lado do rio Mersey — para visitar a mãe de Gilbert, que morava em Lancashire, onde ficava a padaria dos pais de Daisy.

Gilbert fora para a casa da mãe. Michael havia entrado na loja.

Daisy não conseguia parar de olhar. Nos seus 18 anos, nunca tinha visto um indivíduo tão perfeito, e ele estava bem ali! Seu pai o estava atendendo! Esse homem, esse soldado, essa obra de arte estava sentada bem ali, onde outras pessoas, mais comuns, costumavam se sentar. Ela fingiu estar ocupada, mas mal conseguia respirar, observando disfarçadamente enquanto ele comia.

Seu pai puxou conversa com ele. Daisy ouviu, atenta, sem perder uma palavra. Os dois tiveram muito trabalho para entender um ao outro. Tudo era inglês, mas os sotaques eram tão diferentes que pareciam duas línguas diferentes. Ambos precisaram falar bem devagar, pronunciar cada palavra com cuidado, e às vezes até soletrá-las. Quando ele disse seu nome para o pai dela, Daisy fez o nome rolar devagarinho na língua como se fosse uma bala, uma guloseima especial reservada para os domingos.

Michael perguntou ao pai dela o que havia para fazer na cidade. Ele disse que ficaria quatro dias lá e, embora estivesse hospedado na casa da mãe de Gilbert, queria deixar o amigo um tempo sozinho com a família. Perguntou se havia algum lugar ali perto para pescar. Disse que gostaria de ficar ao ar livre, com aquele tempo tão bom.

O pai de Daisy falou que podia emprestar seu equipamento de pesca para ele, e que Daisy poderia levá-lo ao melhor lugar para a atividade. Daisy sentiu o rosto, já vermelho, ficar ainda mais quando Michael se virou para ela, e sentiu o calor subir pelo pescoço e pelas orelhas. Sentiu suas entranhas se derretendo como se fossem manteiga. Michael sorriu e agradeceu, dizendo que aquilo seria ótimo.

Daisy retirou o prato e a xícara dele da mesa enquanto o pai o levava até o barracão. Ela viu as migalhas que Michael tinha deixado para trás e sentiu vontade de comê-las, de cheirá-las. Não fez uma coisa nem outra, apenas as jogou no lixo e lavou o prato. Daisy se lembrou da conversa difícil, sem jeito, entrecortada, entre os dois, a caminho do lago. Lembrou que ele tinha perguntado se ela poderia fazer companhia enquanto pescava. Que ela fizera que sim com a cabeça sem dizer nada, e que tinha se sentado, empertigada, na margem do rio, debaixo de uma árvore.

Que havia sido fisgada muito antes do primeiro peixe.

Recostada na cama do hospital, Daisy tinha certeza de uma coisa: ele também a amara. Michael dizia que ela era sua Pequena Pepita. Passava horas tocando piano para Daisy, os dois sentados lado a lado no banco do piano. Ele lhe ensinou a fazer truques com baralho e escondia pirulitos de cereja nos bolsos do uniforme. Comprava Maltesers para dividir com ela. Repartia a última bolinha do pacote ao meio, depois tornava a repartir sua metade ao meio e dava para ela.

A guerra acabou. Michael estava indo para casa. Ele foi procurá-la, sabendo que não devia. Saiu escondido da base naquela última noite e viajou no escuro de trem, de ônibus e de balsa até chegar à casa dela no meio da noite. Bateu de leve na janela do quarto de Daisy, tomando cuidado para não acordar mais ninguém. Sem fazer barulho, Daisy abriu e Michael entrou no seu quarto. Abaixou um dos joelhos no tapete azul, segurou as mãos dela, estudou os dedos, e os acariciou com seus dedos belos e musicais. Depois, pigarreou e disse que não havia ninguém como Daisy no mundo inteiro, nem nos Estados Unidos nem em lugar nenhum, que o que ele mais queria no mundo era se casar com ela, e que jurava amor eterno, quer ela consentisse ou não em ser sua esposa.

Daisy se lembrou de Michael, de seus olhos, da respiração dele em seu pescoço. Tudo estava voltando a sua mente agora. A torneira abriu, e todo tipo de coisa jorrou. Lembrou como ele havia olhado para ela ao dizer aquelas palavras — bonito, honesto, forte. Sua voz sussurrada, comovida, e ela sem conseguir se mexer, mal respirando. Havia uma ausência de som. Nenhum farfalhar dos lençóis de linho ou do pijama de algodão. Nenhum rangido do assoalho. Do momento em que aquelas palavras saíram da boca de Michael até ela responder foi como se tudo ficasse suspenso no ar.

Lembrou-se de que havia consentido, é claro, na mesma hora. As palavras dele eram a realização de um sonho. Voltou no tempo, foi do hospital para seu velho quarto. Pousou em sua cama. Sentiu os braços de Michael ao seu redor. O corpo dele sobre o seu. A respiração dele em seu pescoço. A alegria dele repetida suavemente em seu ouvido. Sensações de cócegas e calor atrás das orelhas e lá no fundinho do estômago.

O plano: Michael ia voltar para Nova York, para o Brooklyn, e arranjar um emprego. Como pianista. Ia tocar e dar aulas. Daisy o visualizou tocando piano na casa dos pais dela. Não havia piano na base, ele tinha usado o deles. Os dedos percorrendo as teclas com brilhantismo, fazendo o instrumento vibrar como mais ninguém era capaz de fazer — nem antes nem depois. Lembrou-se de como ele tinha ficado nervoso com a possibilidade de levá-la para o outro lado do mundo, para longe da família dela, e não conseguir sustentá-la. E, é claro, a mãe de Daisy não iria ajudar. Ela nunca foi amável com ele. Friamente cortês, era só o que ela conseguia ser. Alertou a Daisy para não deixar que o relacionamento se tornasse sério. As palavras dela caíram em ouvidos surdos. Daisy teria ido até o fim do mundo por Michael.

A última coisa que ele fez foi tirar o relógio e prendê-lo no pulso dela, dizendo que serviria como aliança de noivado. Que a coisa mais preciosa que possuía devia ser usada pela pessoa mais importante de sua vida.

Michael escrevia todo dia longas cartas apaixonadas sobre ela, sobre eles, sobre seus concursos de piano, sobre suas tentativas de conseguir alunos, e como ele estava contando as horas até poder voltar a Liverpool para buscá-la, levá-la para casa, casar-se com ela.

Então, de repente, Michael parou de escrever. Simplesmente parou de escrever, depois de meses de cartas diárias, sem nenhuma explicação. Daisy escreveu muitas e muitas cartas, implorando por uma palavra, mas não obtive nada em resposta. Jamais recebeu outra carta dele. Escrevia constantemente para os pais de Michael, para a prefeitura do Brooklyn, para o Exército dos Estados Unidos. Nada.

Na cama do hospital, Daisy sabia disto: uma parte dela ainda se importava com o fato de nunca ter recebido uma explicação. E disto também: ela estava contente por ainda ter o relógio e saber que ele estava em casa agora, esperando por ela, naquela caixa de joias, em cima da mesinha de cabeceira.

6

A casa ficou inabitável por mais dois dias após Daisy receber alta do hospital. Dennis teve que contratar profissionais para limpar o porão e consertar o quadro de luz. Ia custar um dinheirão, mas ele esperava obter algum retorno com a venda da casa, o que agora tinha certeza de que ia acontecer. A mãe não havia discutido o assunto desde a internação no hospital, ficando calada sempre que surgia, ouvindo seus planos e suas sugestões sem uma palavra de recusa.

Daisy passou duas noites na casa de Dennis e Amanda, oferecendo-se para preparar uma xícara de chá sempre que a oportunidade surgia. Nenhum dos dois jamais aceitou. Depois do jantar, na segunda noite, quando Dennis e Amanda foram para a sala de estar para ver televisão, Daisy pediu licença para tomar banho. Estava particularmente interessada no chuveiro deles. Adorava agora ser capaz de imaginar os canos e as carrapetas dentro da parede.

Após o banho, preparou-se para dormir, transformando o sofá em cama. Quando ela estava tirando a roupa de cama do armário, Dennis entrou.

— Eu ajeito a cama, mamãe. É pesado.

— Não se preocupe, Dennis. Estou bem. Já arrumei a cama nesse sofá muitas vezes — tranquilizou-o, colocando a roupa de cama no braço do sofá.

Dennis começou a ajudá-la, tirando as almofadas do lado dele.

Daisy o fez parar, dizendo:

— Por favor, Dennis. Eu faço isso.

O filho recuou, olhou para ela e enfiou as mãos nos bolsos da calça.

Daisy respirou fundo.

— Preciso dizer uma coisa para você, Dennis. Eu mudei de ideia, não vou com você amanhã visitar o Carillion e ver casas para você e Amanda. É bondade sua querer que eu me mude para Chessex, mas não é necessário. Você e Amanda podem ir. Vou ficar muito bem aqui sozinha. Como Gabriel disse, poucas pessoas de qualquer idade aguentariam onze horas na posição em que eu estava. — Daisy estudava o rosto dele, vendo sua frustração mal-disfarçada. Removeu a outra almofada do sofá, colocando-a no chão abaixo da janela.

Dennis se atirou na cadeira, com os ombros inclinados para a frente, esfregando os olhos.

— Você está tornando isso extremamente difícil para mim.

— Não é minha intenção, mas vou ficar com a casa. Não posso me mudar, Dennis. Morei ali a vida inteira. É lá que quero ficar até o fim. — Daisy se inclinou para puxar o colchão. Puxou com força, mas ele mal se moveu. Colocou todo o seu peso nele, mas, mesmo assim, ele mal se mexeu. — Eu podia ter morrido na terça.

Dennis olhou para ela, resistindo ao impulso de ajudar.

— Eu sei disso. É exatamente o que estou querendo dizer.

Daisy gemeu com o esforço inútil.

— Certo — disse, com os dentes trincados. — Quando eu estava trepada naquela escada — deixou escapar mais um gemido —, decidi que, se conseguisse sair de lá viva, eu não ia me mudar para uma casa de repouso. Não preciso tomar o caminho mais fácil, Dennis. Quero viver a vida, viver a vida de verdade até o fim.

Compadecido, Dennis observava a luta da mãe contra o colchão. Conseguia perceber a relutância dela em desistir, apesar da impossibilidade de ser bem-sucedida. Obrigando-se a ficar onde estava, explicou:

— Eu não estava sugerindo que você entregasse os pontos. Há uma grande diferença entre morar numa casa de repouso e jogar a toalha, mas você já tem quase 80 anos. Como posso ir morar do outro lado do país e deixar você morando sozinha numa casa? E, além disso, achei que você poderia gostar da ideia de ter uma vida mais fácil.

Daisy puxava. E puxava. Queria tanto pôr para fora aquele colchão, para mostrar ao filho que podia fazer isso, mas não podia. Ela era fraca demais para levantá-lo. Não teve escolha a não ser admitir a derrota. Bem ali, diante dele. Virou o rosto para esconder as lágrimas.

Sem uma palavra, Dennis assumiu o controle. Retirou o colchão com uma das mãos.

Uma viagem de carro de cinco horas. Chovia quando saíram de Liverpool. Em Chessex estava ensolarado. Só isso já fez a viagem valer a pena. No banco de trás, Daisy se recusava a permitir que o objetivo da viagem a deprimisse, recusava-se a ficar zangada consigo mesma por ir. Dizia a si mesma que tinha desejado viajar um pouco, então devia aproveitar.

Ocupada com os CDs, Amanda cantava baixinho. Não pela primeira vez, Daisy se perguntava por que essa bela professora de ioga, ainda na casa dos 30 e sem filhos, tinha se casado com um especialista em antiguidades e autor de artigos de revista — não feio, mas não exatamente magnífico —, dezessete anos mais velho que ela. Será que servir de mãe para um enteado de 22 anos era suficiente para ela? Ou haveria mais netos a caminho? E o que Dennis acharia disso? Será que ele queria ser pai de novo naquela idade? Daisy adoraria saber, mas é claro que jamais perguntaria.

A visita ao Carillion correu muito bem. Os apartamentos eram limpos, iluminados, alegres. O medo de Dennis de que houvesse pessoas loucas andando por ali, mais mortas que vivas, mostrou ser infundado. Daisy ficou genuinamente surpresa por achar o lugar tão agradável. Conheceu apartamentos de um e dois quartos, que tinham varandinhas.

Depois, voltou para o carro com mais pilhas de folhetos coloridos. Pararam para um lanche rápido num café e conversaram sobre os méritos do Carillion. Ansiosa para mostrar a Dennis as casas que tinha separado para ele ver, Amanda comeu rapidamente. Seis haviam preenchido os requisitos.

Quando terminaram o lanche, Daisy tirou a carteira para pagar, mas Dennis a impediu, dizendo que fora ideia dele levá-la numa viagem tão longa; a refeição era por conta dele. Insistindo em não aceitar, Daisy jogou o dinheiro em cima da mesa. Dennis o empurrou de volta, mas ela se recusou a aceitá-lo, repetindo que não ia pegá-lo.

Daisy não pegou o dinheiro, que ficou temporariamente esquecido. A discordância sobre o que era cobrado na conta distraía a atenção deles. A garçonete havia cobrado um prato de linguiças que não fora servido. Dennis reviu a refeição consumida com a garçonete, enquanto Daisy observava Amanda puxar discretamente o dinheiro esquecido com a palma da mão.

E depois guardá-lo na carteira.

No banco de trás no caminho de volta para Liverpool, depois que todas as seis casas foram recusadas por serem caras demais, Daisy ouvia a discussão entre Dennis e Amanda, vendo-os em campos opostos.

Cantarolava baixinho consigo mesma, contente porque tinha conseguido percorrer o Carillion como se estivessem mostrando a ela uma suíte de lua de mel, e no fim das contas Dennis e Amanda é que estragaram o passeio.

7

De volta ao trabalho na biblioteca — sem Grace Parker. Daisy sentiu falta de Grace Parker.

O único que perguntou sobre os dias em que ela esteve doente foi o zelador, o Velho Joe, de 91 anos, que nunca faltava um dia. A presença dele na biblioteca era uma constante fonte de conforto para Daisy.

Enquanto esvaziava cestas de lixo, o Velho Joe perguntou por que ela havia faltado. Daisy contou-lhe toda a história do alagamento do porão da casa dela. Espantado, ele ouviu tudo boquiaberto. Realmente, aquilo merecia uma plateia muito maior, mas se resumia só a ele — e mais ninguém. Era bom ter um par de ouvidos tão interessados, mas algo ainda melhor resultou daquela conversa matinal.

Daisy lhe contou a ele sobre a pressão de Dennis para ela se mudar e sobre sua decisão de ficar — como estivera tão segura no início, mas a insistência constante do filho estava abalando sua determinação. Já estava começando a achar que talvez Dennis tivesse razão. E que agora ela estava pensando seriamente numa mudança acerca da qual tinha se mostrado tão contrária.

A resposta do Velho Joe foi estrondosa.

— Que bobagem — disse, acrescentando que Dayse tinha anos pela frente antes de ser obrigada a sair de casa, que não havia nada de que não pudesse dar conta.

Joe formulou um novo plano: ele ia mandar seu trineto, Patrick, de 15 anos, cortar a grama para ela. Daisy sugeriu que talvez ele fosse jovem demais, mas o Velho Joe garantiu a ela que na idade de Patrick ele já arava plantações inteiras, e, além disso, Daisy estava desesperada. Não tinha chovido nem hoje nem ontem — a primeira trégua de dois dias em mais de um mês — e a previsão do tempo para amanhã era sombria. Embora Daisy nunca tivesse prestado atenção em tarefas como agendar o corte do gramado ou mesmo notado a regularidade com que isso era feito, ela sabia o suficiente para supor que, depois de trinta e oito dias de chuva, uma trégua de dois dias faria as pessoas correrem para seus cortadores de grama.

O Velho Joe então ligou para Patrick e combinou tudo.

Radiante, Daisy sentiu sua confiança voltar. Sentiu até vontade de beijar o Velho Joe.

Mas se controlou.

De volta a casa, depois do trabalho.

De volta pela primeira vez depois de ter sido retirada pelos paramédicos. Aliviada por abrir a porta da frente. Aliviada por estar em casa.

Pegou o cortador de grama e o deixou na frente da casa para Patrick. Então foi para o quarto e trocou de roupa. Viu a caixa de joias na mesinha de cabeceira. Um pouco trêmula, estendeu a mão para ela. Abriu-a.

Encontrou o relógio.

A campainha tocou. Patrick.

Daisy colocou a caixa de joias em cima da mesinha, apressando-se para atender à porta. Ao ver Patrick, quase o beijou de tão contente. Trocaram rápidos cumprimentos e um aperto de mão, antes que ela o levasse alegremente até o cortador de grama.

Não havia muito o que dizer. Os limites do seu gramado eram claros para qualquer um. Supôs que ele soubesse usar o cortador de grama elétrico melhor que ela — qualquer pessoa saberia.

Daisy sentiu um alívio ao ouvir o estalo, depois o engasgo, depois o ronco da máquina — porque era Patrick quem estava fazendo aquela tarefa, não Dennis.

Ficou parada um momento, observando Patrick guiar o cortador pela grama alta. Percebeu que não ia ser fácil, porque a grama estava ridiculamente alta e porque o solo sob ela estava encharcado.

— Sinto muito que esteja tão molhado — comentou Daisy de forma simpática por cima do barulho. — Se a previsão do tempo não anunciasse chuva para amanhã, poderíamos ter esperado até ficar mais seco.

Patrick assentiu com a cabeça. Empurrou com força, com os bíceps em desenvolvimento. Concentrado demais para conversar.

— Estarei dentro de casa, se precisar de mim.

Patrick tornou a balançar a cabeça e empurrou o cortador pela grama alta.

Daisy voltou para o interior da casa, calculando quanto tempo o trabalho iria levar, quanto ela deveria pagar a ele — muito mais do que tinha planejado originalmente. Ao entrar no quarto, Patrick e os problemas da grama se evaporaram de sua mente, substituídos pela caixa de joias.

Tornou a abri-la. Viu o relógio. Surpresa por ele não parecer familiar. Sentada na cama, sobre as mantas dos bebês, Daisy examinou cada detalhe do objeto: os ponteiros, os números, a correia, o fecho. Na sua lembrança, o mostrador era pequeno, mas na verdade ele era grande; recordava-se da correia de couro, mas na verdade ela era de prata; e os números, que eram apenas linhas pretas, na realidade, eram algarismos romanos.

Examinou o relógio, virando-o.

Sentiu uma onda de emoção ao encontrar a dedicatória atrás — uma surpresa tão grande que mal pôde acreditar. Releu a mensagem várias vezes, passando os dedos sobre ela, acompanhando as palavras, tocando nelas, pensando se estaria lendo direito. Como podia ter esquecido uma coisa dessas? Como podia ter esquecido aquela dedicatória?

"Para Michael, boa sorte. Arthur Rubinstein." *Arthur Rubinstein*!

Suas mãos tremiam enquanto sua mente voltava nos anos. Tentou desesperadamente descobrir quando e para onde uma informação como essa poderia ter ido. Como ela podia ter se esquecido de um fato tão importante?

A dedicatória tinha sido feita por Arthur Rubinstein! O Arthur Rubinstein!

Completamente perplexa, Daisy refletiu bastante a respeito do assunto, mal se dando conta de que o ronco baixo do cortador de grama tinha se transformado num guincho agudo. Um esforço terrível. Transpôs o enorme período de tempo, buscando pistas na mente, depois começou a perceber os sons muito estranhos do cortador de grama. E que eles estavam aumentando, até finalmente alcançarem um crescendo com um som que normalmente não estava associado a um equipamento de jardinagem. Um som tão desagradável que Daisy teve que se levantar e olhar pela janela.

Patrick não estava mais no gramado. E sim no canteiro de flores. As rodas do cortador enterradas na lama, girando inutilmente sem tração. O rapaz lutava bravamente para retirá-las de lá e voltar ao gramado.

Assistindo a essa cena, Daisy colocou o relógio e o fechou no pulso. Lembrou-se de quando o usara bem mais jovem. Mal se deu conta do que estava fazendo, sua atenção dividida entre isso e a percepção de que Patrick não conseguiria tirar o cortador da lama, profunda, consistente e viscosa demais. O motor girava como um compressor.

Daisy correu para fora de casa, indo até o canteiro. O rosto de Patrick era uma confusão de emoções.

— Não está conseguindo puxar o cortador? — gritou Daisy, tomando cuidado para não parecer zangada, embora tivesse que berrar para ele ouvir.

— Está atolado mesmo, Sra. Phillips. — Patrick balançou a cabeça.

Vendo que o cortador não só estava atolado na lama como também preso na plantação — com as rodas da frente enterradas nos arbustos e galhos e ramos retorcidos saindo de baixo dele —, aos gritos, Daisy falou:

— Me deixe ajudar!

— Se a senhora pudesse segurar aqui atrás, talvez eu conseguisse levantar a frente e soltar.

Daisy assentiu, tomando o lugar dele. Notou que Patrick estava com os pés enfiados na lama e que os seus também ficariam enterrados. Olhou para os sapatos. Não eram velhos, mas gostava deles.

Fez o que tinha que fazer.

Tirou os sapatos e pisou na lama. Assumiu o leme para que o jovem pudesse ir para a proa, segurando com força o guidão; os pés só de meias enterrados na lama morna e viscosa. Patrick agora estava enfiado até os joelhos, tentando soltar os galhos embaixo do cortador. Eles estavam realmente presos; por mais força que o menino fizesse, os galhos não se soltavam.

Daisy tentou empurrar o guidão para baixo, achando que, se abaixasse as rodas de trás, conseguiria erguer a frente para Patrick. Conseguiu apenas enterrar ainda mais as rodas na lama. Tentou então levantar o guidão, para desenterrar as rodas traseiras que ela tinha afundado ainda mais. Percebeu que tentar levantar o guidão tinha feito com que *ela* ficasse ainda mais enterrada na lama. Seus tornozelos se juntaram aos pés e desapareceram nas profundezas misteriosas da terra encharcada. Se ela os levantasse, as rodas afundariam mais; por outro lado, se levantasse as rodas, ela é que afundaria mais.

Daisy sentiu vontade de rir, mas não teve coragem. Patrick estava tenso, concentrado em seus esforços. E sem conseguir tirar o cortador de grama do atoleiro.

Por fim notando que ela estava atolada também, Patrick se levantou, com os joelhos sujos, pingando lama, e foi até ela:

— Acho que vou ter que tirar a senhora daí.

Daisy riu, concordando com a cabeça e dando a ele sinal verde. Patrick a puxou para cima. Para sorte dele, ela era uma mulher pequena. Porém, com os dois pés firmemente plantados na lama, estava muito mais pesada. Patrick continuou puxando. Daisy queria ajudar, tentava sair dali, mas, em vez disso, acabou derrubando-o.

Ambos caíram no chão. Num instante. Na lama. Arrastaram-se para se desvencilhar um do outro e da sujeira. Cobrindo-se de lama enquanto deslizavam, se arrastavam e engatinhavam até a grama. O cortador ainda estava ligado. As rodas traseiras giravam velozmente, borrifando lama sobre os dois.

Quando alcançaram o gramado, tinham lama espalhada pelos cabelos, pelo rosto, pelo corpo inteiro. Até os pés. Ambos riam — deles mesmos e um do outro. Riam até as lágrimas escorrerem pelo rosto. Patrick ajudou Daisy a se levantar, com as mãos debaixo dos braços dela, enquanto Daisy pegava seus sapatos. Os dois tropeçaram para fora da lama e caminharam em direção à casa, deixando o cortador de grama para trás, ainda com o motor ligado e as rodas girando.

— Vou pegar umas toalhas — avisou Daisy.

Patrick concordou com a cabeça e entrou atrás dela.

Ela deixou os sapatos à porta, atravessando rapidamente o hall. Com medo de encher a casa de lama, Patrick resolveu ficar parado na entrada. Daisy voltou com toalhas, dando uma para ele. Patrick se secou.

— Quer tomar uma xícara de chá bem quentinho? — perguntou Daisy.

Patrick meneou a cabeça.

— Não, obrigado.

— Não é incômodo algum. Você deve estar precisando.

— Não, de verdade. Sinto muito por tudo isso — desculpou-se Patrick, tirando a lama do rosto. — Não era possível cortar a grama. Tive que empurrar com muita força. — Ergueu os ombros num gesto de impotência. — Acho que escorreguei. E acabei indo parar no seu canteiro. Sinto muito mesmo.

— Não se preocupe. O que havia lá vai crescer de novo — tranquilizou-o, com o cabelo encharcado, sujo, grudado na cabeça. Seu rosto parecia banhado de lama. — Lamento que o trabalho fosse tão difícil. Você com certeza não estava preparado para tudo isso.

— Não, acho que não — concordou o rapaz, timidamente, rindo um pouco ao comparar o que estava esperando com o que encontrou.

— Tem certeza de que não quer um chá? Vai levar só um minuto. Uma xícara de chá iria fazer bem.

— Não, obrigado. — Ele voltou a balançar a cabeça. — Tenho que ir. Está começando a chover de novo, e provavelmente não vai parar. Desculpe por não ter conseguido terminar o trabalho.

— Você não vai voltar quando parar de chover?

— Não posso. Vou sair de férias amanhã. Só volto em agosto.

Daisy ficou decepcionada. O gramado parecia pior que antes; nem metade tinha sido cortada, uma faixa em zigue-zague de grama aparada no meio da grama alta. Antes parecia que naquela casa morava uma mulher desleixada; agora parecia que morava uma louca.

— Desculpe, sinto muito mesmo.

— Vou pegar minha bolsa — disse Daisy, saindo apressada. Voltou com um bolo de dinheiro.

— Obrigado. Acho que preciso dar um jeito no cortador de grama. Não posso simplesmente deixá-lo lá.

— Mas ele está atolado, lembra?

— Verdade.

Os dois ficaram ali parados, pensando. Desviaram os olhos um do outro. Daisy olhou para baixo e encontrou o que havia esquecido.

O relógio. Ainda em seu pulso. Ficou em pânico. Examinou-o depressa, aliviada ao ver que ainda estava funcionando. Subitamente,

Daisy teve certeza de uma coisa: um relógio com uma dedicatória de Arthur Rubinstein era valioso demais e tinha que ser tratado com todo o cuidado. Ela ficou maravilhada com o que ele já havia suportado, perplexa por ter tirado do porão o relógio e as mantas dos bebês um dia antes de o cômodo ser completamente inundado. E, embora as mantas dos bebês pudessem ser recuperadas depois do desastre, o relógio, não. Depois de ele ter ficado mais de meio século guardado na caixa, ela conseguira resgatá-lo um dia antes de sua destruição.

Patrick estava esperando para saber o que devia fazer, mas Daisy não pensava mais no cortador de grama. Ela estava pensando no relógio. E num longo banho quente, e em roupas limpas e secas. E numa boa xícara de chá. Uma dose antecipada do Cointreau. Olhou para o garoto, imaginando que era bem provável que ele fosse preencher as longas e tediosas horas de viagem com aquela história de como tinha se arrastado pela lama com uma velha idiota, descalça, de 77 anos, os dois com as roupas, as mãos, os pés e os rostos cobertos de lama, chorando de rir.

— Apenas desligue o motor quando estiver saindo. Deixe a droga do cortador onde está.

8

Dennis foi até a casa da mãe para explicar tudo o que o eletricista e a equipe de manutenção tinham feito. Chegou lá justamente quando Patrick estava saindo, antes que Daisy tivesse a chance de se limpar. Viu, portanto, a mãe coberta de lama. Viu o zigue-zague no gramado. Viu o cortador de grama atolado no canteiro. E viu a mãe rindo da situação.

Aquilo o deixou atônito, com mais certeza do que nunca de que tinha razão. Perguntou a ela se agora concordava que não era capaz de administrar a casa sozinha.

Rindo alegremente, Daisy respondeu:

— Sim, acho que sim. Eu desisto. Você venceu. O Carillion não seria tão ruim, realmente, então pode vender a casa. — Virou as costas para ele, entrou na cozinha para pôr a chaleira no fogo e limpou a lama do rosto e dos ombros.

Dennis foi atrás dela. Daisy disse que ia abrir mão da casa, mas que não queria participar da venda. Que não queria estar por perto quando a casa fosse vendida, mas que tinha a solução para isso.

Ela havia tomado uma decisão.

Ia para os Estados Unidos. Sozinha.

Disse tudo isso a Dennis.

Mas não disse o restante. Não disse que ia devolver o relógio para Michael, ou para os filhos dele, se ele tivesse algum, ou se ele estivesse morto. Decidira que o relógio era valioso demais para continuar com ela. Agora que sabia que tinha sido gravado por Arthur Rubinstein, não podia ficar com ele. O relógio jamais deveria ter ficado guardado numa caixa no porão por tanto tempo, e nunca teria ficado se ela soubesse. Mas, quando Michael o prendeu no pulso dela — em meio a lágrimas, beijos e promessas —, ela não fazia ideia de quem era Arthur Rubinstein. Nunca tinha ouvido falar nele. Não sabia que se tratava de um dos maiores pianistas do século XX. Só muito mais tarde ouviu algo a seu respeito, mas então o relógio já estava guardado, longe dos seus olhos e da sua mente. Durante muito tempo após o desaparecimento de Michael, ela evitara tudo o que tivesse a ver com piano — não podia nem ouvir um acorde sem passar mal —, mas conservara o instrumento. Ficou com ele, e não sua irmã, depois que os pais morreram. O mesmo piano em que Michael tocara permanecia na sala da casa dela até hoje. O relógio tinha esperado um longo tempo para ser redescoberto, mas agora que havia sido, ela precisava devolvê-lo. Ele pertencia a Michael e à família dele, não a Dennis ou a Lenny.

— Você não está sendo sensata, mamãe. Você não pode ir sozinha para os Estados Unidos — comentou Dennis, irritado. — É impossível.

Daisy deu um leve sorriso.

— Não é, não.

Perguntou-se se o filho sempre tivera tão pouca fé nela. E, se não, quando exatamente aquilo tinha começado. Quando ela havia atravessado algum portal imaginário e entrado na incompetente fragilidade da velhice? Perguntou-se também se Paul teria pensado como ele ou se teria sido como Lenny — que, ela sabia, ficaria contente quando soubesse.

Isto é, se ele retornasse suas ligações.

— Por quê? Por que você quer ir? — Dennis estava muito agitado. As mãos sobre a mesa, com as palmas para baixo, dez dedos batendo como pistões. — Onde você vai ficar? O que vai fazer? — Irritado. Frustrado. Totalmente desconcertado.

— Tenho uma prima em Nova York. Em Long Island. Vou escrever e perguntar se posso ficar com ela.

— Uma prima?

— Você deve se lembrar de que a irmã da minha mãe se casou com um americano.

— Mas você nem a conhece. — Dennis piscou os olhos rapidamente.

— Isso é verdade. — Daisy assentiu com a cabeça. — E está mais do que na hora de conhecê-la.

Mal podia acreditar em si mesma. Orgulhosa e encantada com sua coragem. Talvez ela precisasse daquele tombo na lama para se libertar.

E para voltar a viajar.

9

Ann Patterson lia a carta de Daisy em pé, na cozinha, um local de barulho e atividade. Seis dos seus dezessete netos, os que ainda estavam na pré-escola, estavam soltos. Dois dos mais novos estavam usando suas pernas grossas como balizas. Ann leu a carta pela segunda vez. E a teria lido de novo, mas um bafo vindo do forno lembrou a ela que havia duas travessas de nuggets de frango e uma de batatas fritas para serem retiradas. Dobrou rapidamente a correspondência e correu para evitar que a comida queimasse.

Ela só teve chance de voltar a olhar para a carta às nove da noite, quando se sentou pesadamente na poltrona para ver televisão. Enfim, estava tudo silencioso, logo após a mais velha de suas cinco filhas, Elisabeth — estressada e exausta, principalmente porque o marido dela, Richard, estava viajando a trabalho, e ainda por cima por ter tido que trabalhar até mais tarde — aparecer para buscar seus três filhos mais novos, Michael, Josh e David. Ann abriu a carta e leu e novo. Pensando.

Uma prima Daisy. Filha da irmã da sua mãe, filha da tia Meredith.

Ann se esforçou para se lembrar de alguma coisa sobre a prima Daisy. Ela sabia que a mãe deixara a Inglaterra quando se casou com o pai, sabia que a mãe tinha tido uma irmã, Meredith, e sabia que Meredith tinha duas filhas, Doreen e Daisy. Mas Ann só esteve na Inglaterra uma única vez, naquela viagem horrível e fatídica, aos 6 anos, quando havia conhecido sua tia Meredith — uma viagem que jamais iria esquecer. Ela nunca tinha conhecido Daisy nem

Doreen, que eram adolescentes na época. Depois daquela viagem, a comunicação foi abruptamente interrompida. Os laços partidos e esquecidos. Sua mãe, morta já havia onze anos.

E ali estava a prima Daisy perguntando se seria muito incômodo ficar algumas semanas na casa dela enquanto tratava de um assunto muito importante em Nova York. Dizendo que viria assim que Ann desse seu consentimento e ficaria apenas o tempo necessário para encerrar o assunto. Ela esperava que não passasse de umas poucas semanas.

Ann releu a carta, estremecendo. Dividida. Em dois pedaços iguais, não em tiras. Por um lado, tinha certo interesse em conhecer a prima. Talvez fosse agradável tentar retomar laços familiares, reatar após tantos anos.

Por outro, seria mesmo um incômodo muito grande. Era difícil para Ann imaginar outro par de pernas, outra boca emitindo sons, outra barriga para encher. A casa era bem grande, e havia muitos quartos vagos. Mas já havia tanta gente dependendo dela. Geralmente, depois que os diversos membros da família iam embora, já estava quase na hora de dormir. Ela precisava acordar cedo para receber a primeira leva de netos. Como arranjaria tempo e energia para receber uma hóspede? E como a hóspede suportaria o barulho, o caos, a desordem, o volume elevado, a alta voltagem?

E se Daisy fosse igual à mãe dela?

Ann suspirou. Ela teria que contar a verdade a Daisy. Escrever para ela e explicar que, apesar de querer muito conhecê-la, tomava conta de sete netos, cinco dias por semana, e mais três além desses durante a tarde, e passava a maior parte dos dias no carro, levando e buscando as crianças. Teria que contar à prima Daisy sobre o quadro de avisos que precisava manter para não errar os horários. Talvez pudesse até tirar uma foto do quadro e dizer que, por mais que não estivesse tentando desencorajar a vinda de Daisy — embora sem dúvida estivesse fazendo exatamente isso, ou pelo menos encorajando outra opção, como um hotel ou uma estada menor —, queria que ela soubesse de antemão que o tempo que poderia dedicar à sua visita seria muito limitado.

Isso sem falar no banheiro de hóspedes, que estava desativado até que seu genro, Joe, tivesse algum tempo para terminar a reforma dele. Duas mulheres tendo que dividir um banheiro durante várias semanas? Bem, Daisy podia não gostar disso.

Ann se recostou na cadeira, fechando os olhos. Pensou que devia se levantar e começar a escrever a carta, que devia responder à prima o quanto antes, que isso era o mínimo que podia fazer. Sentiu-se mal por ser obrigada a desapontá-la, mas convenceu a si mesma que estaria deixando a porta parcialmente aberta para à prima se ela — depois de ficar ciente da sua situação — ainda quisesse vir.

Mas seria um problema se viesse.

Ann reclinou na poltrona com os olhos fechados. Pensou em se levantar, ir até o escritório e procurar seus papéis de carta, imaginando examinar todas as gavetas até achar a caixa, imaginando se sentar à escrivaninha e começar a escrever.

Adormeceu profundamente.

10

Daisy foi poupada. Ela jamais saberia que Ann não queria recebê-la porque a prima nunca chegou a escrever aquela carta. Ela se esqueceu do assunto, da carta e de todas as emoções conflitantes envolvidas, até que isso foi descoberto mais de uma semana depois por sua filha mais velha, Elisabeth.

No dia anterior, Elisabeth havia sido formalmente avisada pelo seu ginecologista que entraria em uma nova fase de sua vida, isso para explicar uma grande quantidade de sintomas irritantes. Irregularidades que duravam quase seis meses. Não dava mais para negar seu novo status: perimenopausa. Ela acordou ao amanhecer de outra noite horrível. O pijama e os lençóis estavam molhados de suor. A palavra havia girado a noite inteira em sua mente. Uma palavra desagradável que invadia seus pensamentos o tempo todo.

Ainda assim, ela precisava trabalhar. De pé às seis e meia. De banho tomado e vestida às sete e meia — um terninho bege, um ou dois números acima do que gostaria de admitir, pois ainda não tinha ficado satisfeita nem com o menor número que conseguira usar recentemente. Vestiu uma blusa de seda cor de cobre, colocou um colar de pérolas, secou rapidamente os belos cabelos castanho-claros e os prendeu atrás. A expressão séria, um tanto cansada, combinada com sua postura, fazia com que ela parecesse ser a bem-sucedida contadora pública que era — até as ruguinhas que se formavam ao redor dos olhos depois de anos lendo números em linhas estreitas de formulários de imposto de renda, planilhas, demonstrações financeiras e telas de computadores.

Preparou um rápido café da manhã para quatro dos seus cinco filhos; o quinto, Steve, já estava na faculdade. Imaginou ter Richard em casa para ajudá-la, em vez de no trem das seis para a cidade todo dia. Tirou a mesa e pôs a louça na máquina de lavar. Estava pronta para sair às oito e quinze quando seu filho do meio, Michael, de 13 anos, percebeu que não estava encontrando o pen drive de que precisava para a aula de história da Europa. Ele continha não apenas seu trabalho — Michael disse que não se importava com isso, o que não foi surpresa nenhuma para Elisabeth, que não tinha visto o trabalho nem ouvido o filho mencioná-lo — mas também o trabalho do seu melhor amigo.

Elisabeth e os meninos viraram a casa de cabeça para baixo até que David, o mais novo, de 9 anos, conseguiu encontrá-lo. Por algum motivo ele foi parar em cima da lareira e não num lugar normal, como dentro do bolso das incontáveis camisas, calças, jaquetas e mochilas onde procuraram.

Esse drama fez com que os meninos se atrasassem e perdessem os ônibus, obrigando Elisabeth a levá-los para a escola. Eram duas diferentes. David, Josh, de 11 anos, e Pete, de 17 anos — todos exceto Michael, o culpado —, estavam ansiosos por causa do atraso, implorando a Elisabeth que fosse mais depressa, embora ela estivesse presa no trânsito engarrafado enquanto o relógio corria. O que, por sua vez, a fez se atrasar para uma reunião. Por causa da tensão, ela derrubou seu café, sujando todo o banco da frente do carro e tudo que estava num raio de um metro, inclusive o terninho novo, os sapatos velhos e a maleta aberta. Diversas pastas, dezenas de formulários de imposto de renda e o couro marrom iriam carregar o cheiro de café velho até o fim dos seus dias.

Quando chegou ao trabalho, Elisabeth se sentia cansada, estressada e mentalmente esgotada. No entanto, por mais difíceis que as primeiras horas do dia tivessem sido, viu que as coisas podiam ficar piores. Como estava atrasada para a reunião, seu chefe, Palmer, de forma estúpida, se oferecera para substituí-la. Aparentemente sem condições para isso.

O chefe de Palmer teve que cuidar do assunto. Depois que os clientes foram embora e Palmer foi mandado para casa, Elisabeth foi chamada. O chefe pediu que ela fechasse a porta. Sentiu um frio no estômago ao ouvir isso. Recebeu uma repreensão séria pelo atraso, seguida de uma discussão em relação ao chefe, o que fazer com ele, e uma checagem completa de seus prazos futuros e de qualquer prazo de Palmer que ela estivesse a par.

Por fim punida, Elisabeth voltou ao seu escritório e começou a trabalhar obedientemente atrás de sua grande mesa, cercada de fotos de Richard e dos garotos. Nenhuma com menos de cinco anos, em diversos tipos de molduras. Questionando-se se a vida era só isso.

Era? Era mesmo? Não estava faltando nada?

Com o queixo apoiado na palma da mão e o cotovelo apoiado na mesa, desejou algo que pudesse animá-la. Então cedeu ao consolo habitual, fazendo o que costumava fazer: entrar no site PuppyFinder.com para olhar os cachorrinhos fofos. Hoje, yorkshire terriers; ontem tinham sido beagles; antes disso, collies. Uma breve olhada nos filhotinhos antes de sair relutantemente do site, obrigando-se a voltar para a rotina do dia.

Enquanto isso, Ann estava em casa com os netos. Todas as suas cinco filhas deixavam um ou mais filhos com ela. Os pequenos durante a manhã e os de Elisabeth, David, Josh e Michael, depois da escola.

Ann passou a manhã como sempre: distraindo os netos, lendo para eles, colorindo com eles, permitindo que vissem televisão por meia hora e também os alimentando, trocando fraldas e cuidando de todos os sete. Serviu o café da manhã às crianças às nove — cada uma ganhou uma torrada com canela e um copo de suco — e depois as deixou brincando na sala de jogos enquanto tomava sua caneca de café, a terceira do dia, e comia três torradas de trigo integral. Pronta para agir num piscar de olhos se fosse necessário, vigiando as crianças com atenção da mesa da cozinha e admirando o modo como interagiam entre si, mesmo sendo tão pequenas, e como prestavam atenção em algo que nunca tinham visto antes.

O almoço foi macarrão com queijo em sete pequenas tigelas, uma grande para ela, e brócolis, que todos gostavam — e isso sempre a surpreendia. Ann colocou manteiga derretida em seu prato; o dos netos foi sem molho. Cada criança ganhou um copo de leite.

Após o almoço, Ann tomou outra caneca de café.

Às três e quinze, David e Josh chegaram e começaram a fazer o dever de casa, lanchando biscoitos com leite que ela lhes deu enquanto tomava outro café, o quinto e último do dia. Às quatro, porque era terça-feira, Ann colocou as duas crianças que ainda estavam com ela na minivan Crysler — as outras já tinham sido buscadas — para levar David e Josh para a aula de piano, deixando um dos netos em casa no caminho.

Brincando com Brandon, de 4 anos, durante a aula de piano, Ann fazia o possível para ele não ficar entediado e aborrecido. Deu um saco de pretzels para ele quando nada mais funcionou, o que o manteve satisfeito até entrarem na minivan para voltar para casa, um trajeto que levava trinta e cinco minutos quando o trânsito não estava ruim. Mas, em Long Island, esse nunca era o caso. Primeiro passou na escola para pegar o filho de Elisabeth, Michael, do treino de beisebol. Ele a recebeu com um aceno indiferente e subiu na minivan com os fones do iPod nos ouvidos — como sempre ultimamente.

Chegaram de volta a casa depois das seis, pouco antes de a filha Lynn aparecer para buscar Brandon. Elisabeth iria buscar David, Josh e Michael depois que fosse com Pete ao oftalmologista, que receitaria novas lentes de contato.

Espaguete, almôndegas e salada para o jantar. Juntos à mesa — Ann, David, Josh e Michael. David e Josh falavam sem parar sobre professores, amigos, esportes, qualquer coisa. Como sempre fazia, a avó imaginou se o medo de comer sozinha a fazia continuar agindo daquela maneira.

Ligado a seu iPod, Michael não participava da conversa. Num mundo só dele, apesar de esbarrar o cotovelo no dela toda vez que levava o garfo à boca. Ann desejava que ele tirasse os fones dos ouvidos e conversasse com eles, mas nunca havia imposto regras se o comportamento não estivesse prejudicando ninguém. Ela queria acima de tudo que os netos se sentissem felizes na casa da avó.

Elisabeth chegou lá às sete e meia, sua blusa cor de cobre para fora da calça de um lado, os cabelos se soltando do prendedor, o batom desbotado. Nos olhos, uma expressão preocupada, cautelosa, por causa de alguma coisa que tinha acabado de ouvir no rádio.

Ann encheu o lava-louça enquanto Elisabeth mandava os meninos pegarem suas coisas. Ralhou com Michael ao passar, dizendo:

— Que tal me agradecer pela manhã de hoje? Perdi uma reunião por causa do seu pen drive.

— Obrigado pela manhã de hoje. — O rosto de Michael era totalmente inexpressivo.

— Você precisa se vestir desse jeito? — Elisabeth arrancou um dos fones do ouvido do filho.

Michael olhou para ela, fechando a cara.

— Qual o problema com a minha roupa? — retrucou, tornando a enfiar o fone no ouvido antes de escutar a resposta da mãe.

— Simplesmente tudo — gritou Elisabeth, olhando aborrecida para as costas dele quando o garoto saiu da cozinha e entrou na sala para pegar a mochila. As calças estavam ridiculamente baixas na cintura, lutando contra a gravidade, com o pano sobrando nas pernas. O cinto estava no meio da bunda, deixando aparecer um palmo da cueca de xadrez que vestia.

— O que faz com que ele pense que o mundo inteiro quer ver sua cueca? — perguntou Elisabeth à mãe. — É uma coisa tão arrogante. — Pensou, não pela primeira vez, como ele se sentiria se *ela* andasse pela rua mostrando um palmo de sua calcinha.

— Ah, isso é normal — respondeu Ann. — É uma moda idiota, mas também tivemos modas idiotas na nossa época.

Elisabeth achou que a mãe provavelmente tinha razão. Sentia-se abalada pelo que havia acabado de ouvir no rádio do carro. O que não deveria ser mais que uma notícia sem importância a deixara nervosa a ponto de perder a paciência com Michael e seu iPod. Uma ladainha familiar passando por sua cabeça: ela nunca ia deixar Josh e David, ambos músicos talentosos — quase tão talentosos quanto Michael —, seguirem os passos do irmão. Nunca ia deixá-los largar o piano. Ela ainda se arrependia todo dia de ter cedido aos pedidos de Michael para parar depois de nove anos e milhares de dólares investidos em aulas. Olhe aonde isso o levou.

— Está tudo bem? — indagou Ann. — Como foi o seu dia?

— Agitado. Ridículo. — Elisabeth via a mãe limpar a mesa. Então, sem pensar, falou: — Por acaso você tem acompanhado as notícias sobre esse cara que estão chamando de Homem Dardo?

Ann meneou a cabeça.

— Bem, tem um cara em Manhattan andando de bicicleta e atirando dardos na bunda das mulheres.

— O quê? — Ann fez uma expressão de espanto. Não haveria fim para as perversões da raça humana?

— Não estou inventando isso, é verdade. Ele acertou cinco mulheres nas últimas três semanas e uma hoje. Acabei de ouvir no rádio do carro. Os dardos não são fatais, mas obviamente ser atingida na bunda dói, e a polícia não consegue descobrir quem está fazendo isso nem por quê.

— Algum doido...

Ann balançou a cabeça. Guardou a esponja na pia, pensando em pegar o aspirador para limpar o chão e a sujeira de sempre. Precisava passar o aspirador toda noite, pelo menos na sala de jogos e na cozinha. O restante da casa normalmente aguentava mais tempo.

— O problema é o seguinte. Eu acho que Richard pode ser o Homem Dardo — continuou Elisabeth.

Ann olhou para a filha, surpresa ao ver que ela estava falando sério. Esqueceu o aspirador. Pensou que a filha estivesse enlouquecendo.

— Elisabeth, você não pode estar falando sério.

— Estou.

— Não pode estar.

— Estou.

— Você acha que o seu marido é o Homem Dardo?

— Ele pode ser. Talvez ele seja. — Elisabeth balançou a cabeça.

— De onde você tirou essa ideia?

— Bem, ouça. Primeiro — Elisabeth começou uma contagem nos dedos —, eles dizem que o Homem Dardo deve ser esperto para escapar sem ser apanhado. Richard é muito esperto. Eles dizem que provavelmente é alguém que não tem ficha na polícia. Richard não tem. Eles dizem que deve ser alguém sem impulsos para crimes violentos. Acham que é alguém que só está querendo chamar atenção. Richard gosta de atenção. Ele só tem atacado nas segundas e quintas por algum motivo. Eles não sabem por quê. Quais são os dias que Richard anda de bicicleta na cidade? Segundas e quintas! Que tipo de bicicleta o Homem Dardo usa? Uma mountain bike vermelha. Qual é a bicicleta de Richard? Uma mountain bike vermelha! — Ela proferiu a última frase com ênfase e continuou: — E aqui está o argumento conclusivo: o que Richard adora fazer? Jogar dardos! Você se lembra de quando ele ainda tinha uma vida fora do trabalho? O que ele costumava fazer? Ele jogava dardos! Lembra? Ele amava dardos! Lembra como ele era bom?

Parada, olhando para a filha, sua filha de 44 anos, uma profissional bem-sucedida, Ann procurou em seu rosto largo algum sinal de que estivesse brincando. Talvez um brilho travesso nos olhos verdes. Um sorriso irônico nos lábios finos. Esperava que Elisabeth abrisse um sorriso. Mas isso não aconteceu. Elisabeth estava nervosa. Ann não sabia bem por onde começar. Crianças pequenas eram muito menos complicadas.

— Está bem, Lizzie, vamos encarar a realidade, por favor. Seu marido não é o Homem Dardo. Ele é um advogado, um advogado bem-sucedido, sócio de uma firma importante. Dificilmente o tipo de homem procurado pela polícia seja lá pelo que for, muito menos por atirar dardos em mulheres.

Elisabeth fez que sim com a cabeça, mas não ficou convencida.

— Eu sei. Parece difícil de acreditar, mas nunca se sabe. Não é uma possibilidade que um homem totalmente estressado, sofrendo muita pressão, pudesse acabar cometendo esse tipo de ato? O tempo todo ouvimos histórias de pessoas que surtam de repente. E o que essas pessoas fazem quando surtam? Algo que sabem fazer bem. Dardos. Ele jogava em Yale! — Nervosa, Elisabeth falava alto e rápido. — Ouvimos histórias de mulheres que descobrem coisas horríveis sobre os maridos o tempo todo. Lemos esse tipo de coisa nos jornais todo dia.

— Sim, mas você não é uma delas. Você não vai descobrir isso sobre o *seu* marido. — Ann olhou com severidade para a filha. — Você precisa ir para casa e ter uma boa noite de sono. Provavelmente vai rir de si mesma amanhã.

Elisabeth assentiu, torcendo para a mãe estar certa. Foi chamar os meninos na sala de jogos. Tinha que levá-los para casa. Josh e David ainda precisavam praticar piano, uma hora cada. E Michael tinha uma prova final de história da Europa e mais matemática e química, além de outros exames finais dentro de uma semana. Ele não podia tirar mais nenhuma nota medíocre. Já devia estar em casa estudando. Elisabeth imaginou a luta que seria arrancá-lo do estupor do iPod e fazê-lo estudar. Pensando com saudade no tempo em que Michael era o mais cooperativo dos meninos, quando a palavra dela era tudo. O que tinha acontecido? Quando? Nenhuma resposta.

Verificou seu relógio e pediu aos filhos que se apressassem, preocupada com quando Richard voltasse para casa do trabalho. E se não conseguisse olhar para ele? E se só conseguisse enxergar dardos?

Afastou aquela ideia da cabeça.

— Vamos, meninos. — Balançou as chaves, examinando a sala para ver se eles tinham esquecido alguma coisa. — Vamos logo.

Bocejou. Depois notou o envelope com selo estrangeiro. Pegou-o.

Os meninos saíram um atrás do outro.

— Tchau, vovó. — Em coro.

— Tchau, meninos. Vejo vocês amanhã.

— O que é isso? — perguntou Elisabeth à mãe, vendo o brilho de reconhecimento e depois de tensão nos olhos dela. — Quem é Daisy Phillips?

— Uma prima. Da Inglaterra. A mãe dela era a minha tia Meredith.

— Por que ela escreveu para você?

— Ela está planejando uma viagem a Nova York. Perguntou se poderia ficar aqui comigo.

— Que bom! — Elisabeth sorriu, sentindo a ideia de alguém vindo da Inglaterra soprar sobre ela como uma lufada de ar fresco. — Quando ela chega?

Ann franziu a testa.

— Eu não disse a ela que podia vir.

— O quê? Por que não?

— Mãe! — chamou Michael da varanda. — Por que você está demorando?

— Estou indo! — gritou de volta, virando-se de novo para Ann. — Por que você não disse a ela que podia vir?

— Tive medo de não ter tempo de distraí-la — respondeu, revelando apenas parte da verdade.

— Ela precisa ser distraída?

— Bem, não. Ela disse que vem tratar de negócios. Mas, estando aqui, tenho certeza de que vai precisar de pelo menos *um pouco* de atenção. Ela vai ter *algumas* necessidades. Temo não ter tempo nem energia para dedicar a ela.

— Mãe, isso é loucura. Você disse a ela para não vir?

— Não, mas também não disse para ela vir. Não respondi a carta.

— Mãe, vamos! — Agora era Josh, gritando da porta. — Tenho que começar a praticar.

— Entrem no carro. Já estou indo. — Elisabeth se virou de novo. — Mãe, você tem que escrever para ela e dizer que pode vir. Se acha que vai ser demais para você, ela pode ficar comigo. Eu adoraria conhecê-la. Nunca tivemos contato com a sua família inglesa.

— É mesmo? — Ann percebeu uma possível solução. — Ela pode ficar com você?

— É claro que pode. Os meninos vão amá-la.

— É mesmo? Você pode hospedá-la? Richard não vai se importar?

— É claro que não — garantiu Elisabeth, esperando que isso fosse verdade. Esperando que, depois de vinte e um anos de casamento, ainda o conhecesse tão bem a ponto de poder dizer isso.

Esperando que ele não fosse o Homem Dardo.

11

Daisy entrou em casa, mal conseguindo passar pela porta, lutando com duas sacolas cheias de compras em cada mão que continham dois novos pares de sapatos, três novos conjuntos de saia, um belo robe cor-de-rosa com chinelos combinando. Fazia muito tempo que não se sentia tão animada. Aproveitou cada aspecto dos preparativos para sua viagem, recusando-se a ficar preocupada por ainda não ter recebido um retorno de Ann. Preparou-se para que, tão logo a resposta chegasse, ela estivesse pronta para entrar no primeiro avião.

Ela nunca estivera em Nova York. Nunca havia sentido vontade de ir após o desaparecimento de Michael. Sempre que Paul sugeria, e ele tinha feito isso muitas vezes ao longo dos anos, Daisy arranjava uma desculpa para não ir.

Atravessou a porta de casa com Nova York, Manhattan, a linha do horizonte, o Empire State Building, a Times Square e a Broadway passando por sua cabeça. Desejou ter a chance de ver todas essas coisas enquanto estivesse lá. Precisava verificar a que distância Long Island ficava de Manhattan e onde exatamente era Port Washington, a cidade onde Ann morava.

Correu até o quarto para começar a fazer as malas.

Dennis parou o carro no portão da garagem da casa da mãe. Atravessou, apressado a entrada para chegar à porta amarela ladeada de rosas. Suas flores, sempre bonitas e saudáveis. A chuva estava começando a cair, a primeira em dois dias. O serviço de meteorologia mais uma vez tinha previsto um dilúvio.

Subiu os degraus da frente de dois em dois. Tocou a campainha, protegendo da chuva os papéis que carregava. Curvou os ombros para a frente. Eles eram o motivo da sua visita.

A porta foi aberta. Daisy sorriu para ele. Sabia por que o filho estava lá; o sorriso era fingido. Por dentro, sentia-se mal, mal, mal. Começava a perder a coragem de novo. Começava a pensar que não podia fazer isso. Não podia vender a casa.

— Entre, Dennis. Vou preparar um chá para você. Pelo visto começou a chover outra vez.

— Não, não, obrigado. Só tenho alguns minutos. Preciso voltar ao trabalho. Temos prazos muito apertados para cumprir.

Ele a seguiu até a cozinha e se sentou à mesa. Colocou os papeis diante de si, arrumando-os direitinho.

Daisy pôs a chaleira no fogo.

— Uma sorte termos dois dias sem chuva. Consegui terminar de cortar a grama — comentou Daisy, pensando que finalmente a casa não estava com uma aparência estranha.

— Quem você chamou para fazer o serviço?

— Ninguém — respondeu Daisy com orgulho. — Eu mesma fiz tudo. Não deu trabalho nenhum. — Trabalho nenhum se não se levasse em conta o que tinha acontecido antes e se não se considerasse que ela havia levado mais de seis horas para realizá-lo, de quatro no chão, com um par de tesouras cortando a grama quase que talo por talo, antes de conseguir fazer o cortador de grama funcionar.

— É mesmo? — Dennis parecia espantado. — Não deu trabalho nenhum? — Naturalmente, pensou no que tinha acontecido dois dias antes e imaginou como ela podia dizer com sinceridade que não tinha dado trabalho nenhum. — Bem, mãe...

— Talvez você possa cuidar disso enquanto eu estiver viajando — interrompeu-o Daisy. — Só uma ou duas vezes, se a chuva deixar.

Dennis passou as mãos nos olhos, esfregando-os.

— Você ainda está pensando em ir para Nova York?

— É claro que estou.

Dennis suspirou.

— Quando?

Daisy não respondeu de imediato. Ainda não tinha recebido resposta de Ann, mas estava decidida a ir com ou sem a casa da prima para se hospedar.

— Em breve. — A água começava a ferver, e a chaleira, a assobiar. Daisy apagou o fogo, despejando com cuidado a água na xícara. — Tem certeza de que não quer uma boa xícara de chá quente? Vai lhe fazer bem.

Dennis meneou a cabeça.

— Mas quando? Você já tem alguma data em mente? O que a sua prima disse?

— Meu passaporte está em ordem e já fiz minhas compras e as malas. Imagino que vou ficar fora por um mês — respondeu, então colocou a chaleira de volta no fogão e se sentou para tomar chá.

— Um mês? É mesmo? Tudo isso?

— Imagino que sim. Talvez até um pouco mais. — Não sabia onde Michael Baker morava; só tinha o endereço de remetente das cartas escritas sessenta anos antes. Não sabia se ele estava vivo ou morto nem como conseguiria encontrá-lo. Ou como conseguiria encontrar os filhos que ele poderia ter tido. — Vou comprar uma passagem sem data de retorno — acrescentou, colocando uma colher de açúcar no chá e fazendo aquele aconchegante som doméstico ao bater no fundo da xícara a cada mexida.

— É um momento impróprio para você planejar uma viagem sem data certa para voltar, mas acho que não posso fazer com que mude de ideia.

— Não, não pode, Dennis. Estou decidida. — Desejava já ter recebido uma resposta favorável de Ann.

— Bem, então... — Dennis pigarreou, tornando a arrumar os papéis à sua frente. — Vamos ao motivo da minha visita. Esses são os papéis que o corretor precisa para mostrar sua casa. Você só precisa assinar em alguns lugares. — Apontou, mostrando a primeira linha em branco com o dedo.

Daisy mexeu o chá. A colher de prata fazendo o alegre som num ritmo agradável.

— Mamãe, detesto parecer um chato insensível, mas não tenho muito tempo. Apenas assine aqui e na outra folha para eu poder ir. Por favor.

Sem conseguir pegar a caneta da mão dele, Daisy olhava para os papéis. Sem movimento.

O telefone tocou.

Um som tão inesperado que Daisy deu um salto. Correu para atender.

— Alô? Daisy? — Uma voz desconhecida. Uma voz americana! O coração de Daisy pulou de alegria.

— Sim, aqui é a Daisy.

— Daisy, aqui é sua prima Ann. Como vai?

— Ah, Ann! Eu vou bem, e você? — Daisy estava zonza de alegria. Não teve tempo para se preocupar com o fato de que talvez as notícias não fossem boas, de que Dennis estava bem ali diante dela e talvez ouvisse que a prima não ia poder hospedá-la. Sentiu apenas uma coisa: alívio. Alívio por Ann não estar morta e por ela ter ligado.

Olhou para Dennis, sentado todo empertigado na cadeira, mostrando-se igualmente irritado e curioso.

— Achei que ligar seria melhor que escrever. Eu queria responder o mais rápido possível, não queria deixar você esperando.

— Sim, maravilha. Obrigada.

— Lamento dizer isso, mas a situação é, bem, vou direto ao ponto. Vai ser difícil você ficar comigo, mas minha filha Elisabeth adoraria hospedá-la. Ela tem um quarto extra. Mora a uns três quilômetros de mim.

Daisy se sentiu encantada. Aliviada.

— Maravilha.

— Basta nos avisar o dia e a hora da sua chegada. Vai ser um prazer buscá-la no aeroporto.

— Maravilha — repetiu Daisy, sem conseguir raciocinar direito. — Eu estava pensando em ir daqui a alguns dias, se não houver problema. — Tropeçava nas palavras. Virou-se para olhar para Dennis, que prestava atenção a cada detalhe.

— Isso seria ótimo. Anote o meu telefone, me ligue quando estiver com as passagens e os horários acertados.

— Maravilha. — Daisy continuava repetindo, com medo de Ann achar que ela era uma imbecil que só sabia dizer uma palavra.

Ann não estava achando nada disso, é claro. Ela estava pensando que tinha que desligar para apartar a briga entre Matthew e Brandon por causa de um lápis de cor lilás — antes que os dois acabassem chorando.

Daisy anotou o número, agradecendo a Ann. Uma nova Daisy retornava à mesa. Tomou alegremente o chá, contando para Dennis sua conversa com Ann.

Interessado a contragosto, Dennis sabia vagamente que tinha primos americanos — sua mãe havia mencionado isso vez ou outra ao longo dos anos —, mas nunca se interessara muito. Agora, de repente, eles tinham nomes: Ann, Elisabeth. Eles tinham se tornado reais. Dennis precisou se esforçar para retornar ao motivo da sua idade ali, apesar de preferir pensar naquelas novas primas, Ann e sua filha Elisabeth, e imaginar a vida delas em Nova York. Em Long Island.

Mas tinha uma tarefa a cumprir — duas tarefas, na verdade: uma em Liverpool, que estava muito atrasada. A outra ali, naquela cozinha mesmo, também já muito atrasada. Apontou para a linha no contrato e estendeu a caneta, pedindo:

— Mamãe, vamos terminar logo isso? Depois você pode voltar a planejar sua viagem e eu posso voltar ao trabalho.

Daisy não aceitou a caneta.

— Mudei de ideia, Dennis — disse, corajosamente. — Desculpe. Não vou vender a casa. — De repente, compreendeu. Por que venderia a casa? Ela nunca voltara atrás em sua palavra, mas havia momentos em que era necessário. — Desculpe fazer isso com você de novo, Dennis, mas você e Amanda devem ir sem mim. Estou falando sério — concluiu, dando um aperto carinhoso na mão dele.

Dennis olhou para a mãe. Apesar da reação de Amanda, ele não se importou. Estava pensando nos primos desconhecidos de Nova York. Ele lidaria com a esposa mais tarde. Talvez parasse numa joalheria a caminho de casa. Um presente sempre amenizava a situação.

12

Homem Dardo volta a atacar!

Ann ouvia o noticiário da noite na televisão enquanto preparava bife, salada e purê de batatas para ela, David, Josh, Michael e Pete jantarem. Imaginou de repente se *poderia* mesmo ser Richard. Arrependeu-se imediatamente. De jeito nenhum. Isso era ridículo. Ele era e sempre fora um modelo de marido e pai, trabalhador, responsável e gentil, uma pessoa que nunca falava mal de ninguém. Ann não sabia o que havia acontecido com a filha — por que ela imaginara isso —, mas tinha certeza de que não precisava ficar com esse pensamento em sua cabeça também.

Colocou uma colherada de purê de batatas em cada prato, imaginando se Elisabeth já soubera da notícia e, em caso afirmativo, o que tinha pensado. Esperando que a essa altura ela já achasse isso completamente irrelevante para a vida dela.

Ela não achava.

Quando Elisabeth viu a notícia na internet, estava mergulhada numa declaração de imposto de renda de pessoa jurídica atrasada havia dias, além de envolvida fazia quatro minutos e meio numa conversa telefônica com a professora de história da Europa de Michael, a Sra. Caulfield, a respeito da última e assustadora nota que ele havia tirado e da sua preocupação com o desempenho do garoto nos exames Regents. A professora não entendia por que seu melhor aluno tinha afundado tanto e tão depressa.

— Sra. Jetty, aconteceu alguma coisa recentemente na sua casa que possa estar afetando Michael? — perguntou a Sra. Caulfield com delicadeza. Sem querer se intrometer.

— Bem, me deixe pensar. — Elisabeth tentava ganhar tempo.

— Humm. — Poderia ser o fato de o pai dele ser o Homem Dardo? Isso poderia transformar um aluno nota 10 num péssimo aluno?

— Bem — disse Elisabeth.

E pensou que, antes mesmo de Richard supostamente começar a arremessar dardos em mulheres, ele não tinha voltado para casa antes de Michael ir para a cama mais de três vezes desde o Natal. Já era junho. Podia ser isso? Ou o fato de Richard, que antes era o treinador dos jogos de beisebol de Michael, só ter assistido a um jogo dele a temporada inteira? Ou o fato de Richard passar o fim de semana inteiro com o nariz enfiado no BlackBerry? Ou o fato de que, quando ele não estava concentrado no BlackBerry, estava olhando para a TV? Podia ser isso que estava transformando Michael, o antigo aluno brilhante, numa decepção? O antigo talentoso pianista clássico num viciado em ouvir música pop no iPod? O antigo fã de história num admirador de cultura pop? O antigo saudável e feliz membro da família, que sempre tinha tempo para os irmãos mais novos, num rapaz fechado e antissocial?

Ou talvez fosse o fato de Elisabeth estar tão estressada que tinha medo de se desintegrar? Será que era isso que estava perturbando Michael? Muito tempo atrás, quando ela e Richard começaram a ter filhos, ele trabalhava um número razoável de horas e ela trabalhava meio expediente. Mas, à medida que as despesas foram aumentando — ensino superior, aulas de música, impostos e assim por diante —, Richard teve que entrar na corrida frenética que era ser sócio de uma firma de advocacia, e Elisabeth precisou voltar a trabalhar em horário integral. E, para piorar a situação, ela odiava o emprego — agora mais que nunca, porque eles tinham acabado de demitir Palmer, passando todos os clientes dele para ela. Se tivesse que preparar mais um dos formulários de imposto de renda do ex-chefe, ela ia morrer. Com certeza.

Elisabeth devia ter ido para a faculdade de artes. Mas a mãe não permitira. Mas quem podia culpá-la? O pai dela, seu avô, abandonara a família quando Ann tinha 6 anos. E o marido de Ann morreu e a deixou sozinha para criar cinco filhas. Naturalmente, ela tinha aconselhado as filhas a trilhar um caminho mais seguro.

— Humm... — Elisabeth sabia que a professora estava esperando, sabia que tinha que dizer alguma coisa. — Não sei. — Na verdade, pensou: não sei por onde *começar*. Sentiu-se tão cansada. Dormir tinha se tornado um luxo destinado aos jovens. Era como se tivesse ficado velha demais para isso, o que deixava sua roupa de dormir encharcada.

— Eu simplesmente não sei o que fazer. — A Sra. Caulfield coçava a cabeça.

Somos duas, pensou Elisabeth.

— Só me resta marcar um encontro obrigatório entre ele e o psiquiatra da escola, o que já fiz, e permitir que ele refaça a prova final. Nunca fiz isso antes, nos meus vinte e dois anos como professora, mas também nunca vi isso antes. Na segunda vou permitir que ele faça a prova.

— Obrigada. — Elisabeth estava com a cabeça entre as mãos.

— De nada. Agora, o Regents é na semana que vem. A nota que ele tirar não vai poder ser mudada. Vai constar para sempre no boletim do ensino médio. E um cinquenta e nove? Um cinquenta e nove no exame final? Falei com os outros professores. Todos dizem a mesma coisa. Tem que haver alguma coisa errada com ele. Você deve ter percebido isso em casa.

Elisabeth olhava para a declaração de imposto de renda incompleta e atrasada em cima de sua mesa, a que ela deveria ter terminado três dias antes. Fechou os olhos, desejando que tudo desaparecesse ou que voltasse para onde estava antes. Desejou parar o tempo quando todos os seus filhos eram pequenos, assim como seus problemas. Quando ela sabia todas as respostas.

— Você deve ter observado uma queda considerável em todas as notas dele.

Um caleidoscópio de provas passando pela cabeça de Elisabeth: provas do quinto ano, provas do sétimo ano, provas do nono ano, provas do último ano do ensino médio; de Josh, David, Michael, Pete; matemática, ciências, gramática, redação, espanhol, francês, história. Todas elas girando freneticamente em sua mente.

— Bem. — Elisabeth tentava formular algum argumento que pudesse desmentir a conclusão óbvia da professora, de que era uma mãe totalmente ausente. — A senhora sabe... — Sentiu-se a mulher de 44 anos que havia se tornado, em plena perimenopausa, com a menstruação irregular. Deve ser isso, ela pensou. O lento declínio ficando mais acelerado. Desejou que alguém a substituísse naquela conversa. Que tal Richard, por exemplo? Ele se sairia muito melhor. — Deixe-me ver... O último teste de matemática dele... — Seus olhos fitando a tela do computador, emudecendo-a. A manchete: Homem Dardo volta a atacar.

A voz da Sra. Caulfield atropelou seus pensamentos.

— Tudo bem — interrompeu, parecendo irritada. — Temos que encontrar um jeito de fazer com que ele entenda a importância do Regents e com que suas notas voltem a ser o que eram. Michael também tem um exame de inglês e de matemática, pelo que sei.

— Eu, ahn... — Elisabeth estava lendo a notícia para ver onde o Homem Dardo tinha atacado. Incapaz de desviar os olhos da tela. Incapaz de prestar atenção na ligação. Lendo que a polícia estava em busca de informações sobre este criminoso desconhecido, que tinha atacado de novo, naquela tarde, na esquina da rua 48 com a Lexington Avenue, atingindo uma mulher de 30 e poucos anos que esperava o sinal abrir para atravessar.

A mente de Elisabeth absorvia os fatos. Não podia ser Richard. Ele só andava de bicicleta nas segundas e quintas, e hoje era quarta! Uma sensação de alívio. Estava acabado — todo aquele temor a respeito do Homem Dardo, só porque Richard gostava de dardos e andava de bicicleta na cidade duas vezes na semana. Ela estava mesmo precisando de férias. Graças a Deus a escola e todos os deveres maternais estavam finalmente terminando, trazendo a relativa tranquilidade do verão.

— Sra. Jetty? — A voz voltou a interromper seus pensamentos.

Elisabeth retornou à realidade. Tentou lembrar a última pergunta, a que ela devia estar se preparando para responder.

— Eu, ahn... — Buscava uma resposta. De repente, aquilo não pareceu mais ser um grande problema. Nada que ela não pudesse resolver. — Sra. Caulfield, Michael vai ficar bem. Vou fazer com que estude para a nova prova final que a senhora está sendo tão generosa em permitir que ele faça na segunda. E ele vai se dar bem no Regents. Tenho confiança nisso.

— Espero que tenha razão — disse a Sra. Caulfield, mal conseguindo disfarçar sua dúvida.

Despedidas cordiais. Fim da ligação. Elisabeth se recostou na cadeira. Respirou fundo e soltou o ar com calma. Toda a tensão relativa a Richard desaparecendo. Recuperou o controle — não tão confiantemente quanto fizera a Sra. Caulfield pensar, mas bastante confiante. Ia encontrar forças e ser persistente para dar um jeito em Michael. Ela cobraria dos outros meninos também. Rachaduras só aumentam.

Agora, passando a outras questões urgentes: a declaração na frente dela, preparar-se para receber a prima, Daisy Phillips, que chegaria no dia seguinte, as diversas festas de fim de ano na escola, os treinos para os campeonatos de verão, os recitais e os concertos de piano marcados para as duas semanas seguintes.

A cadeira da escrivaninha voltou ruidosamente à posição normal. Elisabeth se inclinou sobre a mesa, os olhos embaçados sobre a declaração de imposto de renda. Precisou de mais um minuto para recomeçar. Entrou no site dos filhotinhos de cachorro. Hoje, golden retrievers.

Recebeu um e-mail. Do diretor da empresa. Era um lembrete de que estava atrasada com uma declaração de imposto de renda. Três dias atrasada. O prazo era segunda-feira. Hoje era quinta.

Elisabeth ficou gelada. E não por causa da declaração — por causa do dia. Não era quarta-feira.

Era quinta-feira.

13

Na noite anterior à viagem de Daisy para Nova York, seus dedos das mãos e dos pés formigavam de empolgação. Duas malas vermelhas estavam abertas lado a lado sobre a cama. Sentada ao lado delas com as mãos no colo, Daisy fazia a conferência de tudo de novo.

Ela fizera e refizera as malas várias vezes. Em algumas ocasiões, as mantas infantis entravam; em outras, não. Às vezes, achava uma tolice levá-las; outras, achava que seria agradável tê-las. Ora havia espaço para elas; ora não.

Verificou passaporte, passagens aéreas, informações de voo, dinheiro americano. Ela havia ido ao cabeleireiro. Ligara para se despedir das amigas. Conversou com sua nova chefe na biblioteca e explicou que ia viajar por mais ou menos um mês. A nova chefe sorriu com doçura e disse que Daisy não precisava ligar quando voltasse, agradecendo a ela os serviços prestados. Daisy não se incomodou. Sem Grace Parker, não tinha o mesmo gosto pelo emprego.

Repassou todos os planos da viagem na cabeça. As mantas de bebê — pelo menos por enquanto — foram deixadas. Daisy consultou o relógio. Só sete horas. Queria ter uma boa noite de sono antes de viajar, mas sete horas era ridículo. E, além disso, havia outras coisas a fazer.

Levantou-se e se serviu de um Cointreau, levando-o para o quarto. Pensou em Paul, imaginando-o se preparando para a viagem. Ela vira isso tantas vezes que não era difícil imaginar. Pensar nele a acalmou — ou talvez tenha sido o Cointreau. Ou, quem sabe, ambos.

Voltou para a cama. Os pensamentos sobre Paul a levaram a pensar sobre Michael. O motivo da viagem. Terminou seu drinque, resolvendo não adiar mais. Pegou a caixa de sapato de cima da mesinha de cabeceira, que tinha trazido do porão, antes da enchente. Aquela caixa de sapato continha as cartas de Michael — cartas que ela não vira em quase seis décadas.

Carregou-a apertando-a contra o peito até o piano, o piano que Michael tocara, sedento pelo instrumento como se fosse uma fonte de água salvadora, tão secos eram os seus dias na base militar.

Sentada ao piano, Daisy se lembrou de como costumava se sentar no banco ao lado de Michael, vendo seus dedos voarem sobre o teclado, maravilhando-se com sua maestria, deliciando-se com os sons fantásticos que eles produziam. Apaixonada pelo rosto de Michael — as sobrancelhas cerradas, o queixo firme, o cabelo caindo na testa, entrando nos olhos concentrados. Completamente mergulhado num profundo reservatório de mistério e paixão. Pela música, pela vida, por ela. Quando ele tocava, Daisy sentia seus corações unidos, batendo no mesmo ritmo.

Ergueu a mão, passando os dedos levemente pelo teclado. Paul tinha sugerido várias vezes que os meninos estudassem piano, mas ela sempre encontrara algum jeito de impedir. Não conseguia tolerar vê-los mexendo no instrumento. Não podia tolerar que ele tivesse um lugar em sua vida ou a fizesse pensar no que poderia ter sido.

Respirou fundo, abriu a caixa de sapato. A caligrafia dele, ali. Até aquele momento, não teria sido capaz de se lembrar da letra de Michael, mas a reconheceu imediatamente ao vê-la. Uma ternura nostálgica tomou conta de Daisy ao olhar o interior da caixa, as dezenas de cartas ali dentro. Leria todas elas.

Pegou a primeira, aliviada ao ver que havia um endereço de remetente: Michael Baker, rua 2, número 11.440, apartamento 2, Brooklyn, Nova York.

Esse era seu ponto de partida: o primeiro passo para encontrá-lo.

Abriu cuidadosamente o envelope, mofado, prestes a se desintegrar.

Daisy leu — a princípio devagar, porque eram só palavras, mas, à medida que continuou lendo, um certo ritmo, um modo particular de falar e um sotaque americano começaram a despertar dentro dela — o apelido que ele dera a ela: Pequena Pepita.

Ao fim da terceira carta, era a voz dele, não a própria, que estava ouvindo.

Daisy releu cada carta duas vezes, oitenta e sete ao todo. Cada uma tão bem-escrita e cheia de sentimentos quanto as outras.

Relendo-as, experimentou uma sensação estranha. Era como um livro, a vida de outra pessoa, de alguém que conhecia intimamente. E estava tão absorta pelas cartas que quase não ouviu a campainha.

Lenny. Lenny e Sarah. Lenny abraçou a mãe, dando um beijo estalado em seu rosto, dizendo:

— Viemos da casa de Dennis. Ele me disse que você vai para Nova York. É verdade?

Daisy riu com alegria, abrindo a porta para eles entrarem. Uma parte dela ainda estava nas cartas.

— Entrem — convidou Daisy, animada. — Que tal uma boa xícara de chá?

— Não, obrigado. Não vamos demorar. — Seguiram Daisy até a cozinha. — Só queríamos passar aqui para desejar boa viagem.

— Ah, tomem uma xícara de chá. Não vai demorar. — Daisy pôs a chaleira no fogo.

Lenny e Sarah puxaram cadeiras, sentando-se à mesa.

— E então, que novidade é essa de ir a Nova York?

Daisy contou tudo, exceto sobre o relógio.

Recostado na cadeira, com as mãos cruzadas sobre a barriga, Lenny ouviu tudo, sorrindo.

— Talvez a gente vá um dia, hein, Sarah? — Feliz com a ideia, Sarah disse que adoraria. — Você vai abrir o caminho, preparar o terreno. Sarah e eu vamos depois.

Daisy sorriu, observando Sarah. Encantada ao ver seus olhos afetuosos, suas feições simpáticas. Feliz porque essa parecia diferente em aparência e comportamento.

— E ouvi dizer que quando você voltar essa casa pode estar vendida — comentou Lenny.

A água começou a ferver. A chaleira apitava. Daisy deu um salto para apagar o fogo. Ali parada, com a chaleira na mão. Espantada.

— Quem disse isso?

— Dennis acabou de dizer — respondeu Lenny, empurrando a xícara que a mãe havia posto na mesa para ele.

Daisy despejou com cuidado a água quente em sua xícara. Sarah, sacudindo a mão sobre a xícara, recusou.

— Não, obrigada.

Devolvendo a chaleira ao fogão, Daisy perguntou:

— Agora mesmo? O que ele disse exatamente?

— Que você tinha assinado os papéis. Os dois já estão praticamente gastando o dinheiro, estão prestes a fechar negócio numa casa em Chessex como se você já estivesse morta e enterrada.

Com os lábios crispados, Daisy olhava para Lenny.

— Se me dão licença — Sarah entrou na conversa —, foi a esposa dele. Era Amanda quem estava falando. Na minha opinião, Dennis ficou tão surpreso ao ouvi-la dizer que eles estavam quase comprando uma casa nova quanto você, Lenny.

— Pode ser, pode ser — concordou Lenny.

— Bem, essa casa não vai ser vendida — disse Daisy, irritada. — Dennis sabe disso. Não assinei os papéis. Não vai haver nenhum dinheiro extra, então não vai haver nenhuma casa grande para Amanda. Pelo menos enquanto eu estiver viva — completou, cruzando os braços sobre o peito.

— Ótimo. Eu nunca gostei dessa conversa. Dennis provavelmente teve medo de contar a verdade para Amanda. Ela parece ter se precipitado demais.

Daisy concordou, deixando o assunto morrer. Lenny desviou a conversa de volta para Nova York, desejando uma ótima viagem para a mãe. Depois se levantou, anunciando que eles precisavam ir. Beijos, abraços, despedidas, e então eles foram embora.

Deixaram Daisy com suas cartas — e a foto, a única foto, a foto de uniforme militar. Numa contemplação silenciosa, ela a olhava atentamente, tentando sem sucesso invocar novas lembranças. Leu as cartas de novo antes de guardá-las num envelope pardo e enfiá-las na mala. Voltou para a cozinha para lavar sua xícara. Depois foi para o quarto.

Pegou a mantinha de bebê de Lenny de cima da cama e a guardou na sacola de lona, fechando o zíper.

Deitou-se na cama. Apagou a luz.

Acendeu a luz. Abriu o zíper.

Colocou a manta de Dennis lá dentro também.

14

Na véspera da chegada de Daisy, a casa estava silenciosa. Todos dormiam.

Exceto Elisabeth — de novo. Deitada na cama, a camisola úmida, pegajosa, assim como os lençóis sob ela, ouvindo Richard roncar, como em tantas outras noites. Mas, ao contrário de outra noite qualquer, dessa vez ela se levantou da cama bem devagar, caminhou pé ante pé até a porta e saiu do quarto, desceu a escada e foi até o banheiro, onde havia deixado uma muda de roupas. Ainda sem estar completamente segura de que iria mesmo fazer aquilo. Provavelmente seria a maior loucura de sua vida. Prosseguindo com o plano, tomou café na cozinha pouco iluminada da casa escura e silenciosa, perguntando a si mesma se estaria agindo de forma sensata.

Decidiu que, loucura ou não, ela o faria.

Encheu sua velha caneca de viagem de aço inoxidável com café quente. Não conseguiu lembrar quando fora a última vez que havia tomado café numa caneca de cerâmica normal, sentada à mesa da cozinha. Quem não levava café para viagem atualmente? Acrescentou leite desnatado e adoçante. Pegou uma caixa de biscoitos e uma lata de amendoim, para evitar ser surpreendida pela fome ou pela exaustão. Saiu em silêncio da cozinha para o ar frio da noite, atravessou o jardim da frente e chegou à calçada.

Abriu em silêncio a porta de seu carro. Pôs o café no porta-copo e a comida e a bolsa no assento do passageiro. Já ia entrar, mas parou com um pé dentro e outro fora. Decidiu verificar o carro dele primeiro.

Começou a busca no BMW prateado de Richard, novinho em folha, ajoelhando-se no assento do motorista. Passou as mãos pelo estofado, pelo carpete, debaixo dos bancos. Examinou todo o interior.

Em busca de dardos.

Se ele fosse o Homem Dardo, teria que ter dardos.

Vasculhou o interior do carro sem encontrar nada. Aliviada, mas não surpresa. Seria tolice da parte dele guardá-los ali. A ausência de provas não queria dizer nada. Elas seriam facilmente detectadas no veículo, guardadas debaixo de um assento ou no porta-luvas. Os meninos poderiam entrar no carro dele de repente, ou mesmo ela. Elisabeth saiu do BMW e fechou a porta sem fazer barulho.

Entrou no seu Mercedes SUV preto e partiu.

Para Manhattan. Para o escritório de Richard. Para procurar dardos.

Sabia que era loucura, mas decidiu ir assim mesmo — atravessando as ruas escuras e vazias de Port Washington, passando pelo porto e fazendo a curva da Main Street, passando pela loja de ferragens, pela biblioteca, pelos diversos restaurantes, postos de gasolina, pubs, delicatéssens e padarias ao longo da rodovia.

Daisy chegaria no dia seguinte. Elisabeth precisava saber se tinha convidado sua tia idosa para se hospedar na casa do Homem Dardo.

Não foi um problema para Elisabeth entrar no prédio de Richard pela porta giratória à uma e meia da manhã. Ela só precisou da carteira de motorista. Os guardas que faziam a segurança não criavam caso com as esposas dos sócios.

O elevador abriu no trigésimo sexto andar, de frente para a sala de recepção ultramoderna do escritório de Richard. Elisabeth verificou os longos corredores, para a direita e para a esquerda, aliviada ao ver que não havia ninguém. Ela não tinha pensado no que iria dizer.

Embora não fosse lá havia anos, não teve dificuldade em lembrar o caminho até a sala do marido. Quando Steve e Pete eram pequenos, ela costumava levá-los ao escritório de Richard todo Natal. Eles iam todos juntos ver a árvore no Rockefeller Center e depois passeavam pela FAO Schwarz e se juntavam à fila de pessoas que caminhava devagar pelas maravilhosas vitrines: da Macy's na Herald Square, da Lord & Taylor e da Saks na Quinta Avenida. Elisabeth adorava ver os rostos rosados dos meninos contemplando compenetrados os displays bonitos e criativos que se movimentavam mecanicamente.

Mas fazia anos que não visitavam a cidade no Natal. Enquanto percorria o corredor atapetado e as paredes cheias de quadros, Elisabeth prometeu a si mesma que, independentemente do que estivesse acontecendo na época, ela levaria os meninos até lá no próximo Natal — David, Josh e até mesmo o rebelde Michael, que ainda se recusava a estudar, alegando não ligar para escola ou para notas.

Aquilo havia ocasionado outra briga mais cedo naquela noite. Ela teve que esconder o iPod dele, mandá-lo para o quarto e aprisioná-lo a noite inteira, sem saber o que ele estava fazendo lá dentro. Michael dormiu antes dela; isso ela sabia.

Elisabeth entrou na sala de Richard e acendeu a luz. Sentiu-se dissimulada e sinistra.

E culpada — porque as primeiras coisas que viu foram: fotos dela e dos meninos em cima da mesa e do aparador, fotos que ela nem sabia que ele tinha. Com o coração batendo mais rápido, pegou uma fotografia. Viu sua vida objetivamente como qualquer pessoa que olhasse para a mesa de Richard veria. Parecia muito boa. Rostos sorridentes dos seus belos filhos durante as férias. Ela e Richard ao longo dos anos, começando pela foto de casamento até um registro do Natal anterior. Uma foto que ela jamais imaginava que ele tinha, dos dois abraçados em frente à árvore enfeitada, num raro momento em que ambos estavam acordados e desocupados o suficiente para posar. A foto havia sido tirada por Steve, que viera da faculdade. Lembrava-se disso. E aqui estava ela, num porta-retratos, sobre a mesa dele. Quando Richard tinha feito isso? Quando ele havia escolhido aquela imagem, comprado o porta-retratos e montado a foto sem lhe dizer nada?

Sentiu uma grande ternura por ele. Percebeu que o marido não havia mudado. Os dois haviam ficado mais velhos. Eles haviam ficado mais ocupados. Ela havia ficado maluca. Segurou o porta-retratos, sentindo os olhos se encherem de lágrimas, desejando estar de volta na cama ao lado dele, no silêncio do seu quarto. Para poder ouvir sua respiração e tentar imaginar seus sonhos, como sempre fazia.

E ia pedir desculpas a ele — não em voz alta, é claro. Richard nem sabia que era suspeito. Ela ia pedir desculpas em sua cabeça por ter tido coragem de pensar que esse marido, pai, homem maravilhoso, responsável e sério poderia ter feito aquilo que ela havia pensado.

Elisabeth pôs a foto de volta sobre a mesa. Sentou-se na cadeira em frente à dele. Por apenas um momento. Para refletir sobre sua vida antes e agora. Para examinar aquela mistura de emoções. Levantou-se e deu a volta na enorme mesa, para se sentar na cadeira dele — para se reconectar em algum nível. Para se colocar de volta onde sempre estivera em relação ao marido. Ao ocupar aquele assento de couro preto e de espaldar alto, descansou os braços sobre os braços da cadeira. Encostou os pés no chão e girou, algo que os meninos teriam feito. Imaginou Richard sentado ali, presidindo uma reunião. Permitiu-se sentir orgulho dele. Observou o tamanho do escritório. Observou a vista. Era o Central Park, trinta e seis andares abaixo. Era um homem muito bem-sucedido.

Tinha estudado em Yale, com uma bolsa de estudos, e se formara em direito. Seu pai havia sido motorista de ônibus em Nova York; sua mãe, uma recepcionista de consultório médico.

Elisabeth se sentiu bem melhor. Eram quinze para as duas; tinha um longo percurso de volta até sua casa. Era melhor ir logo, e ela iria sem olhar uma gaveta. Estava acabado. Deixaria esse episódio para trás.

Levantou-se. Saiu da sala.

Parou subitamente.

Ali, atrás da porta, um alvo. Quatro dardos bem no centro.

Elisabeth voltou apressada para o carro, dizendo a si mesma para ficar calma.

Desceu a Quinta Avenida dizendo a si mesma que havia alvos pendurados atrás da porta de escritórios desde o início dos tempos. Que provavelmente sempre houvera um na dele. Que isso não queria significar nada. Desejou voltar ao estágio anterior: amando e confiando no marido.

Obrigou-se a parar de pensar nisso. Ligou o rádio, mexendo no botão. Procurou uma estação de música, ajustando o volume. Bem alto.

Quando chegou à Williamsburg Bridge, só pensava na música, na letra, no ritmo. Música de sua juventude. Cantava alto. Sem medo de ser ouvida. Apenas alguns carros na ponte, um ou dois táxis solitários. Elisabeth dirigiu acima do limite de velocidade, aproveitando a rara ausência do trânsito.

Chegou à rodovia vazia e enfiou o pé no acelerador. Seguiu aumentando a velocidade, aumentando o volume, cantando ainda mais alto. Recuperou algo: a euforia. Sentiu-se energizada. Livre e viva.

Fazia muito tempo que não se sentia tão livre. Voando pela rodovia na direção de casa como algum velho hippie num filme, pensando que aquilo era ainda melhor que olhar carinhas de filhotes de cachorro na internet e que não se divertia tanto desde que sua ginecologista tinha mencionado aquela palavra horrível.

Naquela noite, Elisabeth dormiu melhor do que havia muitos meses.

15

A caminho do aeroporto, Dennis quase bateu com o carro. Era verdade que o motorista de táxi na outra pista estava dirigindo como se acreditasse na promessa de uma vida após a morte melhor. Também era verdade que Dennis tinha sua parcela de culpa. Voltando para a sua pista, o táxi buzinava loucamente.

— Você viu isso? — Passou a mão nervosamente pelo cabelo. Uma gota de suor surgindo na têmpora esquerda. — Ele devia ter a carteira apreendida.

— Sim — disse Daisy, com toda a calma, as mãos cruzadas no colo, agarrando as alças de sua bolsa de couro. Embora odiasse ter que fazer isso, perguntou: — A propósito, você disse a Amanda que não vou vender minha casa?

— Sim. Eu disse. Ela sabe. — Dennis fechou a cara.

— Tudo bem, então. Eu só queria ter certeza.

Dennis pensou que podia ter certeza, lembrando-se da briga que isso havia provocado.

O taxista se aproximou do Audi azul, sacudindo o pulso para Dennis e xingando numa língua estrangeira.

— Maluco — resmungou Dennis, recuperando a compostura.

— Vocês decidiram alguma coisa sobre a mudança?

— Ainda vamos nos mudar. — Dennis deu um suspiro. — Amanda está decidida. Talvez já tenhamos nos mudado quando você voltar, e então Lenny terá que ir buscar você no aeroporto.

— Isso não é um problema. Espero que sejam felizes na casa nova.

Dennis também esperava isso.

— Você não esqueceu nada?

— Não, querido.

— Passaporte?

— Você já me perguntou isso. Sim, o passaporte e a passagem estão aqui. — Daisy deu um leve toque na bolsa.

Uma buzina alta. Dennis tinha desviado de novo para a pista errada. Ele deu uma guinada na direção, sentindo-se culpado.

— Puxa, não estou conseguindo me concentrar hoje, não sei o que está acontecendo comigo.

Daisy sabia. O filho estava uma pilha de nervos. Ela se sentiu aliviada quando ele finalmente estacionou o carro. Dennis correu para pegar as malas da mãe — eram duas, uma grande e uma média, de lona. Ambas tinham rodinhas. Daisy carregava uma bolsa e uma mala de mão. Juntos, entraram no terminal.

Estava empolgada só de estar ali. Tanta gente do mundo inteiro, momentaneamente reunida numa interseção de caminhos. Espalhando-se rapidamente em diferentes direções, trocando energia entre si e espalhando uma nova energia no ar. A maioria das pessoas estava apressada, carregando as malas, olhando para a frente. Um grupinho bagunçado, todos com uns 20 e poucos anos, estava sentado no chão, com um olhar vago. Eles tomavam café em copos de plástico com tampa, as mochilas lotadas, espalhadas ao redor. Calados, como se tivessem esgotado o que dizer alguns países atrás e estivessem cansados demais para falar.

Daisy e Dennis caminharam até o balcão de check-in. A fila de passageiros à frente ia até o fim da área cercada com cordas, onde havia um cartaz grande com símbolos universais do que não se podia mais levar na bagagem de mão.

Daisy parou para ler o cartaz. A sensação boa desaparecia. Porque ninguém tinha dito — ou talvez tivesse dito e ela tivesse esquecido — que não era permitido levar líquidos para dentro do avião, inclusive pasta de dente, xampu e maquiagem, que ela não estava levando. Mas, se essas coisas eram proibidas, com certeza outras semelhantes também eram, coisas que carregava consigo.

Dennis passou pelo cartaz para entrar no fim da fila, atrás de um homem de negócios. Olhou para trás, para Daisy, para ver por que ela havia parado. Percebeu que a mãe estava nervosa. Um casal com três filhos pequenos entrou na fila atrás deles, com um monte de malas e acessórios.

— Dennis, estou com um problema — avisou Daisy, nervosa.

— O que foi? — Procurou algo óbvio. Olhou, preocupado, na direção da família atrás deles, todos esticando os pescoços para ver se a fila estava andando enquanto ele ficava parado.

E ela estava. Abriu-se um espaço entre Dennis e o homem de negócios.

Daisy apontou para o cartaz.

— Olhe o que não pode ser levado para dentro do avião.

— Certo. Você está levando alguma dessas coisas?

— Não, não exatamente isso. — Daisy balançou a cabeça.

— Tudo bem, então — respondeu Dennis, ligeiramente irritado, aproximando-se do homem de negócios.

Daisy não o acompanhou. Grudada no chão em frente ao cartaz.

— Geleia de laranja — desculpou-se. — Estou levando seis vidros de geleia de laranja.

— Geleia de laranja! Na sua bagagem de mão?

— São para dar de presente. Três vidros para Ann. Três para Elisabeth.

— Elas não podem comprar geleia de laranja em Nova York?

A família atrás, num movimento orquestrado, passou por Dennis e Daisy, empurrando e puxando dezenas de malas de todos os tamanhos — primeiro o pai, depois a mãe, depois as três crianças pequenas. Atrás deles, outro grupo se formou imediatamente. E um grupo desordenado mais atrás.

— Não sei. — Daisy estava nervosa. — Não sei se elas podem comprar geleia de laranja em Nova York. Provavelmente, sim, mas não no Dunkirk's. Eu queria levar para elas geleia de laranja da fábrica original mais antiga de Liverpool.

Dennis olhava para o grupo de viajantes tensos e impacientes atrás da mãe, que continuava ancorada diante do cartaz.

— Tem certeza de que está na bagagem de mão?

Daisy assentiu.

— Bem, então é melhor tirar. Você vai ter que colocar na mala e despachar.

Sem conseguir disfarçar uma careta, Dennis desistiu de sua vez na fila. Resolveu procurar, seguido por Daisy, um lugar menos tumultuado para fazer a transferência. Passou no meio da multidão de pessoas e malas.

Daisy se esforçou para recuperar a empolgação inicial, mas ela havia desaparecido. Só se sentia embotada — por ter dado um passo maior do que a perna ao resolver fazer aquela viagem temerária. E nervosa, porque a qualquer momento ela e Dennis estariam se despedindo um do outro. Ele iria deixá-la sozinha naquele mundo anônimo, grande e indiferente. E se ela não conseguisse? E se tivesse cometido outro erro como aquele da geleia? Agora se lembrava de que tinha sido avisada quanto às restrições de bagagem de mão. E tinha esquecido. Às vezes esquecia coisas.

De repente se sentiu velha e insegura. Devia cancelar a viagem? Negociar com a companhia aérea? Tentar recuperar o dinheiro que pudesse? Ligar para as primas, agradecer a elas, e convidá-las para irem a Liverpool? Voltar para casa e retomar a rotina calma da sua vida?

Olhou para a nuca de Dennis, que atravessava resolutamente o saguão lotado. Até a nuca do filho parecia irritada, o modo como o cabelo caía por cima do colarinho.

O aborrecimento de Dennis dava forças a ela. Irritando-a, devolvendo-lhe a crença de que era capaz de fazer aquilo. Afinal de contas, Dennis também esquecia coisas o tempo todo. E Lenny? O que ele não esquecia? Qualquer um deles poderia ter esquecido as restrições da bagagem de mão. Qualquer pessoa poderia esquecer, de qualquer idade. Ela poderia ter feito o mesmo vinte, trinta, quarenta, cinquenta anos antes.

Não se deixaria abalar. Ela ia em frente. Ia para Nova York. Não importa o que acontecesse.

Deu um tapinha no ombro do filho.

— Olhe, Dennis, tem um lugar ali. — Apontou para um espaço desocupado à esquerda do saguão.

Dennis observou, aprovando. Andou naquela direção. Seis vidros de geleia retirados da bagagem de mão e guardados na mala a ser despachada. Então Dennis e Daisy voltaram à fila do check-in.

Daisy agora seguia na frente.

Afivelou o cinto de segurança, pronta para a decolagem.

Enquanto os motores roncavam, Daisy se recostava no assento. Fechou os olhos à medida que o avião ganhava velocidade na pista. Cerrou bem as mãos quando o nariz da aeronave levantou, enterrando as unhas nas palmas. E o avião subiu com o impulso poderoso do motor.

Imaginou a mão de Paul na sua. Como costumava fazer.

16

Enquanto Daisy embarcava, passando com cuidado do túnel de embarque para o interior da aeronave — após dar um tapinha no exterior do avião, algo que ela e Paul sempre faziam antes de decolar —, Ann pensava sobre quem deveria ir esperá-la no aeroporto.

Conhecendo a aversão da mãe por rodovias, Elisabeth já havia imaginado que seria ela quem iria. Richard e Pete continuavam dormindo. David e Josh estavam lá embaixo vendo televisão. Encostada do lado de dentro da porta de Michael, de roupão e chinelos, Elisabeth bloqueava a saída dele. Lembrou-se com carinho de seu passeio secreto da véspera.

— Segunda, está entendendo? A Sra. Caulfield está sendo muito bondosa em deixar que você refaça a prova, e você vai recompensar a generosidade dela tirando uma nota cem. E a única maneira de conseguir isso é estudando. E a única maneira de eu ter certeza de que você está estudando é vigiando. Ontem você não fez nada. Não vou desgrudar os olhos de você de agora até segunda. Você não pode ir ao treino de beisebol, não pode ouvir música no iPod, não pode jogar no Xbox, nem no Wii, nem no computador. Você vai estudar hoje e amanhã o dia inteiro. Entendeu, Michael?

Michael parecia muito mais novo de pijama. Ali, tão cedinho. Ainda quente da cama. O cabelo desgrenhado. Não agia de forma agressiva nem estava com aquela atitude de adolescente — só tinha um olhar vago.

— E você vai comigo ao aeroporto.

— Para quê? — Michael bocejou.

— Para quê? Para buscar a prima Daisy, é claro.

— Eu tenho que ir? — questionou ele, gemendo.

— Tem, sim. Vamos sair daqui ao meio-dia, então é melhor você levantar, descer para tomar café e começar a estudar.

Sem esperar pela discussão, ela se virou e desceu para começar a preparar o café. Momentos e lembranças do seu passeio mágico da noite anterior percorriam sua mente, dando-lhe injeções de vida, energia, perspectiva. Afastou a imagem do alvo atrás da porta de Richard, focando apenas na corrida gloriosa de carro. Imaginou se seria tarde demais para se tornar motorista de caminhão.

Tirou Richard da cama informando que ele tinha que levar David a uma festa em um boliche às dez e Josh a uma festa em um *laser tag* às onze, e depois voltar ao meio-dia para buscar David e à uma para pegar Josh. Acrescentou que as festas ficavam em direções opostas, e que com o trânsito habitual de sábado de manhã ele levaria uma hora para ir de uma à outra. E lembrou ao marido que a hóspede deles estava para chegar e que eles receberiam todas as irmãs dela com suas famílias para um jantar de boas-vindas.

Vestindo uma camiseta azul e uma calça de flanela xadrez com cadarço na cintura, Richard olhava para ela de um jeito nada jurídico. Com o rosto áspero da barba por fazer, com sobrancelhas escuras e os cabelos desgrenhados, os músculos e a pele do rosto tensos. Totalmente zonzo enquanto ela dizia aquilo tudo, enfiando uma caneca de café na mão dele — um gesto de bondade para ajudá-lo a começar o dia. Elisabeth observava seu ar confuso até ele finalmente parecer ter compreendido tudo.

Cinco para o meio-dia, Elisabeth e Michael estavam sozinhos em casa. Quando apareceu na porta do quarto do filho, encontrou-o na escrivaninha, onde ele havia passado a última hora e meia. Achando que o tinha visto fechar uma gaveta do móvel, perguntou-se se ele teria feito algum progresso.

— Está na hora de ir — chamou Elisabeth, bastante animada.

— Vá sem mim — murmurou Michael, sem esperança.

— De jeito nenhum. Vamos receber minha prima desconhecida. — Tentou fazer aquilo parecer uma aventura.

— Como se eu tivesse alguma coisa a dizer para uma senhora idosa.

Ele fechou o livro, cedendo com bastante facilidade. Na verdade, havia cooperado razoavelmente naquela manhã, com algumas manifestações inexpressivas de rebeldia. O que fez com que Elisabeth se sentisse culpada. Obviamente, Michael estava gostando de ter a atenção da mãe, de ela estar totalmente focada nele e só nele, mantendo-o no seu radar. Elisabeth até brincou um pouco com o filho, como costumava fazer, imaginando se não seria só isso, se não bastaria agir assim, e, nesse caso, por quanto tempo conseguiria fazê-lo?

Michael se levantou. Os dois estavam quase da mesma altura agora. A calça jeans dele, bem abaixo da cintura, a cueca aparecendo em cima.

Elisabeth fez uma careta. Ela não queria — a manhã tinha sido tão calma —, mas não conseguiu se controlar.

— Fala sério — disse, com uma voz simpática —, você não vai assim, vai? — Manteve a calma.

Michael olhou para a própria roupa, fingindo que não estava entendendo.

— Por quê? O que tem de errado com a minha roupa? — Como se eles não tivessem passado por isso um milhão de vezes antes.

— Você não vai receber uma senhora inglesa com uma calça que não passa muito da altura da sua meia, vai? — Elisabeth manteve o tom leve, engraçado.

— Por que não? Por que uma senhora iria se importar com o que eu estou vestindo? — Começou a levar a coisa a sério. Recorrendo a velhas defesas.

Olhando bem para o filho, Elisabeth tentou se lembrar de como era aos 13 anos. Imaginou se algum dia tinha pensado assim. E imaginou se ele tinha razão. Por que Daisy se importaria? Avaliou se deveria desistir ou estragar uma manhã calma com a mesma velha discussão.

— Troque de roupa, por favor. — Um tom de voz um tanto suplicante.

— Não. Eu gosto dessa. — Michael alisou a frente da sua camiseta laranja. — Eu acho bonita.

— Acha mesmo? — retorquiu Elisabeth.

Ele não ia ceder. Estava decidido, dificultando as coisas. E se estivesse falando a verdade? Elisabeth voltou a olhar para o filho por um bom tempo. Pensando numa coisa. Pensando em pôr em prática algo que havia pensado durante seu passeio noturno. Enquanto acelerava animadamente junto dos outros motoristas em alta velocidade na via expressa de Long Island. Em algum lugar do Queens. Uma visão — entre muitas — tinha passado pela cabeça dela. Uma visão que dizia respeito a Michael.

— Tudo bem. — Elisabeth, obstinada, decidiu não entrar naquele velho jogo. Resolveu tentar algo novo. Uma nova abordagem. Uma tática totalmente diferente. — Vá pegar alguma coisa para comer na cozinha. Você pode sentir fome no caminho. Eu já vou. — Virou-se e saiu.

Alguns minutos depois, Elisabeth apareceu na cozinha.

— Pronto?

Michael pegava alguma coisa na geladeira. Virou-se para responder, com um vidro de picles e diversos frios embrulhados em plástico na mão. Ao vê-la, arregalou os olhos.

— Vamos, meu chapa — disse Elisabeth, com naturalidade. — Não vamos deixar uma senhora idosa esperando.

Michael estava perplexo. Chocado com a aparência da mãe, sem saber como reagir.

— Vamos — repetiu Elisabeth, saindo da cozinha. — Não dá tempo de fazer um sanduíche. Pegue uma maçã ou uma banana.

Michael olhou para ela, tendo uma visão de costas. Viu a mãe estava vestindo um jeans do pai, do jeito que Michael usava: bem largo, mal ultrapassando a linha das coxas e preso por um cinto que passava pela parte de baixo da bunda. Calcinha com estampa de flores, típica de senhoras idosas — Elisabeth fizera questão de encontrar uma calcinha horrível de grávida dentro de uma caixa no fundo do armário. Ela ficava uns dez centímetros acima da cintura da calça, cobrindo sua barriga de meia-idade. E vestiu uma blusa curta para não esconder nada.

Michael olhava para ela, horrorizado, tentando desajeitadamente guardar a comida de volta na geladeira. Depois correu atrás da mãe.

— Mãe! — Alcançou-a na varanda da frente. — Você não vai sair assim.

— Por que não? — questionou Elisabeth, com ar inocentemente. — Eu acho que estou muito bem.

— Não está, não! Está horrível! — Examinou a rua para ver se nenhum vizinho estava olhando, parado na varanda enquanto ela entrava no carro.

— Vamos. Temos que correr — avisou com uma voz alegre.

— Você não vai fazer isso. — Michael segurava o livro contra o peito como se fosse um escudo. — Você não vai esperar a sua prima vestida desse jeito. Você só está fazendo isso para me convencer.

— Se você trocar de roupa, eu também troco. — Elisabeth enfiou a chave na ignição, a porta do carro aberta. Uma perna estava para fora do carro, deixando o tênis à mostra.

Os dois se encaravam. Michael, tenso na varanda. Elisabeth, exultante ao volante, percebendo que, para sua surpresa, o fato de estar vestida como Michael não a deixava nem um pouco envergonhada. Sentia-se engraçada, tola e livre. Talvez houvesse mesmo alguma vantagem em não ligar para o que os outros pensavam. E, além disso, aos 44 anos, ela não ia mais parecer bonita. No máximo, ia parecer bonita para a idade dela.

— Mas o que a sua prima vai pensar? — Michael estava quase implorando.

— Ela vai pensar que eu e você nos vestimos do mesmo jeito. Agora se decida: ou você vai trocar de roupa e eu também troco, ou então entre logo no carro — falou, com toda a calma.

Michael continuava imóvel na varanda. Indeciso. Tenso. Sem saber se estava sendo manipulado e devia ficar zangado, recusando-se a trocar de roupa; ou se devia proteger sua reputação, a de sua mãe, a de toda a família; ou se devia sentir orgulho por sua mãe não ligar para o que os outros pensavam.

— Anda logo, cara, escolhe.

— Vai logo trocar de roupa, mãe. Pare com isso. Não é a mesma coisa para você e para mim. Não tente fingir que é — respondeu Michael, zangado.

Elisabeth ligou o carro e acelerou, revivendo a corrida por Williamsburg Bridge, pela via expressa de Long Island, pela longa extensão da pista da esquerda.

— Por que não? Se você não se importa de mostrar a cueca para todo mundo, por que eu deveria me importar? Você nunca ouviu falar em igualdade de gênero?

— Aqui não se trata de gênero, se trata de idade.

— Não importa. Agora vamos. Não dá mais tempo para trocar de roupa. Entre logo.

Um vizinho alto e magro, o Sr. Toomey, que usava barba e tinha um corpo de corredor, vestido de forma pouco apropriada para aquele dia quente, com uma camisa de manga comprida de beisebol do Mets, passou por eles, guiado por seu pequeno chihuahua de patinhas curtas e finas. Elisabeth o cumprimentou de dentro do carro, e ele acenou de volta.

Com o rosto vermelho de vergonha, horrorizado com o que o Sr. Toomey devia estar pensando — apesar de o vizinho ser a última pessoa no mundo com credibilidade para criticar o modo de vestir de alguém —, Michael foi relutantemente para o carro.

Elisabeth o observou pelo espelho retrovisor, prendeu o cinto de segurança e deu ré na direção do portão.

De repente, outro carro surgiu do nada, entrou pelo portão cantando pneu e parou ao lado, quase batendo neles. Assustados, Elisabeth e Michael tiveram que se recompor.

Ann desligou o carro e saiu com esforço lá de dentro.

— Mamãe!

— Vovó!

Ambos perguntaram:

— O que você está fazendo aqui?

— Eu também vou. — Ann se dirigiu apressadamente para o banco do carona. — Puxa, eu tive medo de não encontrar mais vocês.

— Você vai mesmo? — perguntou Elisabeth. — Isso *realmente* é uma surpresa.

Ann abriu a porta do carro.

— Fiquei com medo do que ela poderia pensar se eu não estivesse lá. Ia pegar muito mal. — Entrou e fechou a porta. — É como diz o ditado: a primeira impressão é a que fica.

— É, mamãe — disse Michael.

— Como será que ela é? — Elisabeth se dirigiu à mãe, no desagradável Belt Parkway, que atravessava o Queens.

Em vez de estudar o livro que tinha no colo, no banco de trás, Michael observava a rodovia e as casas e os parques que a ladeavam.

— Não sei — respondeu Ann, refletindo.

— É incrível que você nunca a tenha conhecido.

Os músculos do rosto de Ann se retesaram.

— Só conheci a mãe dela, quando era pequena. Na única viagem que minha mãe e eu fizemos à Inglaterra, em 1945. Depois daquela viagem, minha mãe não quis mais saber da Inglaterra, e ninguém jamais veio visitá-la. A família dela nunca a perdoou por ter se casado com um estrangeiro, um nova-iorquino, acrobata de vaudevile ainda por cima, e ter vindo embora para a América. Não confiavam nele. Diziam que não ia dar certo. O pior é que tinham razão.

— Bem, não completamente — discordou Elisabeth, descansando o cotovelo na janela do carro, com os dedos enfiados nos cabelos. — Eles tiveram você. Isso foi uma coisa boa.

— Elas dançavam juntas. — Ann estava pensativa. — Minha mãe e a mãe de Daisy, Meredith, antes da minha mãe se casar, antes da briga. Meredith era nove anos mais velha que a minha mãe. Elas percorreram a Inglaterra e a Europa. Foi assim que minha mãe conheceu o meu pai, em Dublin. É engraçado que esses dois, uma dançarina e um acrobata, tenham me feito, uma pessoa desajeitada, com dois pés esquerdos. Devo ter sido uma decepção para eles.

Elisabeth olhou de soslaio para a mãe, surpresa por ela estar falando tanto sobre algo que raramente mencionava. Vendo a tristeza no rosto dela, Elisabeth reconheceu que, mesmo após quarenta e quatro anos, sempre se pode descobrir algo novo sobre as pessoas que você achava que conhecia perfeitamente bem.

17

A aterrissagem foi perfeita. Como deslizar no gelo.

No assento do meio, Daisy olhava de um lado para o outro, tentando enxergar por trás da cabeça grande do homem à sua direita, louca para ter uma primeira visão de Nova York, do Aeroporto Internacional JFK. Sentiu uma aflição no estômago.

O avião taxiava devagar, até parar completamente. O som inconfundível de centenas de cintos sendo abertos ao mesmo tempo dentro do avião. As pessoas se levantavam dos assentos como se o movimento fosse orquestrado.

Daisy permaneceu sentada. Não adiantava se levantar; o corredor estava entupido de gente. O homem de cabeça grande se ergueu e ficou parado perto demais dela, inclinando-se sobre Daisy numa tentativa fracassada de pegar seus pertences no compartimento acima. Sua barriga redonda batia na cabeça dela. Daisy tentava se achatar no assento. O homem elegante à esquerda, o típico empresário, que tinha passado a viagem inteira digitando no laptop, levantou-se calmamente, com paciência, esperando o rio de pessoas no corredor começar a fluir.

Daisy não tinha pressa de sair. Enquanto permanecesse no avião, ainda estaria de algum modo ligada à sua casa. Assim que saísse, estaria sozinha — dependendo totalmente de estranhos e quase estranhos para tudo. Mais uma vez teve medo de não estar preparada. Um milhão de dúvidas em sua cabeça.

O corredor mostrou sinais de movimento, o congestionamento começou a diminuir, o espaço entre as pessoas aumentou um pouco. Daisy sentiu que, se não entrasse na fila logo atrás do homem elegante com o laptop, o homem de cabeça grande ia passar por cima dela. Juntando suas coisas no colo, aproveitou sua deixa e entrou na fila.

18

Elisabeth procurava um lugar para estacionar.

Michael não queria ir com elas até o terminal. Sentado no banco de trás no SUV, ele nem ao menos havia tirado o cinto de segurança. Suas pernas compridas e os pés grandes e desajeitados estendidos, os braços cruzados sobre o peito magro, os músculos do rosto tensos sob a pele rosada.

— Vou esperar aqui. Vou ficar estudando — declarou.

— Não, venha. Podemos precisar de você. Não sabemos quanta bagagem ela trouxe. — Elisabeth destravou a porta.

Ann desceu do carro e esticou as costas no estacionamento. O dia estava quente e úmido, o sol forte do meio-dia brilhava, o céu muito azul.

— Então agora sou o seu burro de carga? — perguntou Michael, irritado.

— Você sempre foi. — Elisabeth sorriu. O elástico da cintura da sua calcinha bem alto, o jeans baixo. Ela examinou os terminais à sua frente, procurando o da British Airways.

— Achei que eu devia ficar estudando.

— Devia mesmo. Mas, como não estudou durante todo o trajeto até aqui quando não tinha mais nada para fazer, não vejo razão para que comece agora que precisamos de você.

Michael bufou alto. Saiu do SUV e estreitou os olhos por causa da claridade.

— Então vamos — resmungou.

E começaram a andar rumo ao terminal.

— Acho que estou ficando nervosa — confessou Ann, antes de passar pelas portas giratórias do setor de desembarque.

— Eu também. Ela disse quanto tempo vai ficar?

— Não.

Michael, caminhando devagar atrás delas, fez o possível para deixar claro o quanto não queria estar ali — mesmo antes do aspecto horrível dos trajes da mãe. Ainda em choque por ela ter levado aquilo adiante.

Ann finalmente notou — parada diante do portão de desembarque. Seus olhos nas roupas de Elisabeth, piscando de espanto. E logo compreendeu. Uma olhadela para o rosto da filha. Uma olhada rápida na direção de Michael. O neto olhava para ela, seus olhos pedindo uma censura firme de mãe para filha.

Ann não sabia de que lado ficar.

— Ela não está ridícula? — perguntou à avó.

Elisabeth olhou para si mesma. Sentiu-se obrigada a rir. Quase tinha esquecido o que estava usando.

— Estou pensando em usar isso a partir de agora. — Apreciou aquela nova excentricidade. Grande contadora pública. Grande esposa de sócio de firma de advocacia.

Michael se virou para o fluxo de passageiros que começava a passar pelos portões de desembarque.

— Como Daisy é? — perguntou Elisabeth.

— Não faço ideia. Ela pode ser qualquer pessoa — respondeu Ann.

O número de pessoas que passava pelo portão aumentava.

— Sabemos que ela é idosa — continuou Ann. — Não deve haver muitas mulheres idosas viajando sozinhas.

Elisabeth e Michael concordaram sem comentários. Observavam as pessoas passando pelos portões, dirigindo-se às esteiras de bagagem.

Os minutos se passavam. Poucas pessoas ainda atravessavam os portões. Nenhuma senhora idosa. Um certo desconforto, o começo de uma preocupação.

E então, por fim, Daisy.

19

Da cidade de Liverpool, conhecida por sua história marítima, por seus portos de grandes navios, por seu centro industrial, por seu estádio esportivo e, é claro, pelos Beatles, Daisy veio marchando, arrastando uma mala vermelha, alegre, animada, olhando com curiosidade para tudo. Querendo ver tudo.

O coração de Ann bateu forte, vendo em Daisy a imagem da própria mãe — como se sua mãe, morta havia tantos anos, tivesse voltado.

Daisy os localizou e apertou o passo. Assim que pôs os olhos nos três, soube que eram eles. A mulher baixa, robusta, usando um conjunto de calça comprida azul-marinho, com o cabelo penteado para trás, olhos castanho-claros, nariz pequeno e redondo, pele morena um tanto enrugada, nada parecida com o resto da família. A mulher mais jovem, de 40 e poucos anos — e então Daisy levou um susto: as roupas dela eram indescritíveis —, fez Daisy rever suas suposições de que as nova-iorquinas eram tão elegantes quanto as europeias. E o adolescente — alto, magro, desengonçado, exibindo toda a arrogância da juventude.

Daisy puxou sua mala com rodinhas na direção deles. Ann e Elisabeth apreciaram o movimento dela em sua direção; chamando-a, avaliando-a com os olhos. Elisabeth gostou dela imediatamente — sua postura, sua estrutura delicada, seu ar de simpatia e curiosidade.

Ann achou tudo nela muito familiar. Vendo em Daisy todas as coisas que sua mãe tinha sido e havia desejado ver na filha, mas que nunca viu. Em vez disso, ela fora uma filha baixa, robusta, pesada, com o físico herdado do avô paterno. Uma decepção para a mãe e desalentador para Ann, mortificando-a para o resto da vida.

— Ann? — perguntou Daisy, quando chegou a uma distância razoável.

Ann assentiu com a cabeça. As duas mulheres ali paradas, uma olhando para a outra. Nenhuma delas avançou para se tocar.

— Daisy. — Elisabeth se adiantou. — É um prazer conhecê-la. Eu sou Elisabeth, filha de Ann. Você fez uma boa viagem? — Estendeu a mão para dar um tapinha no braço de Daisy.

— Excelente.

— Que bom. Estamos muito felizes em ter você conosco. — Elisabeth tentou reprimir a cacofonia de vozes discordantes em sua cabeça; a sua e as dos seus filhos.

Felizmente, Richard não tinha discordado. Simplesmente dissera "Tudo bem" e adormecera na mesma hora, fazendo Elisabeth desejar de novo ter um pouco mais do tempo dele. Assim que havia terminado de relatar sucintamente o comportamento recente de Michael e de uma rápida atualização a respeito dos outros filhos, tinha menos de um minuto para falar sobre qualquer outro assunto antes de Richard cair no sono.

— Esse é o meu filho Michael. — Elisabeth pôs a mão nas costas do jovem, empurrando-o na direção de Daisy.

— Prazer em conhecê-lo, Michael — cumprimentou Daisy, alegremente, pensando no nome dele.

Michael acenou com a cabeça, olhando fixamente para o chão e pensando: mais uma senhora igual às outras; todas são iguais.

— Vamos pegar suas malas. É por aqui — indicou Elisabeth. O grupo finalmente acompanhou os últimos passageiros que seguiam naquela direção.

Havia uma multidão ao redor da esteira. Daisy respirou fundo. De repente se sentiu cansada. Mal tinha dormido no avião — nervos

— e estava com fome; ela só havia provado a comida — nervos de novo. De repente tudo pareceu muito desanimador: pegar as malas, ir até a casa, aquele lugar estranho. Talvez fosse demais para ela. Talvez devesse tomar o avião seguinte de volta, sem nem ao menos retirar as malas, apenas mandá-las para o próximo avião que fosse cruzar o Atlântico.

Um ruído de engrenagens ao fundo; a esteira começou a se mover. As malas surgiam. A multidão agitada, indivíduos que estavam atrás abriam caminho até a frente no meio da parede de gente para pegar seus pertences. Ansioso, o coração de Daisy batia acelerado enquanto ela esperava sua bagagem aparecer. Ann e Elisabeth olhavam de soslaio para a senhora, examinando-a. Michael nem se dava ao trabalho. Ele já vira o que precisava ver. Era uma velhinha, e velhinhas eram tão interessantes quanto visitas guiadas a casas históricas, nas quais se ouvia exaustivamente sobre os materiais usados nas cortinas, nas tapeçarias, nas almofadas.

Elisabeth tentava calcular de quanto tempo e ajuda Daisy iria precisar, e se ela se arranjaria bem o dia todo sozinha. Perguntou-se o que teria planejado e se lembrou da mãe dizendo que Daisy tinha um assunto para tratar — mas qual? E será que ele envolveria Elisabeth? Daisy saberia dirigir? Será que ela conseguiria se adaptar ao volante do lado esquerdo? E se ela achasse que Elisabeth estaria livre para levá-la a toda parte? Será que Daisy sabia que Elisabeth trabalhava o dia inteiro? Será que Ann havia mencionado isso? Agora não adiantava muito pensar no assunto, ela sabia, mas, como em todo o resto da sua vida, só reparou o problema quando se deparou com ele.

Elisabeth não era a única que estava imaginando o que a visita de Daisy iria exigir. Ann também se questionava sobre isso. As duas mulheres estavam pensando na mesma coisa quando Daisy avistou sua bagagem.

Daisy deu uma batidinha no ombro de Ann antes de iniciar sua luta através da multidão que tinha diminuído um pouco, mas que ainda era grande. Andando para a frente, tocou educadamente nos ombros das pessoas, pedindo licença para passar no meio da aglomeração relutante. Ann e Elisabeth atrás dela. Pela manga, Elisabeth agarrou Michael, que resmungou.

Posicionada à frente da esteira, Daisy apontava para sua mala. Enquanto isso, um murmúrio de espanto por parte da multidão. As pessoas reagiam a algo que estava vindo na direção delas sobre a esteira. Apontando. Outras pessoas esticavam o pescoço para ver. Todos riam do idiota que tinha feito aquilo — alguém havia guardado vidros de geleia numa sacola de lona. Havia geleia saindo por todas as costuras da mala. A geleia de laranja do Dunkirk's vazava para a esteira e pingava no chão.

— Que tipo de débil mental faria uma coisa dessas? — perguntou Michael.

Horrorizada, Daisy sentiu uma pontada de tristeza. Elas não iam ganhar suas geleias do Dunkirk's. Depois abafou um risinho, desejando que Dennis e Lenny estivessem lá. Talvez Dennis não achasse engraçado, mas Lenny acharia. Ele estaria morrendo de rir.

— Que constrangedor ter que lidar com isso — Daisy ouviu Elisabeth dizer.

— Quem fez isso deve ser idiota demais para ficar constrangido — retrucou Michael.

Daisy observou seu erro se aproximando deles. Detestou ter que admitir que a mala era dela. Como poderia pedir a Michael para pegar aquela mala imunda? Eles provavelmente iriam tentar largá-la no estacionamento.

Todos ao redor mantinham os olhos pregados na bagagem, esperando para ver quem iria pegá-la. Rapidamente, Daisy tentou lembrar o que havia na mala, pensando em talvez ir embora, deixando-a rodando ali para sempre.

Não teve essa sorte. Lembrou que ali havia artigos de higiene — dispensáveis; camisolas — dispensáveis; um segundo par de sapatos — dispensável; livros e mapas de Nova York — dispensáveis; as mantas de Dennis e Lenny — não.

Seu momento de decisão. A mala de lona a meio metro de distância. Ela a deixaria dar mais uma volta? Sentindo um calor súbito, seu rosto enrubesceu; sua pele reagindo como não acontecia havia muito tempo. Muitos anos antes, o vermelho-vivo e o calor intenso a incomodaram constantemente, mas isso não havia acontecido nas últimas décadas. De repente, lá estava aquilo de novo — e foi, de certa forma, agradável. Fez Daisy se sentir mais jovem, feliz por ainda ser capaz de ficar ruborizada.

A mala. Na esteira, diante dela. Com novo ânimo, Daisy estendeu a mão para pegá-la, consciente das exclamações de surpresa as suas costas. A bagagem estava grudada na esteira. Daisy teve que puxar com força para soltá-la.

Tirou-a com um ruído alto. A mala balançava e pingava. Daisy a puxou para mais perto, interrompendo o balanço com seu corpo. Sentiu dezenas de olhos grudados nela quando se virou para seus primos americanos boquiabertos, dizendo:

— A mala é minha. Sinto muito pela sujeira. Vou limpá-la antes de colocá-la no carro de vocês, é claro, se pudermos achar um banheiro. Estou vendo que cometi um erro terrível. Nunca mais vou fazer isso, podem estar certos. — E riu. — É bom que todos aprendam uma lição sobre providências de última hora. Foi o cartaz dizendo que era proibido embarcar com líquidos, e que só vi na hora de fazer o check-in, que causou isso.

Ficou sem fôlego ao terminar sua justificativa, segurando a mala longe do corpo para a geleia pingar no chão, e não nela. Esperou alguma reação. Não sabia bem qual, mas deveria haver alguma depois da sua explicação. Em vez disso, três rostos perplexos olhavam para ela sem entender nada.

— Ela falou inglês? — perguntou Michael.

— Deve ter falado — respondeu Elisabeth.

— Não entendi uma única palavra — comentou Ann.

— Foi só o sotaque dela? Porque eu não acho que tenha falado inglês — insistiu Michael.

— Desculpe, mas não estamos entendendo o que você está dizendo — explicou Elisabeth, falando com Daisy como se ela fosse surda. — Não entendemos o seu sotaque.

Sem tampouco entender o que Elisabeth estava dizendo, Daisy sorria. Parada ali, sem graça, segurando a mala, olhando para os primos. Por alguns segundos, ninguém disse nada, então Daisy enfiou as alças da mala no braço, quase no cotovelo. Sua mão formava um ângulo reto com o corpo de um jeito um tanto régio, a cabeça erguida, o nariz empinado, uma atitude majestosa. Virando-se, atravessou a multidão, que se afastou rapidamente, com medo de se sujar. Daisy andou como se estivesse carregando a mala mais linda do mundo.

Os primos a seguiam devagar, evitando pisar nas gotas de geleia que pingavam no chão.

— Minha nossa! — disse Ann, espantada.

— Que droga! — exclamou Elisabeth.

— Talvez não tão comum — resumiu Michael —, mas muito esquisita.

Os três seguiram Daisy e sua trilha de geleia de laranja em busca de um banheiro.

No banheiro há quase vinte minutos, Daisy tentava limpar a sujeira. Abriu com cuidado o zíper e retirou com cautela as seis tampas de metal dos vidros e os diversos cacos grandes sujos de geleia. Jogava tudo na enorme lixeira de plástico cheia de toalhas de papel molhadas.

Os outros esperavam por ela do lado de fora. Daisy não queria imaginar o que estariam pensando. Concentrada em limpar a sujeira e saber que estava ali. As incertezas e o cansaço da viagem já haviam ficado para trás, e seus primos pareciam boas pessoas, mesmo que uma delas se vestisse de um modo muito esquisito. Em breve ela entraria no carro deles e seria levada para uma casa em Long Island, onde poderia ficar. Ela conheceria gente nova, veria coisas novas e lidaria com um assunto antigo. Talvez fosse até assistir a um show da Broadway, visitar a Estátua da Liberdade, o Empire State Building, o Marco Zero e a Wall Street, se fosse possível. Se não, tudo bem. Ela estava em Nova York!

Terminando a limpeza da mala no banheiro, juntou-se a eles, dizendo algumas palavras. Depois os acompanhou até o estacionamento, onde não estava chovendo. Não havia uma única nuvem no céu azul.

20

Tchak!

Uma flecha atingiu o alvo, não o centro amarelo, mas o círculo seguinte, o vermelho em volta do amarelo. Logo depois, três outras flechas, todas longe do centro. Decepcionante. Frustrante.

A próxima flecha chegou mais perto do alvo.

Elisabeth entrou no caminho de cascalho de sua casa bem-cuidada, com venezianas vermelhas, porta vermelha, uma elegante varanda, belos gramados, canteiros de flores impecáveis e árvores. A casa deles não era diferente de outras nessa cidade do litoral norte. Daisy tinha notado que, quanto mais para o norte eles se dirigiam na rodovia, mais impressionantes as casas ficavam. Essa não era exceção; ficava longe da vista dos vizinhos e, segundo disseram a ela, próxima ao cais de Port Washington com seus veleiros pitorescos.

Elisabeth estacionou o carro e anunciou alegremente:

— Chegamos.

Os quatro saltaram do veículo. Elisabeth se apressou a ajudar Daisy, enquanto Ann entrava na casa. Michael tentou escapar, mas não conseguiu. Elisabeth chamou o filho de volta para ajudar com a bagagem.

Michael respondeu:

— Vou chamar Josh e David. — E entrou.

— Certo — murmurou Elisabeth, olhando a casa para ver se alguém estava vindo ajudar e cumprimentar a hóspede.

Ninguém.

— Daisy, por que você não entra para conhecer a família. Richard pode vir buscar suas coisas daqui a pouco.

— Tudo bem — disse Daisy. — Isso seria ótimo. — Ajeitou o corpo, o vestido, o cabelo. Seguiu o caminho de arenito azul até a porta, deliciando-se com tudo o que via, eufórica com a sensação do sol no rosto.

Elisabeth correu na frente, chamando os outros. Procurando por eles. Não viu ninguém. Ann se dirigiu ao banheiro.

Daisy tentou acompanhar Elisabeth, entrando na cozinha atrás dela. Notou os equipamentos modernos e como tudo era enorme. Assim como a própria América, tudo que havia nela era *muito* grande, pensou.

Elisabeth apontou para a longa mesa de carvalho, convidando-a a se sentar.

— Posso servir alguma coisa a você?

— Não, obrigada — recusou, mas pensando que daria tudo por uma xícara de chá.

— Tem certeza? Nem mesmo uma xícara de chá? Você sabe o que dizem dos ingleses por aqui, não sabe? Que vocês são todos loucos por chá.

Daisy ficou sem palavras, imaginando como poderia pedir um chá agora. Sua língua seca, ansiosa por um pouco da bebida. Que horas seriam, afinal?

Uma olhada rápida no relógio. Sons de risos infantis lá fora. No horário dela já eram quase onze da noite, embora na cozinha fossem só cinco da tarde. Sentiu-se subitamente cansada. Normalmente já estaria dormindo a essa hora. Pensou que talvez pudesse pedir a Elisabeth para mostrar onde ficava seu quarto e simplesmente ir dormir.

Em vez disso, ouviu:

— Vamos dar um grande jantar de boas-vindas para você essa noite. — Elisabeth estava parada do outro lado da mesa, prendendo uma mecha de cabelo atrás da orelha. — Minhas quatro irmãs vão vir. Daqui a uma hora elas vão começar a chegar com seus maridos e filhos. Todo mundo quer conhecer você.

Ah, não, pensou Daisy. Mas disse:

— Ah, que adorável. Esplêndido.

Perguntou-se como conseguiria aguentar. O jantar começaria dentro de uma hora mais ou menos? Será que ela entendeu direito o sotaque americano? Esperava que sim.

— Onde estarão Richard e os meninos? — perguntou Elisabeth a si mesma. — Volto num minuto. — Sentiu-se mal por deixar Daisy sozinha à mesa. — Você se incomoda de ficar sozinha só por um momento?

— Não, não se preocupe. Vou ficar bem. Não precisa se apressar.

Confusa, sem ter entendido mais que uma palavra, Elisabeth piscou. Mas viu que Daisy assentia com a cabeça. Deixou a cozinha e atravessou a sala, passando pelas portas de correr que davam no jardim ensolarado. Parou repentinamente no deque do jardim. Por causa do que viu: um grande alvo sobre um cavalete. Novinho em folha. Com flechas amarelas cravadas nele.

Elisabeth olhou para Richard, que estava na posição de um perfeito arqueiro, parecendo muito eficiente ao puxar o cabo do arco, esticando-o ao máximo e atirando. Ele, Josh, David, Pete e agora Michael, todos observavam a seta atravessar o espaço e atingir o alvo, quase no centro.

— Uh-hu! — Os meninos aplaudiam, empolgadíssimos por terem o pai em casa, acordado e fazendo algo que eles também podiam fazer.

— Esse foi o seu melhor disparo — elogiou David, com o rosto radiante de orgulho.

Richard se virou para Elisabeth.

— Você viu isso? Controle total de um objeto se movendo a uma velocidade de cem metros por segundo. Quero ver alguém superar essa marca.

Elisabeth continuava parada no mesmo lugar, o queixo tão caído que quase chegava na cintura de sua calça.

— Quer tentar, Lizzie? — perguntou Richard. — Venha aqui que eu mostro como se faz.

— Eu quero tentar — gritaram todos os meninos, correndo juntos até o alvo para arrancar as flechas, brigando para ver quem seria o próximo.

— Onde você arranjou isso? — gaguejou Elisabeth, perplexa.

— Na loja de esportes. Chegou um pouco mais cedo na festa no *laser tag*. Tive tempo de correr até a loja ao lado. Achei que seria bom testar minha habilidade depois de tanto tempo. Você não sabia que eu era um arqueiro, hein?

Richard enxugou o suor do rosto e entregou o arco a Pete, indo na direção dela. Os meninos correram para a linha, para o lugar de onde o pai tinha atirado, discutindo a respeito das setas.

— Eu era bom na faculdade — continuou Richard, sem prestar atenção na reação da esposa. — A maioria de nós na equipe de dardos também praticava arco e flecha. Acho que não fiquei muito enferrujado. — Parado diante dela, deliciou-se com a lembrança antes de voltar ao presente e respirar fundo. — Então, onde está nossa hóspede?

Elisabeth tentou absorver a imagem do marido acertando o centro do alvo. O que ele estava imaginando quando mirou a flecha? Engoliu em seco, sem responder à pergunta dele. Ela não precisou porque Ann estava vindo para o deque do jardim com Daisy atrás dela.

Richard se adiantou, enxugando o suor da testa com a parte de dentro do braço, ajeitando os óculos pretos retangulares, estendendo a mão para Daisy.

— Prazer em conhecê-la, Daisy. — Apertou a mão dela com carinho, notando o quanto seu pulso era delicado. Ele nunca tinha visto pulsos assim antes. — Como foi a viagem?

Confortada pela recepção calorosa dele, Daisy respondeu:

— Boa, muito boa. — A mão dela se sentiu acalentada na dele, fazendo-a desejar mais aconchego, uma cama.

— Mãe, você já viu que Richard está atirando flechas? — Elisabeth lançou um olhar significativo para Ann. — Ele tem uma excelente pontaria — acrescentou, para dar mais ênfase.

Ann aos poucos entendia o que ela estava insinuando. Virou-se para olhar para o alvo.

— Tiro com arco, Richard? — perguntou com a voz firme, natural, agradável, mas por dentro sentindo uma agitação. Preocupada. De repente, levou a sério os temores da filha. Mas, em seguida, descartou-os. Aquilo era ridículo, não era?

Richard, sem se dar conta da comunicação entre a esposa e a sogra, continuou falando com Daisy.

— Elisabeth já lhe mostrou seu quarto? Você deve estar cansada. Já deve ser quase meia-noite no seu fuso horário.

Daisy quase desfaleceu de alívio. Alguém entendeu. Respondeu que gostaria de conhecer seu quarto, e Richard sugeriu a Elisabeth que levasse a hóspede enquanto ele ia até o carro buscar a bagagem dela.

Ann permaneceu no deque depois que os três saíram, observando os netos praticando arco e flecha. Cheia de dúvidas.

Pinças faziam pressão em um dos três pedaços grossos de filé. Embaixo, as chamas subiam, envolvendo a carne e produzindo um chiado alto com a gordura. Um grupo formava um círculo ao redor do fogo. De volta depois de ter conhecido seu quarto, Daisy insistiu em participar do churrasco tipicamente americano, lutando para manter as pálpebras abertas e disfarçando bocejos. Todos assistiam ao espetáculo da carne no fogo, sentindo os estímulos olfativos.

Richard movia as pinças para apertar os outros dois pedaços de carne, murmurando:

— Macios como a bunda de uma mulher.

Todos ao redor da churrasqueira o encararam. Surpresos por ele dizer uma coisa dessas na frente da visita, ferindo a sensibilidade de uma senhora inglesa.

— Richard! — exclamou Elisabeth. Quem diria uma coisa dessas? Respondendo a própria pergunta: o Homem Dardo.

— Ah, desculpe, eu posso explicar.

Elisabeth ouviu as palavras dele se repetindo em sua cabeça e se sentiu mal.

Rindo, Richard se virou.

— Peço desculpas. Só estou repetindo uma piada que ouvi no trabalho. Temos um assistente, um garoto de 20 e poucos anos, que quer ser ator. Eu não estava lá, mas me contaram que um dos sócios pediu a ele para tentar acalmar um cliente furioso, amaciá-lo um pouquinho. E esse assistente disse: "Ele vai ficar macio como a bunda de uma mulher." — Richard sorriu. — Aparentemente foi muito engraçado.

Daisy também sorria.

Elisabeth, não.

Daisy olhou ao redor, admirando o gramado, e resolveu mudar de assunto.

— Deve levar um tempão para cortar a grama. — Imaginou a si mesma usando o macacão de Paul e o cortador de grama da sua casa.

— Ah, eu não faço isso. Temos jardineiros. Certo, Liz? — Richard havia notado que a esposa estava pensativa e tentava trazê-la de volta à conversa.

Mas ela continuou ausente. Elisabeth estava muito pensativa, imaginando se deveria chamar a polícia para averiguar o homem com quem estava casada havia vinte e um anos — e, se fizesse isso, o que ela iria dizer.

E o que eles iriam dizer.

E o que eles iriam fazer.

* * *

— A Inglaterra tem um clima *horrível*. Juro que não sei por que as pessoas vão para lá. — Daisy olhou para os rostos à sua volta, tentando, apesar de se sentir exausta, enturmar-se. — Mas elas vão. Continuam indo.

Ela estava sentada não muito longe da piscina de tamanho olímpico, a uma mesa de ferro fundido com tampo de mármore, parte de uma mobília fabulosamente cara de jardim que compreendia até um sofá e uma namoradeira, ambos com almofadas listradas cor de laranja, de excelente tecido. À luz de velas. Estavam todos sentados um ao lado do outro — Ann, as cinco filhas, os genros e os netos. Daisy fazia o possível para lembrar os nomes e os rostos de todos eles.

A maioria não conseguia entender o sotaque dela e havia, portanto, várias conversas paralelas. Ann, Elisabeth, suas irmãs e seus cunhados não conseguiam mesmo entender; só captavam uma coisa ou outra. Daisy comentou sobre a paisagem, pois conhecia os nomes e as características de todas as plantas do jardim.

Richard não teve problemas com o sotaque dela, tendo a vantagem de ter clientes ingleses, alguns até mesmo do oeste da Inglaterra, com sotaques semelhantes. Por entendê-la, ele se tornou seu tradutor e ficou encantado com ela. Ouvia atentamente tudo o que dizia. Impressionado pelo conhecimento demonstrado por ela sobre plantas — das árvores, dos arbustos e das flores. Envergonhado por não ser capaz de distinguir um narciso de uma tulipa e por nunca ter olhado de verdade para seu jardim. Fazia perguntas a Daisy sobre sua casa. Sobre sua família.

— Todos temos rostos compridos e tristes na nossa família. — Daisy usou as mãos para puxar as bochechas para baixo para demonstrar. — Não somos tristes. Apenas parecemos ser.

Mosquitos e outros insetos apareceram, tomando conta do seu território. Os adultos passaram repelente nas crianças. Daisy mencionou que não havia mosquitos em Liverpool. Ninguém escutou. Ninguém estava prestando atenção, todo mundo zumbindo como os insetos que tentavam evitar.

Os adultos entraram. Ann e as filhas, na cozinha. Seus maridos, exceto Richard, que estava limpando a churrasqueira, formavam um círculo em pé na sala, com cervejas nas mãos, discutindo o Mets. Analisando jogadas, trocando informações. De costas para Daisy, que estava sentada no sofá, quase esquecida.

Exausta no meio do caos, do barulho e da atividade das crianças correndo para dentro e para fora da casa, ela havia encontrado um lugar confortável para se instalar. Josh e David, de calção, coçavam as picadas de mosquito. Os dois se sentaram na outra ponta do sofá para jogar Game Boy Advance SP; suas cabeças se tocando para que ambos pudessem olhar para a telinha.

Daisy, inesperadamente, caiu num sono profundo. A cabeça atirada para trás no sofá; a boca aberta, virada para o teto. Roncando.

Os maridos notaram, mas desviaram o olhar. Elisabeth e as irmãs, depois de lavar a louça, voltaram para a sala. Ao perceberem Daisy aos roncos, evitaram olhar umas para as outras. Ann, suspirando, sentiu-se estranhamente impaciente ao ver aquilo.

— Parece que ela está tentando tirar a poeira do ventilador do teto — comentou Michael.

David se inclinou sobre o ombro de Josh, dizendo para Michael:

— Isso não é legal.

Entrando na sala, Richard parou à porta, os apetrechos de churrasco engordurados na mão, e observou Daisy. Indignado, lançou um olhar acusador para a esposa.

— Você vai deixá-la aí desse jeito?

Elisabeth percebeu que ele tinha razão e se sentiu horrivelmente culpada. Compreendeu que estava consumida por Richard, sem conseguir parar de imaginá-lo praticando tiro com arco.

Richard foi até o sofá e se agachou diante de Daisy, acordando-a com delicadeza.

— Daisy, vamos. Hoje foi um longo dia. Vamos para a cama.

Acordando assustada, Daisy piscou ao ver aquele monte de rostos desconhecidos olhando para ela. Richard se inclinou, pondo a forte mão debaixo do braço dela, ajudando-a a se levantar do sofá.

— Minha nossa, lamento muito — desculpou-se Daisy, envergonhada. — Desculpem-me por eu ter cochilado.

— Não se preocupe com isso, Daisy. Nós entendemos.

Richard a conduziu com delicadeza para fora da sala, aborrecido ao pensar se os outros de fato entendiam.

21

Mais tarde, no meio da noite, o relógio interno de Daisy lhe avisava que já era de manhã. Hora de se levantar. Sentou-se na cama rodeada pela escuridão. Ficou confusa durante alguns segundos, tentando entender onde estava. Avistou um relógio: uma e meia da manhã. Havia dormido cerca de três horas. Lembrou-se de ter sido levada para o quarto por Richard. Que homem simpático. Lembrou-se de ter afundado no travesseiro. Só isso.

Perguntou-se onde estariam seus artigos de higiene. Com vontade de escovar os dentes e usar o sanitário. Procurou a bolsa, empurrando as cobertas. Foi até a mala de lona, a mala da geleia. Ela estava melhor agora, mas não perfeita. Algumas partes continuavam meladas, mas sem dúvida menos sujas. Encontrou o que precisava, tentando lembrar onde ficava o banheiro. Richard tinha mostrado a ela. Ficava no fim do corredor, certo? Mas para que lado? Direito ou esquerdo? Torceu para não ter que abrir portas erradas antes de achá-lo.

Segurou a maçaneta, admirando-a — uma maçaneta redonda, antiga, de vidro trabalhado, diferente das que estava acostumada a ver em casa. Muito bonita. Virando-a, abriu a porta. Ouviu o silêncio da casa adormecida.

Olhando para o corredor pouco iluminado, tentou encontrar alguma indicação. Caminhou devagar, descalça, em silêncio, com seu roupão leve, sem querer acordar ninguém. Três portas adiante ela encontrou o banheiro.

Depois, arrastou-se de volta em direção ao quarto, sem fazer barulho. Ouviu sua própria respiração no silêncio da casa. Mas escutou de repente um som leve, um ruído de algodão. Não era seu roupão, disso tinha certeza. Era um som vindo de trás, de outro corredor.

Daisy tentava escutar. Sem dúvida um movimento abafado. Sem querer conversar com ninguém àquela hora, entrou às pressas no quarto e fechou a porta com cuidado. Prestando atenção para ver se ouvia algum barulho no corredor.

Ficou surpresa ao ouvir sons do lado de fora, da entrada da casa. Uma porta de carro sendo aberta devagar. Daisy foi até a janela do quarto, espiando o exterior.

Elisabeth entrava no carro, saindo silenciosamente de ré pelo portão na rua silenciosa. E indo embora.

Daisy observou espantada até as luzes vermelhas desaparecerem.

Elisabeth não sabia ao certo o que a havia feito sair da cama no meio da noite, entrar no carro, passar pela Triboro Bridge, atravessar o Central Park pela rua 97, cruzar a Broadway na direção da Houston Street, e depois se dirigir para leste, para a Williamsburg Bridge. Mas o tinha feito, e agora estava entrando na ponte, que não tinha trânsito, com pistas largas e livres, música antiga tocando alto no rádio, cantando a plenos pulmões, a pista central da ponte só para si. O brilho das luzes da cidade ao fundo. Ela fazia parte dos mistérios das noites na cidade, tinha se tornado parte da movimentação noturna. Agora que já fizera isso e estava voltando para casa, sabia o que a motivara a sair da cama no meio da noite e entrar no carro.

Era magnífico, simplesmente magnífico.

Liberava anseios profundos que tinham ficado presos por muito tempo. Tirava uma espécie de bálsamo de dentro dela, algo do seu antigo eu, de um tempo em que ela era uma pessoa segura de si e cheia de autoconfiança. Reconectava-a com outra Elisabeth Jetty. Uma que ela apreciava mais.

Ninguém havia perguntado a Daisy por que ela tinha vindo para Nova York. Ela pensara que eles lhe perguntariam isso. Se não perguntassem logo, teria que trazer o assunto à tona. Estava ansiosa para começar.

O domingo pareceu muito agitado. De manhã, foram todos à igreja, exceto Richard, que ficou preso no escritório em casa dando telefonemas de trabalho, e saiu de lá bocejando, com o cabelo desgrenhado e chateado. Esfregando os olhos vermelhos, deu um "bom dia" apressado a Daisy antes de correr para o mecânico, onde faria uma inspeção anual obrigatória do carro. Aquele era o último dia do prazo para uma troca de óleo já bastante atrasada.

Com olheiras, Elisabeth usava a mesma calça estranha da véspera. A casa estava zunindo. O recital de fim de ano de Josh e David estava marcado para uma hora. David ia tocar Beethoven; Josh, Chopin. Elisabeth passou a ferro as camisas brancas dos dois, à procura de duas gravatas. Correu atrás de dois pares de meias pretas, rezando para os sapatos ainda caberem desde a última apresentação de piano deles, em janeiro.

Pete tinha um jogo de beisebol; ele não ia poder assistir ao recital dos irmãos. Ann não estaria lá pela mesma razão. Elisabeth corria pela casa, procurando uma coisa ou outra, atendendo o telefone que tocava sem parar, fazendo planos para a família inteira, que anotava no enorme quadro de avisos da cozinha. Perturbou-se com tudo o que acontecia ao seu redor, gritando para Michael estudar toda vez que passava por ele.

Michael ergueu os olhos do seu jogo, dizendo:

— Você não vai usar isso no recital de piano.

Elisabeth olhou para o que estava vestindo: a mesma roupa de antes, exceto por uma camisa limpa. Daisy ficou feliz por ele ter comentado. Richard não tinha dito uma palavra, enquanto Elisabeth repetia seu mantra:

— Quando você trocar de roupa, Michael, eu troco também. — E saiu apressada com uma cesta de roupa suja apoiada no quadril.

Daisy estava sentada pouco à vontade, pelo menos entendendo por que Elisabeth estava vestida daquele jeito. Fingia ler um livro no meio de toda aquela atividade, sentindo-se invisível. Um pouco decepcionada porque ninguém tinha perguntado qual era sua missão e por que tinha vindo. Torcia para alguém perguntar. Precisava da contribuição deles. Decidiu então conversar com Michael, sozinho no sofá, diante dela. Perguntou com simpatia sobre a escola.

Mal olhando para ela, Michael respondeu:

— É uma droga. — Esfregou o nariz. Os olhos na tela, envolvido numa batalha entre seus clones e o inimigo que estava atacando.

Daisy tentou de novo:

— Você vai tocar no recital de hoje?

— Não, eu larguei o piano. — Gemeu por dentro, antecipando o discurso obrigatório sobre arrependimento ou segundas chances. Estranhamente, ele não veio. Daisy apenas virou a cabeça, cantarolando baixinho. Michael esperou alguns segundos, mas ainda assim o discurso não veio.

Porque Daisy não estava pensando sobre a decisão dele de largar o piano. Estava imaginando se Michael teria alguma boa ideia a respeito de como ela poderia encontrar o outro Michael. Imaginou o que esse Michael faria, como ele encontraria alguém a quem não via e de quem não tinha notícias havia sessenta anos. Os jovens normalmente tinham boas ideias. Elas sabiam das coisas. Mas ele não parecia disposto a conversar. Daisy pensou em tentar de novo mais tarde.

Almoço — todos convocados para a mesa. Daisy estava realmente com fome. Havia perdido algumas refeições desde sua viagem. Comeu com apetite o que lhe foi oferecido: um prato de macarrão e queijo com os meninos. Elisabeth estava ocupada demais na cozinha para se sentar e comer — esvaziando a máquina de lavar pratos, areando panelas, limpando bancadas.

Daisy se sentiu desconfortável por não estar fazendo nada enquanto Elisabeth parecia um furacão de grande magnitude ali ao lado. Esperou o momento certo para perguntar:

— Posso preparar um chá para você?

Elisabeth ergueu os olhos da sua tarefa de limpar xarope de bordo dos armários de bordo. Olhou espantada para Daisy, como se ela estivesse falando grego. Mas dessa vez não era a língua, e sim o conceito. Ela sorriu, relaxando os ombros.

— Não, obrigada. Eu não teria tempo para saboreá-lo. Mas vá em frente se quiser. Acho que tenho uns saquinhos de chá. — Jogou a esponja dentro da pia, indo procurar no armário.

Daisy ficou de pé.

— Por favor, Elisabeth, deixe isso comigo. Eu sei onde eles estão. Eu os encontrei hoje de manhã.

Elisabeth parou, surpresa.

— Espero que não se importe — acrescentou Daisy, depressa. — Eu me levantei cedo. Encontrei tudo o que precisava.

Elisabeth se sentiu repreendida.

— Como pude me esquecer de mostrar tudo a você ontem à noite? Sinto muito você ter sido obrigada a se virar sozinha.

— Ah, não faz mal. Eu não tive nenhuma dificuldade. Não quero causar nenhum incômodo.

— Você não incomoda em nada — afirmou Elisabeth, de forma simpática, pensando que essa era uma meia verdade. Ao que parecia, ninguém tinha dado a mínima para Daisy. Estava na hora de corrigir essa falha. Ela tentaria descobrir como e por que isso tinha acontecido em outro momento. Talvez. — Você está precisando de alguma coisa? Posso mostrar ou pegar alguma coisa para você? — Elisabeth viu a si mesma e à sua família através dos olhos de Daisy e se sentiu péssima.

— Ah, não, eu estou bem. — Daisy involuntariamente imaginou uma garrafa de Cointreau.

De repente, Elisabeth notou o volume dos jogos de computador na sala e voou para lá, dizendo:

— Desculpe. Os meninos não podem ficar um minuto longe da minha vista.

Daisy pôde ouvir os gritos. Elisabeth gritou com David e Josh para eles pararem de olhar Michael jogando e irem para o piano ensaiar suas apresentações. Correndo para o piano, os dois discutiam quem ia praticar primeiro. Com Michael, Elisabeth gritou para ele começar a estudar. Seguiu atrás do filho até o andar de cima, lembrando que precisava estudar para um teste que faria no dia seguinte.

Daisy lavou seu prato. Ouviu alguém tocando Chopin no piano. Parando. Ouvindo. Uma música tão bonita. E a pessoa tocava tão bem. Deu uma olhada para ver quem estava tocando.

Josh. Com 11 anos e tocando daquele jeito. David andava de um lado para o outro atrás do irmão, esperando sua vez de praticar. Parada à porta, Daisy desfrutava o momento; a música fluindo através dela.

Quando Elisabeth voltou, Daisy estava sentada perto do piano, ouvindo Josh tocar, enlevada. Elisabeth perguntou se ela queria ir ao recital de piano. Duvidou que quisesse, porém não sabia o que fazer com ela. Elisabeth tinha prestado atenção para ver se Daisy estava programando alguma coisa, torcendo para que ela perguntasse sobre trens para a cidade, passeios, informação sobre shows ou outras atrações de Manhattan, ou talvez um pedido para usar o telefone, mas ela não fez nada disso. Daisy estava simplesmente ali, sentada, parecendo contente, com as mãos cruzadas no colo — deixando Elisabeth confusa.

Daisy respondeu que sim, que adoraria ir ao recital, que seria maravilhoso. Certa de que seria mesmo. Os meninos realmente sabiam tocar. Ela ficou mais do que contente em fazer parte da equação musical, como a pessoa que ouvia a música. Além disso, os meninos estavam adoráveis de terno.

E também supôs que fosse possível que no caminho eles passassem por uma loja que vendesse Cointreau.

O recital foi numa igreja local. Elisabeth estacionou, desceu e correu para dentro. Tinha precisado voltar em casa para pegar a partitura de David. Antes de saírem, ele garantira que não precisava da partitura, que tinha decorado a peça. Mas, a três quarteirões da igreja, tinha mudado de ideia.

Elisabeth teve que deixar Daisy e os meninos lá e voltar em casa no meio do trânsito horrível de domingo à tarde.

Segundos antes do recital começar, ela conseguiu chegar à igreja. Procurou nos bancos até encontrá-los. Richard tinha entrado um pouco antes, tendo ficado preso no mecânico com a inspeção e a troca de óleo. Elisabeth se sentou pesadamente no lugar vazio ao lado do marido, aliviada por ter chegado a tempo — por *eles* terem chegado a tempo, porque ela não tinha voltado sozinha.

Quando entrou em casa para pegar a partitura de David, encontrou Michael esparramado no sofá jogando video game, tão longe de sua escrivaninha quanto ela de ser astronauta. Por causa disso, o filho estava ali agora, sentado a uma distância de três lugares de Daisy, com o livro aberto, pronto para ser ignorado, murmurando para a mãe:

— Ela não tem nada melhor para fazer?

Elisabeth estava sentada entre Richard e Michael. Richard, ao lado de Daisy.

— Como se ela tivesse vindo a Nova York para isso — continuou Michael, olhando para Daisy, com as costas retas, as mãos cruzadas no colo. Ele revirou os olhos. — Para que ela *veio*, afinal?

— Não faço a mínima ideia — respondeu Elisabeth.

— Você não perguntou?

— Não é da minha conta.

Elisabeth se perguntava onde estaria sua mãe. Compreendia que Ann não desejasse uma hóspede, mas havia imaginado que ela estaria por perto quando a prima chegasse. Como não? Ela era a sua parente havia tanto tempo perdida, sua primeira prima, a sobrinha da mãe dela. Como Ann podia parecer tão desinteressada? Por que ela mal havia falado com Daisy na noite anterior e não tinha nem ligado naquela manhã para perguntar a Daisy como ela passaria o dia?

Estava muito quente na sala. Não havia ar-condicionado. Diversos ventiladores, tanto no teto quanto no chão, giravam em velocidade máxima; um metrônomo oscilava rapidamente. Os pianistas que iam tocar peças lentas estavam ferrados. Os ventiladores não traziam nenhum alívio, não cumpriam a tarefa monumental de refrescar o aposento com mais de cem pessoas e uma temperatura de quase quarenta graus.

A plateia acalorada desfalecia em volta dela. Elisabeth sentia-se tonta, mas Daisy — a menos acostumada com temperaturas altas — mal notava. Encantada por estar ali. Pensava em como ela fora parar num recital de piano nos Estados Unidos, um evento em Nova York. Há um dia nem sabia da existência dos meninos. Agora estava pronta para aplaudi-los, para se apossar deles.

Consultou o programa, procurando os nomes dos dois. Eles estavam quase no fim; havia umas trinta e cinco crianças antes. Ansiosa, Daisy se ajeitou para o início da programação. Deu uma olhada em Michael, imaginando se ele estaria estudando. Ela precisou se inclinar para a frente, para olhar para além de Elisabeth e Richard, ambos ocupados com suas câmeras — Elisabeth com a câmera de vídeo, Richard com a digital —, colocando peças, focalizando manualmente. Nenhum dos dois notava que Michael estava olhando para o teto.

O diretor da escola de música fez sua apresentação, seguido por uma fila de artistas — crianças bem pequenas, de 4 e 5 anos. Orgulhosos e nervosos, os pais se movimentavam nos corredores para registrar o primeiro recital dos filhos. Cada coração ali estava aberto para as crianças. Elisabeth ainda se lembrava de quando era um desses pais, quando tudo era tão novo. Michael foi o primeiro da família a estudar piano, encantando a plateia. Ela se lembrava do primeiro recital dele: sua mão mal alcançava as teclas, mas o garoto tinha a plateia na mão. Ninguém chegava perto de ter a conexão visceral que Michael possuía com o instrumento, sua facilidade com as teclas. Ninguém.

Mas ele preferiu jogar aquilo tudo fora.

Irritada de novo, Elisabeth sentiu seu caldeirão de raiva não resolvida ser remexido. Virou-se para olhar para o filho. Talvez fosse bom Michael estar ali. Não só para que ela e Richard pudessem ficar de olho nele, mas talvez porque ele sentisse algo ao ver a apresentação das crianças. Talvez voltasse a tocar.

Porém, depois de dar uma olhada em Michael, Elisabeth desistiu. Não pôde deixar de notar como ele estava totalmente desligado. Sequer olhava para as crianças, nem para o garotinho que tocava “Twinkle, Twinkle Little Star” nem para os outros que aguardavam nervosos sua vez, sentados na frente com seus ternos e vestidos de festa e sapatos de couro preto, ou de imitação de couro ou de verniz nos seus pezinhos que não alcançavam o chão. Ele também não estava lendo seu livro. Estava olhando como um bobo pela janela.

Elisabeth suspirou, bocejando. Fazia tanto calor ali dentro que ela estava ficando sonolenta. Disse a si mesma que devia ter renunciado o prazer do seu passeio no meio da noite, mas ficou contente por não ter desistido. Encostou as costas das mãos no rosto para esfriá-lo, respirando fundo, pensando de novo em Richard. Imaginou se devia simplesmente perguntar a ele, tocar no assunto. Mas como? "Richard, querido, você arrumou um novo hobby recentemente? Alguma atividade nova para diminuir o estresse?" Ou "E aí, como você escolhe seus alvos? Eles têm que ser macios como a bunda de uma mulher?" Suspirou. Não adiantava. Voltou a atenção para o menino ao piano.

Para Daisy era diferente. Ela ouvia arrebatada. Encantada com os rostos das crianças. Com seus pulsos pequeninos, suas cabecinhas inclinadas sobre o piano, seus dedinhos no teclado. Uma após a outra após a outra, mesmo depois que as pessoas começaram a se agitar em seus assentos, depois que os primeiros suspiros de tédio começaram a ser ouvidos, depois que Richard começou a bocejar sem parar, sentindo calor, sonhando com uma boa noite de sono, examinando o e-mail com o BlackBerry na mão esquerda, respondendo as mensagens urgentes apesar de sua exaustão, depois que Elisabeth se esparramou no assento sem conseguir tirar da cabeça o problema do Homem Dardo, depois que as outras pessoas da sala tinham se distraído, Daisy continuava atenta e encantada. Demonstrou o mesmo interesse por cada estudante que se apresentava. Batendo palmas com o mesmo entusiasmo depois do décimo sexto "Twinkle". Outros podiam estar entediados — era óbvio que estavam; outros podiam estar com a cabeça muito longe dali — era óbvio que estavam. A maioria dos adultos olhava para a frente com ar distraído, mas não Daisy. Isso era realmente um prazer para ela.

Quando finalmente chegou a hora, ela observou com atenção. David foi até o piano, o cabelo castanho-escuro indomável como o do pai, o rosto redondo como o da mãe, mas as sardas no nariz e no rosto e as covinhas ao redor da boca eram só suas. O garoto cumprimentou e se sentou no banco, então chegou um pouquinho mais para o meio. Ajustou os dedos, alinhando-os com o dó central. A sala estava silenciosa quando ele começou.

Daisy se concentrou intensamente em cada nota, balançando com delicadeza junto dele, mal respirando, dividindo a respiração contida e nervosa do menino. Ouviu atentamente, torcendo antes de cada nota, de cada acorde, para ele não errar.

Ele não errou. Sua performance foi impecável, nem um erro, nem um errinho sequer.

Impressionada, a plateia bateu palmas com entusiasmo. As palmas de Daisy eram surpreendentemente altas para alguém com mãos tão pequenas. Virou-se para Richard e Elisabeth para dividir com eles sua empolgação, para aplaudir junto deles, para compartilhar o orgulho que deviam estar sentindo pelo desempenho de David.

Mas, em vez disso, ficou horrorizada com o que viu.

Tanto Elisabeth quanto Richard cochilavam. Dormiam. Roncavam. Olhos fechados, queixos encostados no peito — ambos, mãe e pai, lado a lado, nos assentos onze e doze da fileira J. Richard ressonava em tons graves; Elisabeth, em tons agudos.

Daisy batia palmas com muita força apesar da dor causada pela artrite. Olhou para Michael do outro lado do casal, vendo o olhar que ele lhe lançou, dizendo: "Está entendendo agora?"

Os olhos de Daisy se voltaram para David, que estava em pé ao lado do banco do piano, pronto para descer, examinando a sala, procurando sua família no meio da plateia que o aplaudia. Daisy se recusou a permitir que o menino visse os pais dormindo assim que os localizasse. Fez duas coisas: deu um tapa no estômago de Elisabeth e uma cotovelada na barriga de Richard.

Michael observava. Presenciou o que ela havia feito. Totalmente chocado. Ele nunca vira ninguém pôr as mãos em seus pais antes. Nunca tinha visto ninguém os tratar de outra forma que não com o maior respeito. Quem poderia esperar um gesto desses de uma velhinha? Será que a mulher que havia guardado geleia de laranja numa mala de lona para ser transportada pelo Atlântico dentro de um compartimento de carga, a velhinha que havia adormecido durante o jantar de boas-vindas que tinha sido preparado para ela — com a cabeça caída para trás e a boca aberta — não era tão ruim, afinal?

Michael a enxergou com novos olhos, reavaliando-a. Repensou o que achava dela. Admirou aquele gesto: o tapa dado na mãe, a cotovelada dada no pai. Essa Daisy era diferente do que ele havia imaginado.

E mais ainda: ela estava assobiando! Tinha enfiado dois dedos na boca — como um homem! Paul havia ensinado a ela. Fazia anos que ela não assobiava, desde que os meninos eram pequenos e todos costumavam ir ao estádio de rúgbi. Mas lá estava ela, assobiando, aplaudindo, fazendo as pessoas virarem as cabeças para olhar para ela, enquanto Elisabeth e Richard despertavam e se davam conta do que estava acontecendo. Tristes ao ver que David já havia tocado, que eles cochilaram durante toda a apresentação do filho.

Compreendendo o quanto tinham que agradecer a Daisy.

22

— Depois do jantar, Michael — disse Elisabeth, na noite do recital, sentada à mesa retangular da cozinha com Richard, Daisy, Ann e todos os meninos. Pilhas de comida chinesa estavam espalhadas diante deles. Os pauzinhos atacavam. Mãos se estendiam simultaneamente, segurando colheres enormes para pegar um monte de arroz frito, frango xadrez, carne com molho de laranja, camarão com molho de soja. — Você tem que estudar logo depois do jantar. Certo, Richard? — Olhou para o marido do outro lado da mesa, à procura de apoio. Tentando não pensar em dardos.

— É claro. Vou ficar de olho — assentiu Richard, torcendo para ser verdade. Ele tinha que escrever um memorando até o dia seguinte. Precisava dele para uma reunião às oito da manhã na cidade.

— Também vou ficar de olho — afirmou Elisabeth, também torcendo para ser verdade. Tinha que fazer sua própria declaração de imposto de renda; haviam estendido o prazo só até terça-feira. No dia seguinte ela não teria tempo; tinha reuniões marcadas com todas as pessoas com prazo final no dia 15 de junho. Horrorizada com a pilha de papéis e formulários que precisava analisar. Ia ser uma longa noite. Desejou não ser uma contadora pública.

— Na verdade, acho que não preciso estudar — anunciou Michael, recostado na cadeira.

— É mesmo? — Elisabeth tentou permanecer calma. — Por quê?

— Estudar é uma perda de tempo.

— Você vai estudar — falou Richard, com firmeza.

— Que tal um bom bule de chá? — interveio Daisy.

— Não para mim. — Richard pensava em conhaque.

— Nem para mim, obrigada. Mas, se quiser um, fique à vontade. Quero que se sinta em casa. — Elisabeth lançou um olhar para a mãe do outro lado da mesa, tentando despertá-la. De forma chocante, Ann continuava não demonstrando nenhum interesse por Daisy a noite inteira. Elisabeth teve que insistir para que a mãe viesse jantar, e desde então ela e os meninos estavam numa conversa animada na outra extremidade da mesa.

Desde o vexame do recital, Richard e Elisabeth estavam tratando Daisy como se ela pertencesse à realeza. Prestando atenção em tudo o que ela dizia. Fazendo o máximo esforço — Elisabeth, pelo menos — de entender o sotaque, a princípio totalmente incompreensível, e agora um pouco menos, de Daisy.

— Bem, então, quem sabe em vez de chá... — sugeriu Daisy.

— Gostaria de alguma bebida? — Richard compreendeu.

Daisy deu uma risadinha delicada.

— Acho que gostaria de um golinho.

— Um golinho de quê?

— Ah, não sei. Suponho que vocês não tenham Cointreau aqui.

— Acho que temos. — Levantou-se da mesa, com os joelhos rígidos.

— Excelente. Obrigada.

Richard voltou com a bebida de Daisy, parando ao lado dela e tomando seu uísque devagar. Olhou a hora, pensando que deveria estar começando a escrever o memorando.

Com o gosto familiar na língua, Daisy se sentiu confortada. Olhou para Michael mais adiante na longa mesa.

— O que você tem que estudar, Michael?

— História da Europa — respondeu, como se as palavras fossem tóxicas.

— Ele antigamente adorava história. — Elisabeth enfiou um prato numa abertura do lava-louça, deixando a água correr inutilmente pelo ralo da pia.

Ann recolheu as sobras, colocando-as em recipientes de plástico.

— Que diferença a história faz? — perguntou Michael com sua voz jovem e estridente. — Nunca aprendemos com ela. O fato de saber sobre a Primeira Guerra Mundial não evitou a Segunda.

— Eu gostaria que tivesse evitado — comentou Daisy. — Gostaria de não ter sofrido com bombardeios.

— Você sofreu com bombardeios? — Os olhos de Michael brilharam. — Você viu as bombas caindo?

— Sim, muitas — assentiu Daisy. — Sofremos um bombardeio muito pesado. Liverpool foi a segunda cidade mais bombardeada da Inglaterra, logo depois de Londres, por causa dos nossos portos no rio Mersey, que eram muito acessíveis para os Estados Unidos. Tínhamos vários navios da marinha atracados lá, e também usávamos os portos para importação e exportação. Mais de noventa por cento dos materiais usados durante a guerra passavam por aqueles dezoito quilômetros de cais.

— É mesmo? E você estava lá? — perguntou Josh, demonstrando interesse.

— Eu estava lá, toda encolhida. E a sua trisavó, nossa avó — fez um gesto para incluir Ann, que estava tão enfiada na geladeira que quase tinha desaparecido — passou a guerra dentro do carro dela. — Daisy riu. — Ela era uma mulher corajosa, a nossa nana. Ela tinha um carro novo. Foi uma das primeiras na cidade a possuir um e com certeza a primeira da família. Ah, ela sentia tanto orgulho disso... Tanto orgulho que, quando as sirenes soavam, mandando todo mundo para os abrigos antiaéreos, ela se recusava a ir. Não saía de dentro do carro. Não queria deixá-lo abandonado, desprotegido, com medo de que ele pudesse ser bombardeado. Então ficava sentada dentro dele. Todos gritavam para ela entrar no abrigo. Até os responsáveis pela segurança gritavam com ela. Mas ela ignorava todos e ficava lá sentada no carro, com as bombas caindo ao redor. — Daisy tornou a rir. — Ela era uma figura.

Por um momento, ninguém falou nada. Richard voltou a se sentar à mesa, dizendo a si mesmo que o memorando podia esperar. Elisabeth também se juntou a eles. Aquelas poucas frases de repente mostraram uma família inteiramente nova para ela, uma história inteiramente nova de seus antepassados. E para os meninos, que estavam sentados com os olhos arregalados, um mundo inteiramente novo.

Daisy ficou radiante por eles terem gostado de suas histórias. Devem ter se interessado porque ficaram amontoados em volta da mesa, querendo saber mais. Todos superaram o problema do sotaque dela — exceto Ann.

Normalmente, Daisy teria suposto que a distância, deixada perfeitamente clara, era só o jeito de Ann, que ela era apenas uma pessoa reservada. Mas percebeu as reações de Elisabeth a isso: sobrancelhas erguidas, estranhos olhares de soslaio, expressões de espanto, levando-a a achar que aquilo era novidade, e Daisy — assim como Elisabeth, aliás — não sabia o motivo.

Elisabeth teve que arrancar todos de perto de Daisy, obrigando-os a cuidar de suas tarefas, lembrando com ar severo, apesar dos protestos, que no dia seguinte tinha aula e que Josh e David ainda tinham dever de casa para fazer, Pete e Michael tinham que estudar, e ela e Richard tinham que trabalhar. Daisy foi rapidamente até o quarto para pegar suas coisas para levar ao banheiro. Louca para tomar um banho. Aliviada por encontrar o banheiro desocupado. Desejou não estar atrapalhando ninguém por sua presença ali. Decidiu tomar uma chuveirada rápida. Mas isso não ia acontecer porque ela não conseguiu começar. Artrite nas mãos e dedos. Impossível abrir o chuveiro.

Parada na borda da banheira, olhou desesperada para a parede branca ladrilhada, xingando as torneiras. Usou a força da mente para obrigá-las a abrir. Voltou a tentar.

Dessa vez conseguiu abrir a fria. A água gelada caía com força na banheira, mas de que adiantava se ela não conseguia abrir a água quente? Olhou em volta para ver se poderia usar alguma coisa. Tirou a camisola da pia e a enrolou na torneira para deixá-la mais macia. Tentou juntar os dedos, posicionando-os em perfeita harmonia, como bailarinos.

Nada. Colocou de volta a camisola na pia. Desanimada, Daisy se sentou na borda da banheira, tentando pensar no que fazer. Só havia uma coisa: desistir.

Levantou-se, fechou a água fria, abriu a porta do banheiro e desceu o corredor à procura de um dos meninos.

A porta do primeiro quarto estava fechada, mas havia luz por baixo dela. Daisy bateu, dando um susto em Michael, que ficou surpreso ao vê-la ali parada. Quando ouviu a batida, achou que era um dos pais verificando se estava estudando — o que ele não estava fazendo.

Escondido atrás do corpo, o seu iPod. Ainda tocando. Um som audível.

— Você pode me ajudar com o banho? — perguntou Daisy.

— Com o quê?

— O banho, o chuveiro.

— Ah, claro. — Passou por ela e saiu para o corredor.

Daisy o seguiu até o banheiro.

— Por causa da minha artrite, não consigo abrir as torneiras.

— Sem problema. — Pensou que qualquer coisa era melhor que os pais saberem que ele ainda não tinha começado a estudar.

Michael abriu a cortina do chuveiro e ligou a água com facilidade. Olhou para Daisy por cima do ombro e ajustou a temperatura.

— Então, vocês cobriam mesmo suas janelas?

— É claro que sim. Não queríamos ser bombardeados.

Michael sorriu. Mexeu nas torneiras e ajustou a temperatura e a pressão. Daisy olhou para ele com gratidão.

— E vocês tinham mesmo rações?

— Ah, sim. — Daisy estava cansada de ficar em pé. Resolveu se sentar no tampo do vaso fechado.

Notando que ela estava arrumando uma posição confortável, Michael fez o mesmo, sentando-se na lateral da banheira, com a mão debaixo da água do chuveiro.

— Foi terrível. — Daisy percebeu que ele queria que ela continuasse. — Meus pais eram donos de uma padaria, e passaram por muitas dificuldades para conseguir mantê-la aberta. Eles tinham que se contentar com muito pouco. Os ingredientes estavam sempre acabando. Demos graças a Deus por sua bisavó, a mãe da sua avó Ann. Ela nos salvou mandando comida dos Estados Unidos: arroz, farinha e açúcar, principalmente, coisas que não estragavam. A encomenda levava meses para chegar.

"Uma vez, eu me lembro, ela nos mandou esses sacos que eram quase do seu tamanho, um de açúcar e um de arroz, e tudo se misturou. O arroz estava todo no saco de açúcar. Nossa, foi horrível. Meu pai ficou tão desesperado. Minha mãe passou dias chorando. Eu queria ajudar, então à noite ia até onde estava o saco. Ele tinha sido jogado na despensa e esquecido. Eu arrastava a minha irmã Doreen comigo, e nós trabalhávamos algumas horas enquanto nossos pais dormiam. Doreen desistiu depois da terceira noite, mas eu não, eu continuei trabalhando. Levei mais de duas semanas para tirar todos os grãos de arroz de dentro daquele saco de açúcar."

Calado, Michael imaginava a cena.

— Legal — comentou finalmente. — O que mais?

— Quer saber de uma coisa? Conto mais sobre isso amanhã, se você guardar aquele iPod que enfiou no bolso e começar a estudar.

Michael sorriu, dizendo:

— Quer saber de uma coisa? Vou estudar e esperar até amanhã por mais histórias se *você* prometer que vai contar por que veio para cá, o que veio fazer em Nova York.

Daisy ficou surpresa. E contente.

— Você quer saber o que me trouxe aqui?

— Todos nós queremos, inclusive minha mãe. Mas ela acha que não é da conta dela.

— Bem, estou contente por você ter perguntado, e acho que vai adorar saber. Você gosta de histórias de detetive? Porque, se gostar, vai adorar o motivo da minha vinda, e talvez possa até me ajudar a encontrar uma pessoa. — Ela arregalou os olhos. — Que tal isso?

— Legal.

— Ótimo. Então estamos combinados, mas só se você tirar uma boa nota no seu teste de história da Europa e em todos os outros testes.

Michael fez que sim com a cabeça, sorrindo. Tirou a mão de baixo do chuveiro.

— Aperta aqui.

Sorrindo, Daisy apertou a mão molhada dele. Que menino simpático.

23

Horas depois. A casa, silenciosa. Os meninos, na cama. Daisy também. Com os olhos vermelhos e quase morta, Elisabeth parecia um zumbi enquanto fazia suas abluções noturnas depois de trabalhar quatro horas na sua escrivaninha, examinando taxas, prestações de contas, declarações de lucros e dividendos, extratos bancários mensais, extratos de hipoteca, recibos, cheques para caridade e pedaços de papel quase ilegíveis contendo informações sobre investimentos. Escovou os dentes como um robô, surpresa ao sentir duas mãos em sua bunda.

Richard tinha se aproximado por trás dela sem fazer barulho. Entrara no banheiro sem bater — quase à uma da manhã, numa noite de trabalho, e depois de passar o dia bocejando, cochilando, e dormindo durante o recital do filho. O dia dele, a semana dele, o mês dele, o semestre dele. A vida dele desde janeiro. O trabalho o pressionava cada vez mais e tomava cada vez mais o tempo de Richard.

Elisabeth sentia-se muito feliz com a presença do marido. Tentava não imaginar seu corpo que carregou cinco bebês escondido sob a camisola de algodão, sua cintura cada vez mais grossa ou seus pobres seios perdendo a luta contra a gravidade. Perimenopausa. Ele seria capaz de notar? Períodos menstruais irregulares, dois seguidos depois de meses de atividade mais frequente e mais abundante.

Mas sua pele reagiu, mostrando que uma parada de vinte minutos no trabalho pesado era realmente bem-vinda. Sentiu seu rosto se suavizar. A respiração mudar. A cabeça cair para trás na direção dele, esquecendo que a pasta de dente estava formando espuma em sua boca e escova estava parada no ar.

Lembrou. Terminou de escovar os dentes de qualquer jeito, as mãos de Richard acariciando os contornos de suas costas, quadris, nádegas, despertando cada célula do corpo dela. Feliz ao ver o cansaço desaparecer. Virou-se para ele, os dois se beijaram e foram na direção da cama. Murmúrios de carícias antecipando o prazer. Mãos, dedos, lábios, bocas, seguindo ordens implícitas, apreciando a viagem, em busca do prêmio final.

Mas a empolgação de Elisabeth terminou de forma inesperada. Muito cedo e sem nenhum gozo. Suas expectativas, implacavelmente destruídas, aniquiladas; seu desejo, insatisfeito.

Por causa do que ele disse. E de quando ele disse.

Quando estava tudo preparado para o grande final. Tudo maravilhoso, e então as palavras murmuradas:

— Macio como a bunda de uma mulher.

Ela percebeu o sorriso na voz do marido. As palavras cortaram seu tesão de uma forma tão absoluta que não havia mais como recuperá-lo.

Elisabeth foi mancando até a linha de chegada.

Richard correu alegremente.

Vazia, Elisabeth, virou para o outro lado.

Satisfeito, Richard adormeceu.

Minutos mais tarde na cama, Elisabeth piscava os olhos na noite escura — pensando, suando, ouvindo o ronco de Richard. Tomou uma decisão. Mais uma vez, saiu devagarinho da cama. Mais uma vez, atravessou o corredor em silêncio, no escuro. Desceu a escada, prendendo a respiração, até sair de casa.

Sem imaginar que Daisy, que ainda não se ajustara completamente ao fuso horário americano, estava acordada no quarto de hóspedes, observando intrigada. Todos os americanos tinham dificuldade para dormir à noite ou só essa família? Ela viu Elisabeth entrar no carro e partir na escuridão, sem saber que tinha mais alguém acordado na casa.

Com a testa apoiada na palma da mão, Michael estava tão mergulhado no livro de história da Europa, devorando os acontecimentos na Inglaterra durante a Segunda Guerra Mundial, que não viu a mãe sair.

Elisabeth não teve dificuldade em achar a bicicleta de Richard. Ele a guardava na mesma garagem — a um quarteirão do escritório — havia décadas. Reconheceu a mountain bike vermelha à primeira vista. Era a única bicicleta que estava lá, acorrentada a um suporte velho, amassado e enferrujado.

Ela acertou a combinação do cadeado na terceira tentativa. Não era o aniversário dele; havia tentado isso primeiro. Não era o aniversário de casamento; havia tentado isso em segundo lugar. Era o que considerara o menos provável e achou extremamente tocante: o aniversário dela.

Abriu o cadeado. Respirando com calma, sentindo o cheiro de graxa, gasolina, pneus, fumaça. Uma buzina de carro tocou alto na rua 57, bem na entrada da garagem. Elisabeth tentou parecer convincente, como se estivesse acostumada a pegar a bicicleta do marido às duas e quinze da manhã de um domingo. Olhou para o funcionário da garagem. Esperou agachada, respirando com calma, até ele desaparecer nas profundezas da garagem cavernosa para fazer alguma coisa. Elisabeth guardou a corrente e o cadeado no bolso, empurrou a bicicleta até o SUV e a enfiou dentro do carro. Fechou calmamente a porta, movendo-se de um jeito que não chamasse atenção.

Afastou-se devagar da garagem, verificando o espelho retrovisor para ver se havia algum sinal de agitação. Nada. O funcionário estava voltando para sua pequena cabine, sem ter notado nada, atirando uma moeda para o ar, assobiando.

Abrindo um sorriso, Elisabeth virou para oeste, na direção do Central Park.

Sem dúvida, Elisabeth jamais teria acreditado que, aos 44 anos, numa noite quente de junho, ela estaria empurrando a bicicleta do marido para dentro do Central Park na rua 67. Caminhou rápido na direção de um playground situado não muito longe do lugar proibido onde havia parado o SUV, com o pisca-alerta ligado. O playground tinha uma cerca de metal preta e um portão. Estava vazio, evidentemente, àquela hora.

Perfeito.

Verificou se havia possíveis ratos ou criminosos e, surpreendentemente, não sentia medo algum, tomando cuidado para não perder o carro de vista. Empurrou a bicicleta até a cerca preta, de metal, com espigões no alto. Encostou-a lá, abandonando-a.

Virou-se para se afastar. Voltou para o caminho. Percebeu que tinha quebrado uma unha. Retirou o pedaço quebrado com o dente e o cuspiu no chão, alisando a unha quebrada com a unha do polegar. Pensou em Richard descobrindo que sua bicicleta havia desaparecido. Andou depressa pelo caminho de concreto, virando-se para dar uma última olhada. Prestou seus respeitos e se despediu em voz baixa.

Bum! Elisabeth colidiu em algo duro. O som de corpos se chocando, de roupas roçando uma na outra. A ponta metálica de alguma coisa arranhou o canto do seu olho.

Virou-se para ver um distintivo com o nome de um tenente. Dois guardas da polícia de Nova York estavam bloqueando seu caminho.

— Boa noite — disse um deles.

Completamente em choque, Elisabeth murmurou boa-noite.

— Aquela bicicleta é sua? — O outro apontou por cima do ombro dela com o queixo.

Elisabeth se virou para olhar para a bicicleta de Richard. Confusa e preocupada. Eles devem tê-la visto deixando a bicicleta ali. Têm que ter visto. É melhor não fingir surpresa.

Sentia um embrulho no estômago; uma tempestade lá dentro, revirando seus órgãos. Uma descarga de adrenalina em seu corpo. O coração disparado. Com medo de hesitar demais, com medo de abrir a boca e a voz não sair. Ela assentiu com a cabeça e tentou parecer normal, embora estivesse com a língua grudada no céu da boca. Olhou para o carro deles parado ao lado do dela, com os faróis acesos, o pisca-alerta ligado na noite. Um jovem casal, de braços dados, passou pela calçada, cabeças e ombros se tocando, dedos entrelaçados. Elisabeth olhou de volta para os policiais, mas sem conseguir encará-los. Engoliu em seco. Sua unha quebrada esquecida.

— A senhora se importa em dizer por que está deixando sua bicicleta ali?

Infelizmente, Elisabeth *se importava* em dizer. Desejou ignorar a pergunta, entrar no carro e dar o fora, mas evidentemente eles queriam uma resposta. Ficaram esperando, olhando para ela com algo que ia além da simples curiosidade.

Elisabeth deu uma risadinha. De repente, a situação toda pareceu tão idiota que se tornou engraçada. Ela havia passado semanas imaginando se deveria chamar a polícia, confessar suas suspeitas e colocar o nome do marido no meio daquilo. Também imaginou se seria capaz de fazer isso, delatar o homem com quem estava casada havia vinte e um anos, e se havia mesmo o que delatar. E agora estavam entregando essa chance a ela numa bandeja de prata. Podia sentir os olhos dos guardas estudando-a abertamente. Tinha que responder; isso estava muito evidente. Mas como? Isso não estava.

— Não quero mais a bicicleta. — Elisabeth torceu para isso ser o suficiente. Óbvio que não era.

— Qual é o seu nome?

Elisabeth se identificou a eles.

— A senhora mora por aqui?

A resposta dela os fez erguer as sobrancelhas: o policial alto, roliço, de 30 e poucos anos, lábios vermelhos, olhos escuros, rosto redondo, com aparência hispânica, e seu colega mais baixo, de mãos grandes, pés grandes, cabelo castanho-claro, 20 e muitos anos, com aparência irlandesa.

— Port Washington, Long Island? E a senhora dirigiu até aqui às duas da manhã para deixar uma bicicleta num playground do Central Park?

A coisa não estava indo bem. Elisabeth não ria mais. Na verdade, começava a entrar em pânico. Eles tinham o direito de levá-la à delegacia? Isso poderia acabar não sendo uma história engraçada.

— Na verdade, ela é do meu marido. Ele a guarda no escritório. — Sua voz saiu um pouco trêmula. Tentou não tremer. — Há anos quero me livrar dela. Está velha demais. Deve ser perigoso andar nela aqui na cidade. Mas ele é apegado a essa velharia, então o que eu fiz foi... Bem, os senhores podem ver o que eu fiz. Ele vai pensar que ela foi roubada. Vai ter que comprar uma nova. — Terminou com uma risada para parecer convincente.

Ficou parada como uma colegial: pés juntos, apontados para a frente, mãos pendendo ao lado do corpo, cabeça erguida. Sentiu que os dois continuavam a analisá-la, olhando para ela e para a bicicleta, estudando o que dissera, pensando se não era mentira, à procura de alguma discrepância.

Elisabeth percebeu. Foi breve, quase imperceptível, mas ela viu assim mesmo — o policial de aparência hispânica movendo o ombro levemente. O corpo relaxando um pouco, a guarda baixando, os ombros menos tensos, só isso. Mas o suficiente para acalmar

Elisabeth um pouco. Ela ainda não estava livre para ir embora, mas quase.

— Onde fica o escritório do seu marido? — perguntou o policial de aparência irlandesa com o queixo projetado para a frente e os olhos apertados, parecendo cético.

— Ele é advogado, sócio de uma firma de advocacia na 57.

O irlandês ficou ainda mais cético. Farejou o ar — literalmente farejou o ar —, levantando o rosto.

— O seu marido é sócio de uma firma de advocacia?

— Sim. — Elisabeth deu um leve sorriso, como se compartilhasse da incredulidade deles. Concordando que era uma doida. — Ele morreria se soubesse que eu estive aqui no Central Park no meio da noite para largar a bicicleta dele.

— A senhora sabe, estamos procurando uma pessoa que anda numa bicicleta igual a essa. O Homem Dardo — comentou o irlandês.

Elisabeth sentiu o olhar intenso do policial, tentando não hesitar. Com medo de ter ficado tensa ou pálida. Será que o rosto dela revelava alguma coisa?

— A senhora já ouviu falar dele? — interrogou o hispânico, olhando-a bem nos olhos. Será que podia ver o que ela pensava? Perceber seu medo?

De certa forma, esse era o momento pelo qual estava esperando, o momento em que abriria a tampa e despejaria a verdade. Ele ia obrigá-la a decidir, a encarar o que realmente pensava — forçaria a fantasia a virar fato ou o fato a virar fato. Seria obrigada a admitir para si mesma o que realmente pensava, por que ela honestamente não sabia. Seu marido era mesmo o Homem Dardo?

Continuou sem saber, mas chegou a uma conclusão: se ele fosse, não iria delatá-lo.

— Acho que ouvi isso no rádio, no trabalho. Sou contadora pública. — Irrelevante, ela sabia, mas disse assim mesmo. Tentando obter mais credibilidade.

Quatro sobrancelhas se ergueram de novo, mas o policial de aparência hispânica pareceu entediado de repente. Acreditou nela. Farejou a verdade. Pronto para seguir adiante.

Mais difícil de convencer, o irlandês perguntou:

— Esse Homem Dardo anda numa mountain bike vermelha igual a essa. A senhora saberia alguma coisa a respeito?

Seus momentos de dúvida tinham ficado para trás. Agora firme e comprometida, enfrentou o olhar desconfiado do policial, experimentando uma nova tática com ele. Vendo-o agora como um agente da Receita Federal, um tipo com o qual ela havia lidado diversas vezes em inúmeras auditorias — o cara desconfiado que estava sempre procurando um grande golpe, desapontado por ela ser honesta, com tendência a estender o inquérito mesmo sem motivo.

— Não sei nada sobre isso. Só sei que alguém vai levar de graça uma bicicleta velha de manhã e meu marido vai comprar uma nova. Uma bicicleta moderna e segura pela qual ele vai acabar se afeiçoando. — Deu de ombros sem preocupação, com um leve sorriso. — Mesmo que sejam necessários vinte anos para isso.

Eles ouviram, pensaram. O hispânico estava claramente convencido. Coçando a nuca, desviando o olhar, examinando o parque na escuridão da noite. O irlandês parecia não querer ceder. Dava para ver.

— Bem, se não houver mais nada — disse Elisabeth, docemente, mas com certa autoridade. Transmitiu a mensagem de que tinha idade suficiente para ser mãe deles. Ou quase. — Eu gostaria de ir embora.

O hispânico assentiu com a cabeça, dando um passo para trás para ela passar.

O irlandês resolveu dizer alguma coisa, no intuito de mostrar sua autoridade.

— Pode ir. Vá em frente — disse, como se fosse uma ordem.

Elisabeth controlou o andar até o carro. Com a mão na porta, olhou para trás na direção deles. Viu-os entrar no carro.

Na volta para casa, dirigiu direitinho. Obedeceu aos limites de velocidade na Quinta Avenida, checando o espelho retrovisor toda hora. Satisfeita por não ver ninguém atrás dela, relaxou. Repassou a cena em sua cabeça. Seu embate com a lei.

Talvez a história se tornasse engraçada, afinal de contas.

Ajeitou-se melhor no assento, aliviada. Respirou fundo. Ansiosa para chegar à Williamsburg Bridge.

Onde ela se soltou: riu, acelerou, aumentou o volume do som, cantou, dançou no assento. Seu peito e seu estômago faziam pressão no cinto de segurança apertado, a mão esquerda marcava o ritmo no volante. Explodiu de prazer, alívio e incredulidade com suas ações, com sua grande travessura.

Uma grande vertigem no caminho de casa.

24

Na manhã seguinte, Elisabeth estava vestida novamente com as roupas de trabalho. Retirou o traje de adolescente e o pendurou nas costas da poltrona do quarto, aguardando seu retorno do trabalho. Quando Michael se desse por vencido, ela faria o mesmo.

A primeira manhã após sua escapada foi horrível, começando com a dificuldade para acordar. Quinze minutos depois do despertador ter tocado, o rosto dela continuava grudado no travesseiro, de bruços no colchão, um braço pendurado para fora da cama quase tocando o chão. Então Josh entrou, acordando-a, dizendo que o despertador tinha tocado quinze minutos atrás e que era melhor ela se levantar senão ele ia perder o ônibus. Todos iam. Onde estava o café da manhã?

Sabe lá Deus como, Elisabeth conseguiu realizar suas tarefas. Preparou o café, despachou os filhos no ônibus e foi para o trabalho, jurando acabar com aquela maluquice noturna. Mal-humorada, esfregou os olhos cansados. Hoje era segunda-feira. Richard andaria de bicicleta pela cidade. Elisabeth se sentiu culpada e preocupada. Ele ligaria para contar a ela. Como ela reagiria? O que diria ao marido? Não podia contar o que havia feito. Tentou se acalmar com os impostos dos clientes.

Na hora do almoço, Elisabeth ficou aliviada por ter conseguido atravessar a manhã. Duas caixas fechadas de comida chinesa sobre a mesa, um par de pauzinhos espetado numa delas. Mergulhada até o pescoço em declarações de imposto de renda, mas sem lidar com nenhuma. Em vez disso, olhou para o computador. Os olhos grudados na tela, a cabeça inclinada, apreciando fotos de filhotes de cocker spaniel.

Com medo do telefonema do marido. Torceu para ele ligar logo e acabar com aquela espera. Contou os minutos, seguindo mentalmente o dia dele. Voltou para os filhotes de cães pastores Shetland. Testou possíveis respostas para quando Richard contasse a ela sobre a bicicleta.

Porque ali, à luz do dia, mal podia acreditar no que tinha feito.

Daisy estava sozinha. A família toda fora. Os meninos saíram para a escola parecendo um furacão. Richard saiu antes de Daisy acordar, mas ela não pôde deixar de ouvir Elisabeth se movimentando pela casa como um tufão. A manhã inteira foi agitada porque Elisabeth havia dormido demais e teve que se apressar para conseguir fazer todas as tarefas. Mas agora tudo tinha voltado ao normal, e Daisy estava sozinha no jardim.

O sol brilhava radiante em tons de dourado, algo que não se via em Liverpool. Sem nada para fazer, Daisy passeou do lado fora nos belos jardins e na paisagem encantadora. Andou devagar ao longo dos canteiros de flores, dedaleiras, lírios e gerânios, examinando as flores, segurando-as, cheirando-as. Caminhou por toda a propriedade: oito mil metros quadrados. Observou os pássaros coloridos de diferentes espécies saltitando nas árvores, ocupados com seus afazeres. Testou seu conhecimento sobre árvores: diversas macieiras, uma cerejeira, um belo bordo japonês, um freixo enorme no fundo da propriedade, perto de uma nogueira, de um sassafrás e de diversas magnólias.

Voltou a casa para fazer um chá. Depois retornou com o chá, tomou-o numa cadeira perto da piscina, ouviu o canto dos pássaros, uma grande variedade; alguns semelhantes aos da sua casa, outros eram novos. Escutou uma sirene de bombeiro ao longe, cortadores de grama, sopradores de folhas, ocasionalmente o ruído distante de caminhões passando e o barulho mais próximo de automóveis.

De tarde, foi para o seu quarto, abriu a mala e tirou as cartas. Tratando-as com cuidado, levou-as para o jardim para olhar o retrato dele de novo e reler as velhas correspondências de Nova York.

Enquanto estava em Nova York.

Às seis e meia da tarde, Elisabeth estacionou o carro na entrada da casa de Ann e desceu do veículo.

Entrou na casa com a cabeça cheia. Richard não tinha ligado o dia inteiro, o que significava que a notícia do roubo da bicicleta ia ser dada pessoalmente e não pelo método mais desejável e menos perigoso de um telefonema.

Seu caminho foi barrado de repente por Michael, o iPod pendurado no pescoço, desligado, o jeans pendurado nos quadris. Nervoso, o filho dizia a ela para não comer na casa da mãe como sempre fazia porque ele precisava ir para casa.

Perplexa e aborrecida, Elisabeth respondeu que ele teria que esperar. Ela precisava juntar os irmãos dele e conversar com a avó. Chateado e impaciente, Michael a seguiu até a cozinha, colado nos seus calcanhares.

Ann estava ocupada, limpando a bancada da cozinha. Esfregava com vontade. O rosto contrariado. Elisabeth a cumprimentou. Michael apressava a mãe, que não conseguia fazer Ann dizer uma frase completa. Perguntou a Michael o motivo da pressa.

— Tenho que ir para casa falar com Daisy.

— Daisy? — Elisabeth arregalou os olhos, sem esconder sua surpresa. Percebeu que não tinha pensado na prima o dia inteiro.

Tentou recordar se sabia o que Daisy tinha planejado fazer. Lembrou-se da manhã, quando tinha dormido demais e saído de casa correndo. Ela não havia trocado uma palavra com Daisy, que devia ter passado o dia inteiro sem ter ninguém com quem falar. O que ela devia estar pensando?

— É, Daisy — respondeu Michael, num tom de voz que dava a entender: "Você tem algum problema com isso?"

Elisabeth olhou para a mãe, percebendo todas as emoções passando pelo rosto dela, mas só entendendo metade. Ela não tentou entender a outra.

Michael continuava impaciente, louco para ir embora.

— Podemos ir?

— Vá chamar os seus irmãos. Eu já vou. — Elisabeth se virou para a mãe quando ele saiu da cozinha. — O que houve?

— Achei que você soubesse. Eles se tornaram grandes amigos, imagine. — Sarcástica. Arrogante.

— Não fazia ideia. — Elisabeth balançou a cabeça. — A verdade é que lamento dizer que me esqueci de Daisy. Estou me sentindo péssima.

— Não sei por quê. Por que ela veio aqui, aliás? Quando ela vai embora?

— Não sei. Ela não acabou de chegar?

— Michael mal jantou. Não conversou. Não ouviu música. Ficou lendo, dizendo que tinha que estudar. Ficou com o livro praticamente em cima do prato. — Como se isso fosse uma acusação gravíssima. As outras palavras foram ditas com mais raiva. — Parece que ele fez um trato com Daisy de que se sairia bem em todas as provas.

Era difícil dizer qual das duas mulheres estava se sentindo pior.

— Eu fiz o jantar preferido dele — reclamou Ann. — Passei o dia inteiro preparando aquelas costeletas. Ele mal tocou nelas.

Michael voltou correndo para a cozinha, com os irmãos atrás.

— Estamos esperando no carro. Rápido.

Mãe e filha se encararam. Nocauteadas por alguém que tinha um quarto do tamanho delas. Uma fração do seu peso.

Elisabeth pensou no assunto no trajeto até em casa.

Atravessou o portão sentindo-se péssima, envergonhada por ter sido tão relapsa com uma hóspede, uma prima. Imaginou o que Daisy devia estar pensando. Supôs que ela estaria desapontada e aborrecida.

Michael saiu do carro antes mesmo de ele estar completamente parado. Subiu a escada da varanda de dois em dois degraus. Josh e David foram mais lentos, tirando com esforço as mochilas pesadas do chão do carro. Os dois meninos puxaram com força, espalhando cadernos, livros e notebooks por todo lado. Depois as lancheiras se misturaram e os dois se recusavam a levar a do irmão.

A discussão por fim terminou com Elisabeth seguindo Josh e David para dentro de casa. Prometeu a si mesma que no dia seguinte planejaria alguma coisa para Daisy. Hoje foi só uma consequência de ter dormido demais. Essa noite ela ficaria na cama para dormir direito. Amanhã seria um dia melhor sob todos os aspectos.

Entrou em casa atrás dos filhos, vendo algo diferente na sala de estar. Alcançou a cozinha e observou algo diferente lá também: flores. Em vasos espalhados por toda parte. Sobre as bancadas. Sobre as mesas. Sobre os parapeitos das janelas. Elisabeth piscou. Atônita.

Sentada num banquinho alto no balcão, Daisy observava a reação de Elisabeth com cuidado.

— Espero que tenha gostado. Por favor, não fique zangada por eu ter andado pelo seu jardim com uma tesoura. Só cortei as flores que havia em grande quantidade, é claro. Alguns gerânios, asclépias e papoulas nesse e naquele vaso. No outro vaso, rosas, violetas e sempre-vivas. Você tem flores tão bonitas que não consegui resistir às suas aquileias, às suas maravilhosas margaridas e às suas papoulas — explicou, sorrindo com ar culpado. — A maioria nem podia ser vista lá fora. Estavam todas atrás, escondidas pelos arbustos — concluiu, procurando alguma reação, mas não via nenhuma.

Com a cabeça erguida sobre o pescoço delicado e cheio de rugas, Daisy olhava para Elisabeth com compaixão.

— Ah, você deve ter tido um longo dia. Que tal uma xícara de chá?

Elisabeth estava imóvel, muda. Parada ali, ao lado do balcão da cozinha, espantada, usando uma blusa de malha azul-clara e um colar de pérolas com brincos combinando. Olheiras azuladas. Os olhos vermelhos. A boca aberta, rugas nos cantos dos lábios. Ela parecia cansada, preocupada, abatida — uma xícara de chá era o mínimo que Daisy podia oferecer.

Elisabeth recusou, meneando a cabeça. Queria sair dali. Imaginou se teria chegado ao fundo do poço.

— Eu gosto das flores, Daisy. — Michael percebeu o quanto a mãe ficara desconcertada. Ele estava parado com as mãos enfiadas nos bolsos, se balançando para a frente e para trás. — Está agradável aqui. — Um olhar para a mãe, com um tom de voz que parecia dizer: “Para variar.”

Elisabeth olhava da cozinha para a sala. Havia flores lá também, mudando o cômodo que tinha sido projetado por um bando de designers de interiores. A mobília elegante, o tratamento das janelas, os tapetes persas da mais alta qualidade, tudo caríssimo, tudo arrumado por outros profissionais. A casa toda foi redecorada quando David entrou no jardim de infância, quatro anos antes. Elisabeth e Richard tinham achado que estava na hora de ter ambientes mais maduros, sofisticados e formais. O último filho havia ido para a escola, então estava na hora de a casa perder o ar de playground. Mas Elisabeth não teve tempo nem se sentiu segura para fazer isso sozinha. Olhava para a sala agora, sendo capaz de apreciar o quanto ela era bonita, mas muito pouco parecida com eles. Ela nem queria aquilo. Devia vender tudo no eBay e voltar ao estilo antigo de dormitório de faculdade, playground ou chalé de esqui.

Voltou a olhar para Daisy, sorrindo e dizendo:

— Está muito agradável aqui. Muito obrigada, Daisy. Desculpe não termos voltado para jantar em casa. Espero que você tenha achado algo para comer.

— Ah, não se preocupe comigo — respondeu Daisy, dizendo o óbvio. — Estou bem. Tive um dia maravilhoso, maravilhoso.

Ela havia se virado. Tinha tomado várias xícaras de chá e explorado a geladeira, encontrando ovos cozidos e um pacote de queijo americano que havia provado, desembrulhando com cuidado o papel celofane. Nunca tinha comido aquilo antes, nem mesmo quando estava prestes a se casar com um americano. Apesar de o estômago ter roncado um pouco, tinha passado o dia satisfeita. Ansiosa para se aproximar daquele americano com quem quase havia se casado.

— Ah, que bom. — Elisabeth disfarçou sua culpa. Pelo menos por ora. Lembrou a si mesma de perguntar à mãe mais tarde por que ela não convidara Daisy para jantar com ela e os meninos. Talvez Daisy tivesse comido as costeletas. — Só preciso de um minuto para trocar de roupa. — Olhou para Michael, que ainda estava usando o jeans bem abaixo da cintura. Deixando bem claro a ele que deveria aprender a lição.

— Caramba, mãe, para com isso.

— Vou parar de me vestir igual a você quando você parar. — E saiu da cozinha.

Michael revirou os olhos, vendo-a ir.

Daisy se virou para ele.

— Acho que eu e você temos um assunto a tratar.

— Eu fui bem no teste. Mas posso ir melhor. Pedi à minha professora para me deixar fazer outro amanhã. Ela ainda não decidiu, mas vou estudar hoje à noite mesmo assim. Você me conta? Eu me saí melhor do que no último teste. Quem você está procurando?

Daisy olhou para o menino. Ele tinha uma expressão séria, ansiosa, tentando não demonstrar nada. Mas era muito fácil de ver. Ela procurou seus próprios filhos em Michael, vislumbrando traços, recordando a época em que tinham 13 anos. Encontrou coisas em comum — os 13 anos. Estavam ali. Ela podia ver.

— Vou contar a você, é claro. Ficarei contente em fazer isso. Devemos esperar seus irmãos e seus pais?

Ele balançou a mão mostrando o que pensava disso.

Então Daisy chamou Michael com um gesto e bateu no banquinho ao lado dela para ele sentar.

Michael se sentou, dobrando os joelhos e enfiando os pés na barra de cima. Prestou atenção no que Daisy falava, contando tudo a ele. O passado jorrando de sua boca para dentro daqueles ouvidos jovens, abertos, receptivos.

A cabeça de Michael a mil ao ouvir todos os detalhes. Quando ela terminou, ele saltou do banquinho e a puxou pela mão, ajudando-a a se levantar. Saiu com ela da cozinha.

— O nome dele é Michael, como o meu? — Isso o deixou feliz. — Baker? Vamos procurá-lo no computador. É possível que possamos achá-lo essa noite. Vamos. Você vai poder falar com ele antes de dormir!

Daisy levou a mão ao pescoço, os dedos artríticos abertos como um leque. Deixou-se levar pelo corredor, arrastando os pés rapidamente no assoalho de madeira nas suas sapatilhas de salto baixo. Permitiu que ele puxasse uma cadeira para ela junto ao computador. Olhou animada para a tela piscando, ouvindo os planos de Michael. Eles iam começar escrevendo *Michael Baker* no Google.

O coração de Daisy bateu forte.

Michael digitou *Michael Baker* mais rápido do que Daisy esperava. Ele era muito eficiente, como uma secretária de antigamente, da época em que nenhum menino de 13 anos teria sido pego escrevendo à máquina.

Ele encontrou 10.840.000 resultados.

Michael franziu a testa.

— O nome dele é muito comum. Você sabe o nome do meio dele?

— Leonard.

Michael digitou. A busca obteve 6.010.000 resultados, inclusive milhares sobre um assassino com o mesmo nome em Minneapolis. Michael voltou a franzir a testa. Tentou novas abordagens quando a mãe entrou no cômodo. Seu jeans largo, bem abaixo da cintura, roendo uma unha, o cabelo caído para a frente. Uma cesta entulhada de roupa suja apoiada no quadril esquerdo, o braço em volta do objeto como se fosse uma amiga. Disse a Michael para começar a fazer o dever de casa.

O que fez Daisy se sentir culpada.

— Não, mãe. Eu preciso fazer isso. Só mais alguns minutos.

— "Isso" o quê? — perguntou Elisabeth.

Michael contou à mãe. Elisabeth olhou para Daisy enquanto o filho falava. Buscando confirmação. Daisy confirmou com a cabeça. David fazia escalas no piano. Finalmente, Elisabeth descobria por que Daisy tinha vindo.

— Eu quero ajudá-la a encontrá-lo — concluiu Michael.

— Você quer a ajuda dele? — perguntou Elisabeth a Daisy.

— Eu gostaria muito, se fosse possível — respondeu Daisy, com elegância e gratidão.

— Tudo bem. Vou ajudar também, mas não muito essa noite. Amanhã tem aula. Tenho que verificar o dever de matemática de David e ver como está o espanhol de Josh. Ele tem um teste amanhã.

— E amanhã, mamãe, quero vir da escola direto para casa em vez de ir para a casa da vovó. Podemos começar assim que eu chegar. Você vai estar aqui, não vai, Daisy?

Daisy assentiu, sem conseguir imaginar em que outro lugar poderia estar.

— Por mim tudo bem, se você fizer o seu dever de casa e Daisy não se importar. — Elisabeth previu sua mãe tendo um ataque quando soubesse.

— Me importar? Para mim vai ser um imenso prazer — respondeu Daisy.

Ela está mesmo motivada, pensou Michael.

Muito satisfeito.

25

Cansado, Richard entrou em casa quase às onze horas. Largou a pasta, serviu-se de uma bebida e notou que o nível de Cointreau na garrafa tinha baixado. Visualizou Daisy tomando um copinho, imaginando que a família tivesse sido brindada com outra noite de histórias. Desejou ter estado presente.

A casa estava silenciosa. Ele ligou a televisão, passando brevemente pelos canais como se fossem páginas de uma revista, tomando sua bebida. Teria esses poucos minutos antes de subir e contar a Elisabeth o que tinha acontecido. Tentara ligar para ela várias vezes durante o dia para contar, mas não tinha conseguido encontrá-la.

A esposa estava acordada quando ele entrou. Sentada na cama, encostada numa pilha de travesseiros, com um laptop pousado nos cobertores sobre as pernas esticadas. Disse olá para ele sem tirar os olhos da tela. Ocupada no computador. Richard ficou com pena por ela ainda ter declarações para preparar.

Mas Elisabeth não estava tratando de impostos. Estava olhando imagens de filhotes de pastores Old English. Escondendo-se atrás deles.

Richard afrouxou a gravata azul e vermelha com o dedo indicador, desfazendo o nó com movimentos curtos para a esquerda e para a direita. A cabeça se movia no mesmo ritmo, em direções opostas. O som de seda roçando em seda. Elisabeth apertou o botão para baixo, movendo lentamente a tela para não perder nenhum cachorrinho, quando ouviu:

— Você nunca vai acreditar no que aconteceu hoje.

— É mesmo? — Mostrou apenas um mínimo de interesse.

— Alguém roubou minha bicicleta.

— Não! — Inteiramente surpresa.

— Sim. Bem de dentro da garagem. Levaram o cadeado e tudo.

— Como conseguiram fazer isso? — Elisabeth expressou incredulidade. Os olhos arregalados.

— Não faço ideia. O cadeado era reforçado, preso com uma corrente de aço. Mas o funcionário da garagem afirma não ter visto nada. — Richard pendurou a gravata com o mesmo cuidado de sempre. O resto da casa podia estar um caos, mas não seus ternos, gravatas e camisas. Desses ele cuidava com carinho, mantendo-os em perfeito estado.

— Não brinca — disse Elisabeth, séria, como se tentasse imaginar uma coisa dessas. Deixando para mais tarde, para momentos particulares daqui a muitos anos, a introspecção e a especulação necessárias sobre como ela foi capaz de fazer o que fez. Agora estava apenas se esforçando para ocultar a culpa, a vergonha e a vontade rir.

Sentado à beira da cama, Richard inclinava o colchão. Desamarrou os sapatos. Tirou o primeiro. O som de uma meia sendo liberada de um lugar apertado e rígido. O calor do pé dele sendo liberado no ar. Richard enrolou a meia e puxou a ponta para fora dos dedos, dizendo:

— O funcionário da garagem não faz ideia de quando isso aconteceu, mas o empregado que estava lá antes dele, no turno de seis da tarde à uma da manhã, disse que tinha certeza de que ela estava lá. O cara seguinte não viu ninguém levando a bicicleta. Imagino que demore um pouco para cortar uma corrente de aço. Que faça barulho e atraia atenção. Que alguém fosse notar. — Elisabeth ouviu o som do outro sapato saindo do pé. Um leve cheiro de couro.

— É verdade — concordou. Precisava de um lugar para se esconder. Encontrou algo. Estendeu a mão e pegou sua taça de vinho tinto da mesinha de cabeceira. A quarta. Esvaziou-a, lambendo uma última gota na lateral da taça.

Richard se levantou e desafivelou o cinto, tirando-o rapidamente como um metrô passando sem parar pelas estações. Atirou-o sobre a cama.

Olhou para Elisabeth enquanto desabotoava a camisa, esticando o pescoço e o queixo, tirando a cabeça do caminho para poder alcançar o botão de cima.

— É uma droga não ter bicicleta. Eu tive que pegar o metrô na cidade. Que pesadelo. Há dezessete anos que eu não fazia isso.

Elisabeth não pôde continuar. Pondo a mão na testa, avisou:

— Estou com uma dor de cabeça horrível. — Virou-se para a mesinha de cabeceira e apagou o abajur. Deixando a cabeça cair no travesseiro, fechou os olhos.

Richard ficou espantado. A camisa branca feita sob medida para fora da calça, os dedos desabotoando o quarto botão. Espantado com aquela reação repentina.

— Desculpe, Lizzie. Você devia ter dito isso mais cedo.

— É que comecei a sentir agora.

Virou-se de bruços, pressionando o quadril no colchão. Aninhando-se nele. Sabendo que as quatro taças de vinho iriam fazê-la ficar na cama. Que ela não poderia voar pelas ruas de Manhattan e deslizar feliz sobre a Williamsburg Bridge. Adormeceu, imaginando que estaria percorrendo as calçadas quentes da cidade na bicicleta do marido. Pensando em Daisy e em seu soldado da Segunda Guerra Mundial, pensando nela conseguindo encontrá-lo e tornando a vê-lo depois de sessenta anos.

A dois quartos dali, Michael também adormeceu, com a história de Daisy na cabeça — empolgado por ela ter um relógio na casa *dele* com uma dedicatória feita por Arthur Rubinstein!

Por ela ter tido um namorado americano, um soldado da Segunda Guerra Mundial, e que ele, Michael, ajudaria a encontrar.

Richard terminou de se despir. Ajeitou o vinco da calça azul-marinho. Pendurou o paletó no cabide de madeira e guardou o terno no closet, no escuro.

26

Vozes altas em sua cabeça diziam a ele para não fazer isso, mas lá estava ele, fazendo assim mesmo.

Os longos dedos de Dennis seguravam a caneta. Gostando ou não, estava feito. O contrato para a compra de uma casa enorme em Chessex estava assinado. Era legal. Tinha sido derrotado pela esposa; ela havia usado todos os artifícios e estratégias possíveis. Ela devia ter feito carreira na política. Não conhecia ninguém que tivesse os poderes de persuasão dela. Dennis acabou concordando em fazer isso sem envolver sua mãe. Vendera todas as suas ações, esvaziara suas contas bancárias, liquidara os fundos mútuos e limpara a poupança.

Deu um suspiro baixo e profundo, largando a caneta. Olhou para o outro lado da mesa, com algumas gotas de suor brotando sobre o lábio superior.

Amanda sorria para ele. Usava uma blusa amarela, batom vermelho, brincos de prata. O cabelo dela estava preso atrás; seus olhos azuis, sonhadores. O braço comprido da esposa estendido para apoiar a mão sobre a mão suada dele. O suor pingando dos dedos dele. As marcas na madeira eram como impressões úmidas. A mão dela, muito branca, pousada sobre a dele.

Dennis olhava a chuva que caía sem parar pela janela. Gostaria de ligar para a mãe, mas não tinha o número do telefone com ele. Imaginou como poderia consegui-lo, mas seus pensamentos foram interrompidos pelo corretor bigodudo que disse alguma coisa antes de empurrar o contrato sobre a mesa para Amanda, que o assinou com letras grandes, firmes, redondas.

27

A internet não forneceu resultados úteis. Michael Baker era um nome muito comum, assim como Michael L. Baker e até Michael Leonard Baker. Michael, Daisy, Josh, David e até Pete, quando estava em casa, passavam longas horas ao redor do computador toda tarde depois da escola. Isso deixava Ann apenas com os outros netos, aborrecida com Daisy por privá-la da visita deles. Desejou que Daisy fosse logo embora.

Elisabeth passava os dias se sentindo culpada. À noite, ela se enfiava debaixo das cobertas, de costas para Richard. Não houve mais passeios durante a madrugada. Esperava ansiosamente para ouvir que o Homem Dardo tinha voltado a atacar, para ter certeza de que Richard era inocente. Até agora, nada. Todas as manhãs se sentava com os pés enfiados sob a escrivaninha, planilhas na tela do computador, mas ficava olhando para o outro lado da sala, vendo a avenida vazia no meio da noite se estendendo diante dela. Ouviu sua própria voz cantando mais alto que o rádio do carro, vendo as luzes coloridas da cidade, os vidros do carro abertos, sentindo os aromas de milhões de vidas. E a visão da ponte, tudo perdido — como as duas rodas, o guidão e o assento de couro preto de Richard.

Agora ela só ouvia dele histórias do metrô. Reclamações. Promessas de comprar outra bicicleta assim que tivesse tempo. Histórias do subsolo. De passageiros. Gentalha. Sujeira. Atrasos.

* * *

Uma decisão conjunta. Iniciar a busca pelo óbvio.

O endereço no Brooklyn: rua 2, número 11.440, a uma distância curta de carro. Michael Baker podia estar morando lá ainda. Ele podia. Houve uma discussão sobre quem iria. Elisabeth achou melhor que fossem só ela e Daisy.

Michael insistiu em ir também. Pesquisou o caminho. Imprimiu as indicações.

Elisabeth ainda recusava. Era o fim de semana anterior ao Regents. Sem dúvida ele devia usar o tempo para estudar, não para ir ao Brooklyn no que era mais que provável que fosse uma viagem inútil.

Michael argumentava com veemência. Ele queria ir. Se Michael Baker estivesse lá, queria conhecê-lo. Correu para pegar sua mochila e voltou se sentindo invencível, mostrando à mãe que tinha feito um trabalho extra para a professora de história da Europa sobre Liverpool durante a Segunda Guerra Mundial. A turma dele só havia estudado Londres, mas Liverpool também teve um papel-chave. Com a ajuda de Daisy, e nos intervalos das pesquisas na internet sobre Michael Baker, ele fizera um trabalho sobre Liverpool. Mostrou à mãe. Tinha tirado A.

28

Os três foram a caminho da rua 2, número 11.440, Brooklyn, Nova York. Num sábado de manhã, bem cedo. Passaram pelo Museu do Brooklyn, pela enorme Biblioteca do Brooklyn, pelo Zoológico do Brooklyn, pelo Jardim Botânico do Brooklyn. Hordas de gente.

Elisabeth virou à esquerda no Prospect Park West, a principal avenida. Pessoas passeavam. Bebês em carrinhos, cachorros nas coleiras. Um parque lindo, exuberante, muito parecido com o Central Park; tinha sido projetado pela mesma equipe, Olmstead and Vaux, depois que eles terminaram o trabalho em Manhattan. Uma arquitetura magnífica que desenhara prédios com mais de cem anos. Edifícios de pedras marrom do século XIX com quatro andares; uma abundância de flores nos peitoris das janelas; bicicletas, skates, patins, crianças pulando corda, desenhos feitos com giz colorido nas calçadas.

Daisy ia no banco da frente. O coração batendo mais rápido à medida que se aproximavam do endereço.

Michael, no banco de trás, indicava o caminho e lia a história daquela parte do Brooklyn: Park Slope. Folheava o capítulo sobre a Ponte do Brooklyn e mostrava fotos. Elisabeth se aproximou da rua 2, procurando algum lugar para estacionar e não vendo nenhum.

Richard estava trabalhando no sábado. David e Josh, em casas de amigos, jogando no computador. Pete, jogando beisebol, torcendo para conseguir virar o jogo. Ann, no cabeleireiro, reclamando sem parar de Daisy para a mulher que pintava seu cabelo.

Depois de dar dezesseis voltas no quarteirão, surgiu uma vaga deixada por um velho Volkswagen. Elisabeth enfiou o SUV na vaga, que era tão apertada que ela e Michael não conseguiram se juntar a Daisy na calçada. Tiveram que falar com ela por cima da capota enquanto confirmavam para que lado tinha que caminhar, subindo a rua. Elisabeth não era a única que havia estacionado grudada em outros carros. Os dois tiveram que andar meio quarteirão pela rua até encontrar espaço suficiente entre veículos para subir na calçada.

Poucos minutos depois encontraram o endereço. Era o prédio que ficava no topo da rua 2, pertinho da avenida principal, Prospect Park West. Um prédio de pedra marrom de quatro andares, com portas duplas de vidro. O número 11.440 estava pintado em dourado no vidro, contornado de preto. A mesma pintura preta e dourada emoldurava as portas de vidro.

Um diretório com seis nomes. Daisy prendeu a respiração enquanto Michael os lia.

Nenhum Baker. Michael olhava para Daisy, esperando vê-la desapontada, mas percebeu que ela sorria.

— Ora, Michael, não esperávamos realmente que ele ainda estivesse aqui. Sabíamos que não ia ser tão fácil.

— Acho que sim. — Ele coçou o ombro esquerdo, o cotovelo apontado para Daisy, subindo e descendo.

— Devo tocar uma campainha? — perguntou Elisabeth. — Já que estamos aqui, talvez pudéssemos falar com o zelador. — Ela estava usando uma calça Levi's de Richard, bem abaixo da cintura, como Michael. Tinha passado a vesti-las automaticamente, sem pensar. A mão estava virada para fora na altura do joelho, os dedos relaxados, à espera.

Daisy concordou. A parte inferior de sua saia bege pregueada se agitava na brisa leve, que trouxe com ela o perfume das flores nas jardineiras sobre os peitoris das janelas. Havia flores por toda parte, aparentemente em todas as janelas e escadas. Um vendedor ambulante se instalara do outro lado da avenida, numa das entradas do Prospect Park, vendendo água, picolés, sorvetes e pretzels quentinhos. O sol, reluzente, forte e intenso, lançava raios por entre os galhos dos bordos ao longo da calçada. Eram raios fragmentados que chegavam aos degraus do prédio, formando desenhos de luz e sombra sobre os três.

Carros passavam pelas três faixas da avenida. De vez em quando um entrava na rua, procurando vaga. Uma mulher pequena, de cabelo ruivo que usava uma camiseta verde-limão, passou com um cachorro enorme ao lado. A cabeça do animal batia quase no ombro dela.

— É claro que temos que falar com o zelador. Talvez ele saiba alguma coisa — disse Michael.

— Vamos fazer isso — concordou Daisy.

Então Michael leu o relatório de nomes ao lado das campainhas.

— Parece que esse é o zelador: Brian F. Davis.

Esperou a autorização delas com o dedo encostado na campainha. Daisy e Elisabeth balançaram as cabeças. Michael apertou a campainha. Eles esperaram, ouvindo o vento nas folhas, o canto dos passarinhos, o som de uma bola de basquete quicando ao longe. Crianças. Um homem suado mais ou menos da idade de Richard na calçada em frente, descendo a ladeira de bicicleta. Elisabeth sentiu uma pontada de culpa no peito, mas afastou o sentimento.

Eles ouviram alguém se aproximando — chinelos sobre assoalho de madeira — e a porta se abriu. Um trinco foi puxado. O homem, de altura, peso e idade medianos, segurava uma colher de pau com alguma coisa marrom e pegajosa, olhando para eles. Short largo de brim e camisa preta. Olhos escuros sob sobrancelhas grossas. Um nariz largo e torto, não muito centrado sobre lábios grossos, cabelo escuro despenteado, comprido demais no alto, curto em volta das orelhas. Um começo de barba no rosto e no pescoço.

— Sr. Davis? — perguntou Elisabeth.

— Sim? — Pronto para negar qualquer pedido. Para despachá-los. Uma das mãos na maçaneta, a outra segurando a colher. Preparado para se livrar deles.

— Estamos procurando uma pessoa — começou Michael.

O homem olhava para Michael e o avaliava.

— Esperamos que o senhor possa nos ajudar — acrescentou Daisy. — Ficaríamos muito gratos, de verdade.

O homem se virou para Daisy. Depois voltou a olhar para Michael, sem entender o sotaque dela.

— Estamos procurando uma pessoa que morou nesse prédio em 1945 — explicou Elisabeth.

O homem olhou para ela. Piscou, espantado.

— Em 1945... — repetiu Brian Davis.

— Sabemos que é muito tempo — confessou Elisabeth —, mas resolvemos tentar. Esse é o último endereço conhecido do homem que estamos procurando.

— Em 1945... — repetiu Brian Davis.

— É ridículo, nós sabemos. — Daisy deu um risinho envergonhado.

— Não — respondeu Brian Davis, com um tom áspero na voz rouca, surpreendendo os três. — O que é ridículo é que tem uma pessoa aqui que talvez possa ajudar. — Tirou a mão esquerda da maçaneta da porta, indicando que não ia fechar a porta na cara deles. — Um dos moradores está aqui desde 1938.

Daisy sentiu os joelhos bambos ao ouvir a informação. Será que havia alguém ali que realmente teria conhecido Michael Baker? Isso era possível?

— Jura? — perguntou Elisabeth, impressionada.

— Juro — garantiu Brian Davis, asperamente. Mais uma vez aquele tom duro, mas não com eles. — Hulda Kheist, terceiro andar, desde 1938.

Um carro buzinou na rua. Um homem alto, negro, passou andando elegantemente de patins. A camiseta azul-clara grudada no peito musculoso. O vento de repente ficou mais forte, sacudindo as folhas. A saia de Daisy bateu contra suas pernas finas. Ela estendeu a mão e se apoiou no braço de Michael para se proteger do vento súbito. E por causa da informação. Não esperava nem um nem outro.

Nem Michael esperava aquela notícia. Ou que Daisy fosse se apoiar em seu braço. Olhou para ela, comovido por ter se apoiado nele.

— Que ótima notícia — comemorou Elisabeth. — Talvez ela possa nos ajudar.

— Ótima para vocês, talvez — rebateu Brian Davis, com raiva —, mas não para mim, já que ela paga apenas 278 dólares por mês desde que comprei esse prédio há catorze anos. — Ficou agitado. A mão que segurava a colher de pau melada passou a se apoiar na porta, acima de sua cabeça. Um dos pés sobre o outro, criando um triângulo no espaço entre suas pernas. — Quando comprei esse prédio, me disseram que o fato de ele ter apartamentos alugados não ia ser um problema. Que a mulher no apartamento três tinha 78 anos e que, quando ela morresse, eu poderia alugar o apartamento pelo valor de mercado. Ela tem um belo apartamento com vista para o Prospect Park que vale uma fortuna. Eu só teria que morar no apartamento do porão até lá. Quando eu alugasse o apartamento dela, poderia me mudar para o segundo andar, que tem a metade do tamanho do apartamento dela, e ganhar 4.500 dólares por mês. Mas, em vez disso, estou enfiado nesse buraco há catorze anos. Catorze anos! Vivendo como um rato no subsolo enquanto ela e seu pássaro vivem num luxo total por 278 dólares por mês! Eu tenho 41 anos e estou enfiado num buraco no chão esperando a Sra. Hulda Kheist partir, de um jeito ou de outro.

Um silêncio momentâneo. Elisabeth imaginou quantas vezes ele já havia contado essa história ao longo dos anos. Infinitas, provavelmente. Uma moça de chapéu azul estava passando pelo prédio, descendo a ladeira, cantarolando o que parecia ser a Nona de Beethoven, empurrando um carrinho de compras vazio. Uma roda rangia, distraindo-os.

— Ela me provoca. Diz que vai viver até os 100 anos por causa do muesli suíço que come. Eu ouço isso e não posso deixar de pensar na história que escutei na rádio 1010 Wins. Vocês conhecem?

Daisy e Michael sacudiram negativamente as cabeças.

— Eu conheço — disse Elisabeth.

— "Você nos dá dez minutos, nós lhe damos o mundo." Esse é o lema deles. Coisa de rádio. Ouvi uma vez uma história de um senhor de 71 anos que foi pego estrangulando a mãe de 94 na cama dela, numa clínica de repouso. Foi pego em flagrante, com os dedos em volta do pescoço dela. Por quê? Estava cansado de esperar pela herança dele. Estava na miséria, afogado em dívidas, pronto para ser jogado na rua sem ter onde morar, e lá estava a mãe dele, uma morta-viva, gastando milhares de dólares por dia para viver mais um pouco de uma vida que ela não aproveitava. Dinheiro que iria para ele quando ela morresse. — Brian balançou a cabeça. — Tive pena desse cara. Ele acabou na cadeia, o infeliz. — Incomodados, Daisy, Elisabeth e Michael olhavam para ele sem dizer nada. — Fiquem sabendo que é um milagre que não se ouçam mais histórias como essa. — Olhando para o chão, pensava no quanto a vida era injusta.

Passado um minuto, Daisy quebrou o silêncio.

— Ah. É mesmo. E ela está aqui, essa Sra. Kheist?

— Não. Nos sábados de manhã ela vai ao cabeleireiro e depois vai fazer compras. Ela deve voltar daqui a uma hora provavelmente. Se quiserem esperar no meu buraco, podem vir, ou podem ir até o parque ou talvez até a Sétima Avenida para comer alguma coisa.

— Obrigada, Sr. Davis — agradeceu Daisy, educadamente. — Acho que vamos até o parque dar uma volta. Se o senhor vir a

Sra. Kheist, por favor, diga a ela que estaremos de volta em uma hora. — Virou-se para Elisabeth. — Está bem assim?

— Está bem. Vamos dar uma volta no parque — concordou.

— Obrigada. — Daisy se virou de novo para Brian, notando que ele estava olhando para a roupa de Elisabeth. Daisy já havia se acostumado em vê-la com aqueles jeans, mas se lembrou da primeira impressão que teve deles. Ela podia imaginar o que Brian estava pensando. Desceu os degraus atrás de Elisabeth, com a mão pousada levemente no braço orgulhoso de Michael. — Se você não se importar, Elisabeth — recomeçou Daisy, palavras inseguras, saindo apressadamente de sua boca —, eu vi umas lojas muito bonitas ali adiante. Talvez pudéssemos ir até lá.

— Lojas? Sim, também vi. Sim, vamos lá. — Os olhos de Elisabeth piscavam.

— Você não se importa, Michael? — perguntou Daisy.

— Não. — Embora se importasse.

Juntos, desceram a ladeira.

Quando voltaram para o número 11.440 da rua 2, estavam cheios de sacolas. E mais uma coisa. Nova. Em Elisabeth. E em Michael.

Jeans que cabiam neles, que não tinham pano suficiente para navegar até a China. Ambos estavam aliviados de se verem com roupas diferentes.

Michael pôs o dedo na campainha de Hulda Kheist. Olhou para Daisy. Ela balançou a cabeça dizendo para seguir em frente e ele apertou, avisando à mulher do apartamento três que havia alguém lá embaixo que queria falar com ela.

A mulher do apartamento três tirou os olhos da televisão, espantada. Fazia muito tempo que não ouvia aquela campainha. Imaginando que era engano, voltou a prestar atenção na CNN.

— Será que ela já voltou? — perguntou Michael, lá embaixo.

— Nós demoramos mais de uma hora — garantiu Elisabeth.

— Talvez ela demore um pouco. Vamos esperar um minutinho e tentar de novo.

Esperaram um pouco e voltaram a tocar.

A mulher do apartamento três começou a achar que talvez não fosse engano. Levantou-se do sofá, apoiando as mãos no tecido gasto, verde-musgo. Um avião passou diante do sol, momentaneamente escurecendo a sala iluminada. As janelas amplas davam para a rua 2, e raios de sol se espalhavam pelo chão, criando um ambiente saudável para as diversas plantas espalhadas pelo peitoril das janelas, onde habitava um periquito muito feliz.

— Tente de novo — cochichou Daisy para Michael. Sob o ronco do avião lá no alto, Michael tocou mais uma vez.

A mulher no apartamento três foi até a porta. As costas ligeiramente curvadas, a cabeça projetada para a frente. O dedo nodoso apertando o botão do interfone.

— Olá?

— Olá? — A voz de Daisy saiu aguda demais, empolgada demais. — Ahn, olá? — Se possível, mais aguda ainda da segunda vez. Dois pardais cantavam alegremente no jardim do vizinho. Daisy se virou para Elisabeth, batendo no braço dela. — Acho melhor você falar.

Elisabeth se aproximou do interfone. A boca não muito longe da placa prateada.

— Humm, olá. Meu nome é Elisabeth Jetty — apresentou-se educadamente, com sua melhor voz de contadora pública, usando seu conjunto novinho, de uma hora de vida, de linho bege: calça larga com um cadarço na cintura, camiseta de algodão cáqui e camisa de linho, além da sandália baixa de couro marrom. — Estou aqui com meu filho e minha prima que veio da Inglaterra. Gostaríamos de conversar com a senhora sobre uma pessoa que estamos tentando encontrar e que morava nesse prédio.

A mulher do apartamento três deixou as palavras penetrarem devagar por seus ouvidos. O coração bateu mais rápido com a possibilidade de que esse pudesse ser um sábado diferente, que fugisse à rotina.

— Ah, é? Vou abrir a porta para vocês. — Um ligeiro sotaque na voz.

A campainha soou. Michael empurrou a porta pesada de vidro. Os três entraram no hall lambrisado de madeira escura, menos grandioso que no passado, e subiram a escada — todos torcendo para não reencontrar Brian Davis. Não o encontraram. Subiram se apoiando no corrimão liso de carvalho, ouvindo o rangido da madeira. Passaram por uma porta de aço cinzenta no segundo andar, com papéis com desenhos infantis colados, principalmente flores, sóis no canto das páginas e grandes raios amarelos. Continuaram até o terceiro andar, Daisy apoiada no braço de Michael. Michael pensou: "Está vendo, ainda bem que eu vim." E Daisy pensou: "Que menino adorável. Que bom que ele está aqui."

Chegaram ao terceiro andar. Ficaram parados diante da porta de aço cinzenta onde não havia desenhos infantis. A mulher do apartamento três olhava para eles pelo olho mágico. Sem ver nada de ameaçador neles, abriu a porta, dizendo:

— Olá.

— Sra. Kheist? — perguntou Elisabeth, usando a voz que tinha usado lá embaixo. — Obrigada por nos receber. Eu sou Elisabeth Jetty. Esse é o meu filho Michael, e essa é Daisy Phillips, de Liverpool. — Suas palavras soaram mais alto naquele hall cavernoso.

— Prazer em conhecê-los — voltou a cumprimentar a mulher. — Eu sou Hulda Kheist. Não querem entrar? — Recuou um pouco para que eles entrassem no apartamento: primeiro Michael, depois Elisabeth, e por último Daisy.

Hulda indicou o sofá. Eles se sentaram, uma fileira de três, muito perto um do outro a princípio. Tiveram que se afastar um pouco. Os três olhavam cheios de expectativa para Hulda, com os joelhos e as palmas das mãos juntos.

Michael não se sentava tão empertigado desde seus dias na cadeirinha de comer, quando se lambuzava de doce de maçã, papinha de bebê e cereal. Sentindo-se estranho, olhou para outro ponto da sala. Pousou os olhos num pássaro grande, verde, com a melhor vista da sala: empoleirado numa barra de madeira alta, em frente à janela. O pássaro estava fascinado por eles, comendo sementes numa vasilha prateada sob o poleiro.

Michael não se sentia apenas esquisito, ele estava esquisito. Elisabeth o observou por cima do ombro por vários segundos. Tentando reconhecer aquele rapaz diferente. Vendo como o rosto dele começava a amadurecer. Um novo brilho em seu olhar; que não havia antes. A marcha lenta e inexorável da idade adulta de repente parecia ganhar velocidade.

Daisy estava com a atenção voltada inteiramente para Hulda, o coração batendo forte, sentada ali tão perto dessa conexão com sua outra vida.

Hulda se sentou devagar na poltrona de veludo. Michael olhava para ela, imaginando quantos anos teria. Acomodada com elegância, a cabeça erguida, a anfitriã olhava para os visitantes avaliando-os. Tinha o cabelo pintado de castanho-claro e com permanente, uma testa alta; mandíbula inferior saliente; olhos pequenos, escuros e rápidos; pescoço fino; ombros estreitos sob um robe de renda branca.

A sala era grande, com paredes brancas que estavam ficando cinzentas, pintadas havia muito tempo, mas não sujas nem descascadas. Tinha também o pé-direito bastante alto, e a janela que dava para a rua 2 era larga o suficiente para permitir a passagem de uma manada de elefantes lado a lado. Ela ocupava quase toda a parede e era lá que ficava o pássaro. Do outro lado do sofá havia uma lareira grande e alta que tinha sido construída junto do apartamento, no fim dos anos 1890. A lareira permaneceu inalterada ao longo das décadas. A borda da abertura e parte da parede e do chão em volta dela era de ladrilhos grossos verde-escuros.

Em suma, o apartamento era maravilhoso. Era uma verdadeira joia para um corretor.

A frustração de Brian Davis pairava no ar, atingindo-os.

— Desculpem-me por estar de robe — disse Hulda. — Não costumo receber visitas.

Eles assentiram delicadamente, dizendo a ela para não se preocupar com isso.

— Então — Hulda colocou as palmas das mãos sobre os joelhos —, o que posso fazer por vocês? — O sotaque dela era de algum lugar da Europa. Alemanha? Polônia? Suécia?

— Estou procurando um homem que morou nesse prédio até 1945. O nome dele é Michael Baker. Ele morava aqui com os pais — explicou Daisy.

Um silêncio pesou enquanto Hulda digeria as palavras de Daisy. Os outros esperavam em silêncio. O pássaro gorjeava. Michael virou a cabeça para olhar para ele. Daisy e Elisabeth mantinham os olhos grudados em Hulda, como se vissem as engrenagens girando lentamente dentro da cabeça dela.

— Baker — repetiu baixinho Hulda, batendo na enorme testa com a ponta de um dedo muito velho. — Deixem-me pensar... 1945. Eu me mudei para cá em 1938, então deve ter sido sete anos depois disso. — Fechou bem os olhos. — As crianças estavam na escola primária.

— Veja. — Daisy chegou para a frente no sofá. Abriu a bolsa, tirando alguma coisa lá de dentro, um envelope branco. — Tenho uma foto dele.

Michael e Elisabeth, surpresos ao ouvir isso, tentaram dar uma olhada na foto enquanto era passada por cima da mesinha de centro para as mãos trêmulas de Hulda.

A mulher tirou do bolso do robe um par de óculos de armação preta, olhando para a fotografia em seu colo. Um soldado jovem e bonito com um capacete do Exército. Ombros largos e nariz reto, que ficava arredondado na ponta, uma expressão séria nos olhos, olhando de frente para a câmera. Os pensamentos de Hulda recuaram, voltando no tempo. Esperando que a fotografia pudesse despertar alguma recordação — criar um indivíduo a partir da figura genérica de um soldado. Mas ela não encontrou nada na foto que o distinguisse.

Hulda pensava, pensava. Depois, falou, lamentando-se:

— Sinto muito. Não me lembro dele. Havia muitos soldados aqui no Brooklyn. Sinto muito. — Devolveu a fotografia.

Daisy, Elisabeth e Michael formavam um trio silencioso.

— Vocês vieram até aqui esperando que eu pudesse me lembrar dele?

Daisy assentiu.

— Tenho algo que pertenceu a ele, que me foi dado há sessenta anos, e que eu gostaria de devolver para ele ou para algum filho que ele possa ter tido. Estávamos com esperanças de que a senhora se lembrasse dele, porque não temos mais a quem recorrer.

— Como vocês chegaram a mim?

— Começamos falando com o senhorio.

— Minha nossa — disse Hulda. Um silêncio sóbrio. De repente, Brian Davis, com sua carranca e sua colher de pau, foi invocado ali na sala pelos quatro, flutuando como um fantasma na frente deles. Em algum lugar lá fora um cachorro latiu. — Estou feliz que ele tenha sido prestativo. Isso nem sempre acontece.

Passou um momento. Brian desapareceu.

— Quem sabe se você visse a letra de Michael Baker... — Daisy mexeu na bolsa, entregando o envelope para Hulda, que o segurou, olhando para ele.

— Ah, sim — comentou, olhando e sorrindo. A esperança tomando conta dos três, que estavam no sofá, prendendo a respiração. — Eu me lembro desses selos. — Hulda passou o dedo encurvado nele.

A decepção estampada no rosto deles. Percebendo e sentindo-se mal, Hulda perguntou:

— Posso oferecer algo a vocês? Uma xícara de chá?

Elisabeth recusou.

Michael também.

— Sim. Isso seria muita gentileza, obrigada — aceitou Daisy.

Hulda ficou muito contente.

— Vou pôr a chaleira no fogo. — Levantou-se com suas pernas finas e tortas, arrastando os pés em chinelos vermelhos e velhos pelo assoalho de madeira até a pequena cozinha.

— Ele tocava piano — revelou Michael, surpreendendo Daisy e a mãe, virando-se todo no sofá para olhar para Hulda. — Ele foi um prodígio no piano. — Usando uma expressão antigamente usada por outros para se referirem a si próprio. — Tinha um relógio com uma dedicatória gravada por Arthur Rubinstein. Talvez a senhora se lembre disso?

Hulda parou para pensar, segurando a chaleira.

— Piano? — Balançou a cabeça. — Havia tantos nesse prédio. Sabe qual era o andar dele?

Daisy pensou. Tinha visto tantos envelopes com o endereço do remetente naquele curto período do namoro deles. Tentou em vão visualizá-los. Será que algum deles tinha o número do apartamento? Ela havia deixado todos os envelopes em casa, em Liverpool, exceto dois. O que estava com ela não servia, e o outro estava na sua mala, na casa de Elisabeth.

Daisy meneou a cabeça.

— Acho que ele nunca colocou o número do apartamento, mas tenho outro envelope aqui em Long Island. Posso verificar quando voltarmos para a casa deles.

— Você se lembra do nome dos pais dele? — perguntou Elisabeth para Daisy.

— Boa pergunta. — Daisy pensou. Recordou o passado. Tinha certeza de que um dia soubera, mas agora não sabia mais. — Vou ter que pensar sobre isso. Talvez, com um pouco de sorte, eu consiga me lembrar.

— Isso seria bom. — Hulda acendeu a chama sob a chaleira. Abriu um armário, tirando duas xícaras de porcelana. Perguntou a Daisy como ela gostava do chá. — Suponho que fosse mais fácil eu me lembrar do nome dos pais ou da profissão deles ou talvez como eles eram. Você se lembra de algum detalhe?

Daisy quebrava a cabeça para lembrar. Meio minuto depois, disse:

— O pai dele trabalhava com jornalismo e gostava de pescar. A mãe dele lia muitos livros e tocava piano. Ela tocava na igreja aos domingos. Michael tinha muito orgulho disso. Não sei como eles eram. Nunca os conheci.

Hulda se concentrou, balançando a cabeça. A chaleira apitou.

Enquanto tomavam chá, sentadas à mesinha quadrada debaixo da janela aberta da cozinha, o calor do verão enchia o cômodo. Daisy contou a Hulda sobre ela e como conhecera Michael Baker. Tinha esperança de que contando isso à outra conseguisse despertar alguma lembrança — seus pirulitos de cereja, seus truques com cartas de baralho, o fato de ele não saber cantar e não ser afinado, mas tocar piano como ninguém. Michael Baker gostava de cantarolar e assobiar. Talvez tivesse um gato. Daisy achava que sim, mas não tinha certeza. Ela achou que se lembrava de ele ter mencionado que tinha um gato. Ele gostava de Maltesers e geleia inglesa; havia levado vinte e quatro vidros de geleia do Dunkirk's para Nova York. Daisy terminou suas recordações, recostando-se na cadeira, os pés juntos, as costas retas.

Todos os olhos fixos em Hulda, buscando — torcendo por — uma centelha de reconhecimento.

Nada. Ela empurrou um prato de biscoitos na direção de Michael. Insistiu para que ele provasse um.

Ele provou. Mastigou devagar, dizendo a ela que estavam ótimos.

— Eles se chamam Mailaenderli. — Os olhinhos de Hulda brilhavam num rosto muito enrugado. — É uma receita da minha mãe, que tinha herdado da mãe dela.

— Qual é o nome dele? — perguntou Michael, comendo e apontando para o pássaro.

— Yodeli.

— Yodeli?

— Yodeli Kheist — assentiu Hulda.

— De que espécie ele é?

— Um papagaio Quaker, de 22 anos. Meu falecido marido deu esse nome a ele.

— Ele só fica ali pousado? Não sai voando?

— Ele não tem asas para voar. Elas são aparadas pelo veterinário.

— Legal. Posso tocar nele?

— Venha comigo — convidou Hulda.

Michael a seguiu até junto de Yodeli. Olhando encantado para o pássaro enquanto ela acariciava o alto da cabeça dele, passando a mão por suas longas penas, murmurando palavras carinhosas numa outra língua. Após um momento, Hulda pegou a mão de Michael, levando-a devagar até o pássaro atento, deixando o garoto tocar delicadamente nele — na cabeça e nas penas verdes. Yodeli ficou tenso, mas permitiu. Michael prendeu a respiração. Elisabeth e Daisy se viraram em suas cadeiras na mesa da cozinha para ver. Hulda continuou a murmurar palavras irreconhecíveis numa voz cantada.

— Onde você nasceu? — perguntou Daisy. — Se não se importa com a pergunta.

— De jeito nenhum — respondeu Hulda. — Eu estou falando suíço-alemão. Sou uma velha garota suíça dos arredores de Zurique, de uma aldeia chamada Neerach.

— É por isso que ele se chama Yodeli? — interrogou Michael, acariciando o pássaro com medo. — Ele sabe cantar como um tirolês?

Hulda riu.

— Tentamos durante anos. Colocávamos discos do Tirol para tocar, torcendo para ele aprender. — Ela balançou a cabeça. — Ele nunca aprendeu.

— Já estive na Suíça muitas vezes — revelou Daisy. — É um país lindo, simplesmente lindo.

— É, sim — concordou Hulda, citando as regiões que ela considerava mais bonitas. Alpes. Lagos. Aldeias. Cidades.

Michael ainda estava perto do pássaro. Ele se virou para a mãe.

— Mamãe, podemos comprar um? — Menino de novo. Um pedido de criança.

Elisabeth não respondeu.

Michael repetiu a pergunta. Acariciou com delicadeza o pássaro, falando baixinho com ele, analisando-o, olhando dentro daqueles olhinhos pretos. Ficou ali depois de Hulda voltar para a mesa e se sentar devagar na cadeira da cozinha, conversando com Daisy.

Elisabeth não respondeu à pergunta de Michael. Sentiu-se entediada, excluída. Toda essa conversa sobre lugares onde ela nunca estivera. Inglaterra — Daisy repetia como o clima era horrível e como ela ficava espantada de as pessoas quererem ir lá. Suíça — Hulda declarava que o clima suíço era tão horrível quanto o inglês, mas que a comida era melhor. Continuavam a conversa recordando outros lugares onde ambas tinham visitado na Europa.

Elisabeth franziu a testa, apoiando o queixo na palma da mão, sem paciência, com o cotovelo grosseiramente encostado na mesa. Perguntou a si mesma: por que nunca tinha ido à Europa? Ela sempre quis ir. Aborreceu-se ao pensar em todos os sonhos que havia ignorado durante vinte anos, envolvida com os filhos. As duas mulheres mais velhas relembravam o passado. Pensando no futuro, Elisabeth imaginava a si mesma envolvida numa conversa quando tivesse a idade de Hulda. O que seria capaz de dizer sobre sua vida a não ser que havia criado cinco filhos? E que um dia roubara a bicicleta do marido e a abandonara no Central Park às duas da manhã? Que tinha sido uma boa contadora pública? Que nunca havia morado em outro lugar a não ser em Port Washington e que atualmente vivia a menos de dez quilômetros de onde fora criada? Que nunca havia usado o passaporte porque só tinha viajado para México, Canadá e Caribe, onde não precisava de visto? Que, depois de ser uma usina de reprodução, começava a entrar na menopausa numa idade em que algumas mulheres ainda estavam tendo bebês?

Elisabeth passou de irritada para furiosa, ficando cada vez mais zangada consigo mesma, com Richard, com aquela vidinha pequena — de Manhattan para Long Island e vice-versa. Havia um mundo enorme lá fora. Por que ela se contentara em ver tão pouco dele? Jurou que as coisas iam mudar. Eles iriam para a Europa nesse verão. Esse tempo todo eles gastaram dinheiro em coisas erradas. Iam vender a mobília da sala, sentar em caixotes, comprar passagens, conhecer o mundo. Em vez da obsessão com a bicicleta de Richard, eles deviam fazer um tour de bicicleta pela Europa.

Elisabeth voltou a prestar atenção no que Hulda estava dizendo, na saudade que ela sentia dos Alpes.

— Estou aqui desde 1938. O país me adotou e foi muito bom para mim. Eu gosto muito daqui e sempre gostei, mas nunca deixei de sentir saudades dos Alpes. Não consigo. As montanhas estão no meu sangue, na minha alma. São um pedaço que falta no meu coração. — Sorriu, lembrando-se de uma coisa. — Albert sabia como eu me sentia. Ele costumava me consolar dizendo que nós morávamos no prédio mais alto da rua, no topo da colina.

— A senhora nunca mais voltou à Suíça? — perguntou Michael. — De visita?

— Ah, sim, é claro, mas já faz vinte anos que não vou lá. Estou com 93 anos. — Olhou para ele, para seu rosto jovem e interessado, com migalhas de biscoito no canto da boca. — Meu querido marido, Albert, está morto há vinte e um anos. Dois dos meus filhos, que Deus os tenha, já morreram. Tenho outro filho que mora na Venezuela e muitos netos, alguns na Califórnia, alguns no Arizona e alguns na Venezuela. Meus amigos estão todos mortos. Eu tenho família na Suíça, é claro, mas não mantive contato com ninguém. Então com quem vou viajar? Com quem vou ficar? Acho que não sou tão sortuda ou jovem ou corajosa como a senhora, Sra. Phillips. — Virou-se para Daisy. — Eu jamais poderia voltar agora, mas mesmo quando era mais jovem, mais saudável e mais forte, quando tinha a sua idade, eu tinha medo de viajar sozinha. E agora, evidentemente, é tarde demais. Nunca mais vou ver os Alpes. Eu admiro a sua coragem.

Daisy disse que aquilo não era nada. Pensou no seu nervosismo recente ao achar que não conseguiria viajar sem Paul. Sabendo como Hulda se sentia.

— As circunstâncias — comentou Daisy — e a sorte de ter uma família aqui, que eu nem conhecia até poucas semanas atrás e que tem sido muito generosa comigo. Tenho muita sorte e estou muito feliz por ter vindo. — Olhou para Elisabeth e Michael, sorrindo agradecida.

Hulda serviu mais chá para Daisy. Contou como tinha conhecido Albert, que ele passava os verões na Suíça visitando o avô paterno, e que a pedira em casamento na porta da casa dos pais dela — nervoso, gaguejando e segurando um balde cheio de maçãs da árvore do avô dele. Albert havia colhido os melhores frutos da árvore para dar de presente a ela, deixando o avô apoplético e fazendo Hulda rir escondido porque sua família também tinha uma macieira que dava tanta maçã que eles nem sabiam o que fazer com elas.

Daisy tomou o chá, ouvindo alegremente, resignando-se cada vez mais a cada momento, até finalmente aceitar que não conseguiriam nenhuma informação. Já haviam explorado as cavernas obscuras da mente de Hulda, examinaram espaços cobertos por teias de aranha com uma lanterna, e isso não havia levado a nada. Estavam de mãos vazias. Não chegaram nem um pouco mais perto de Michael Baker, só que agora tinham compartilhado com ele a vista da janela da rua 2 em Park Slope, no Brooklyn.

Eles se prepararam para ir embora, agradecendo a Hulda. Ela estava com lágrimas nos olhos. Enxugou-as com as costas da mão, dizendo que ela é que devia que agradecer a eles. Michael se despediu do pássaro. Na porta, Hulda enfiou uma coisa na mão dele, surpreendendo-o completamente: biscoitos Mailaenderli embrulhados em papel toalha.

Trocaram números de telefone, com promessas mútuas de ligar caso alguém se lembrasse de mais algum detalhe.

29

Dia de mudança. Liverpool, Inglaterra. O sol brilhava. Nenhuma nuvem à vista. Dennis considerou isso um bom sinal.

Suado em sua camisa rosa clara e calça cinza amarrotada, orientava os homens da mudança, com medo de que danificassem suas telas depois de ter contratado o serviço mais barato que encontrou. Quase chorou quando eles levaram sua coleção de arte — seus bens mais preciosos, tudo o que ele mais gostava — para dentro do caminhão. Sentiu-se comovido com um amor súbito pela casa e por Liverpool à medida que o dia avançava — enquanto a casa ia ficando vazia, e o caminhão, cheio.

O dia anterior havia sido seu último de trabalho. Ele esvaziara o escritório, tocando em coisas esquecidas havia décadas. Tirou das estantes livros, revistas e folhetos favoritos, desmanchando uma vida inteira. Comunicara seu aviso prévio três semanas antes, anunciando a olhares estupefatos e bocas abertas que iria sair, se mudar para outra cidade. Desejou felicidades aos colegas, ao seu sucessor e aos outros em suas mesas, computadores, estações de trabalho, bebedouros. Toda a atividade cessou momentaneamente, todos os rostos se viraram para Dennis.

Eles também desejaram felicidades a Dennis. Disseram que era uma pena ele estar saindo, que estavam ansiosos para ler o novo livro dele quando fosse publicado. Que comprariam com certeza. Ele fazia ideia de quando isso iria acontecer?

Dennis meneou a cabeça. Sorriu com o copinho de café na mão, endireitando a cintura da calça sob a fivela do cinto, debaixo da barriga um tanto saliente. Um reflexo.

Saiu do estacionamento da empresa pela última vez, cheio de dúvidas, muitas e variadas, e de incertezas, vastas e poderosas. Teria feito a maior besteira do mundo se demitindo do emprego? Acreditando em Amanda e em suas previsões financeiras de um futuro cor-de-rosa? Ele apertava o volante com força. Seus dentes estavam trincados. O rosto, tenso, e as sobrancelhas, juntas. Ignorava o rádio que estava ligado. Convenceu a si mesmo que as pessoas tinham que assumir alguns riscos na vida, tentou se acalmar, pensando que tudo daria certo e que ele tinha sorte de poder fazer uma mudança como essa. Adoraria o ar marítimo, e com certeza teria uma ótima ideia para um livro.

Ele também achava, além disso, que a revista estava afundando, que todas as revistas daquele tipo se dariam mal em breve. Era melhor sair por vontade própria. Estava envelhecendo e, se quisesse fazer uma mudança, tinha chegado a hora.

Amanda saltitou feliz pela casa, usando um jeans rasgado e tênis. Saiu para cortar o cabelo no seu cabeleireiro de confiança. Para que tivesse tempo de achar um bom substituto em Chessex e não chegar lá precisando de algum tratamento, sem ideia de quem procurar. Ir ao cabeleireiro foi a última coisa que ela fez em Liverpool, uma cidade da qual jamais gostou.

Já eram quase seis da tarde quando finalmente terminaram de carregar o caminhão. Dennis e Amanda saíram pelo portão pela última vez, em dois carros separados. Ele, exausto, mas contente com o fato de a mãe não estar ali, temendo o que a visão dos dois indo embora pudesse causar a ela. Levariam quase cinco horas para chegar à casa nova, onde dormiriam no chão. O caminhão de mudança, com todos os seus pertences, só chegaria no dia seguinte.

Amanda argumentava que eles deviam passar a noite em outro lugar. Deviam comemorar suas novas vidas numa cama decente com lençóis egípcios de algodão da mais alta qualidade, num luxuoso hotel com papel de parede estampado de flores, cortinas pesadas cor de vinho e lustres trabalhados, com vista para o mar. Abririam garrafas de champanhe do frigobar.

Dennis recusou a ideia com firmeza. Eles comemorariam a nova vida dentro de sacos de dormir. E abririam garrafas de cerveja deitados no chão encerado da casa nova.

30

Silêncio no carro. Daisy, Elisabeth e Michael saíram da vaga, descendo a rua 2.

— Talvez a gente possa convidar Hulda para jantar nos feriados. E nos domingos. — Michael quebrou o silêncio.

Elisabeth concordou distraidamente, dizendo que era uma boa ideia. Atenta à rua, cheia de pedestres — nas calçadas, nos meios-fios e nos cruzamentos — atravessando a rua com ou sem sinal aberto para eles. Tomou cuidado para não atropelar ninguém. Pronta para lembrar a Michael que o trato era que ele estudasse no caminho de volta. Quando olhou pelo retrovisor, porém, viu que não precisava. Ele estava lendo o livro, muito concentrado. Voltou a olhar. Era verdade. Ele estava estudando. Elisabeth temeu dizer alguma coisa.

Sentada no banco do passageiro, Daisy mexia nervosamente na alça da bolsa. Elisabeth olhou de soslaio para ela num sinal fechado, imaginando que estivesse chateada por não terem conseguido nada. Sem adivinhar que Daisy estava profundamente ansiosa. Reviu a vida de Hulda: morando sozinha aos 93 anos, com um senhorio que contava os minutos para ela morrer ou ser hospitalizada.

Hulda tinha admirado a coragem de Daisy. Daisy pensava que Hulda é que era corajosa.

Também pensou no que sua vida poderia ter sido num apartamento de andar inteiro na rua 2, tendo como vizinhos Hulda e Albert Kheist. Ambas sentiriam saudades de suas pátrias, mas teriam aceitado a vida na América e seus maridos americanos. Uma vida em Nova York com o Prospect Park, flores na janela, prédios de pedra marrom do século XIX e lojas ao fim da rua.

Dentro dela, um sentimento estranho que não sabia identificar.

31

Uma hora e quinze minutos de conversa sobre Daisy. Para falar a verdade, se queixando de Daisy.

Ann pagou a cabeleireira e deu uma gorjeta generosa a ela, desviando o olhar por causa da falta de jeito em passar o dinheiro. Fixou a atenção na planta solitária no vaso de cerâmica dourado, com folhas longas, largas e verde-escuras, na janela da frente, voltada para o sol quente de junho. Ann deu uma gorjeta à ajudante que havia lavado seu cabelo e varrido as pontas caídas no chão. Despediu-se de todos no salão, inclusive das clientes regulares em vários estágios de transformação — algumas com o cabelo cheio de tinta, outras debaixo de secadores, outras fazendo um corte. Deu generosas gorjetas a todos os empregados, que passavam os dias lidando com os perfumes artificiais dos tônicos capilares. E saiu do salão com um andar mais confiante do que havia entrado. Como sempre.

Uma curta caminhada até o carro numa calçada movimentada. Sentou-se atrás do volante se sentindo mal pelos comentários desagradáveis que fizera a respeito de Daisy. As palavras ditas por sobre o barulho de secadores de cabelo e das vozes femininas ao redor. Agora elas voltavam para atormentá-la. Deve ter dito algo de positivo sobre Daisy. Ann pensou em todo aquele tempo com Henryka, recordando a conversa. Torcendo para se lembrar de algum comentário aceitável, de algo que não tenha sido horrível.

Visualizou Henryka, passando a tinta castanho-clara numa grossa camada em sua cabeça. Viu a si mesma se queixando duramente de Daisy. Sentiu-se bastante envergonhada. Aquilo era tão impróprio para ela. Quem era essa nova e desagradável Ann?

Saiu do estacionamento sentindo-se uma idiota. Espiou por cima do ombro esquerdo com uma das mãos no volante e a outra apertando os lábios, mantendo a boca bem fechada. Depois de vinte e quatro anos com a mesma cabeleireira, Ann estava acostumada a tê-la como confidente. Mas agora se sentia arrependida por ter feito isso. Como ela pôde dizer aquelas coisas, algumas que nem eram verdadeiras? Daisy não estava atraindo os filhos de Elisabeth com guloseimas para eles não irem para a casa de Ann depois da escola. Daisy não estava sorrindo satisfeita porque eles preferiam ficar com ela e não com Ann. Daisy não estava falando mal de Ann para eles. Ann sabia disso, mas tinha falado mesmo assim. Ela exagerara para pintar um quadro pior.

Sentiu-se suja. Parada num sinal vermelho, balançou a cabeça como que para afastar da mente aquelas palavras maldosas. Desejou poder voltar no tempo — não pelo cabelo, que tinha ficado muito bom, mas pelo lixo que havia saído de sua boca.

Percebeu subitamente como sua minivan estava suja de migalhas de biscoitos, coisas indefinidas, brinquedinhos de plástico, cards de Pokémon espalhados pelo chão como se fossem tapete, mais um resto de maçã e três caixinhas de suco nos porta-copos. Manobrou o carro e se dirigiu ao posto, aquele que tinha um lava-jato automático. Sequer precisava sair do automóvel. Normalmente ia lá com duas ou mais crianças no carro. Todas adoravam ir e davam gritos de empolgação. Mas dessa vez ela ia sozinha.

Pagou ao homem de cabelos escuros que carregava um pano molhado, o que a ajudou a direcionar suas rodas para o trilho e disse a ela quando colocar o carro em ponto morto. Pagou mais do que ele pediu, dizendo para ficar com o troco. Assim como no cabeleireiro, foi generosa na gorjeta.

Sentada com a cabeça recostada no banco, relaxou, deixando-se lavar por dentro, junto do carro. A espuma do sabão escorria por todos os vidros. Escovas enormes giratórias esfregavam a minivan de cima a baixo. Jatos de água vinham de todas as direções.

Ann adorou a intensidade. Sentiu-se segura atrás das portas e janelas, inexpugnável em sua fortaleza enquanto esperava pelo que vinha a seguir: a aplicação suave e relaxante de cera quente.

E então estava terminado. Ela saiu com a minivan dos trilhos, voltando à luz do dia. Pediram-lhe que saísse do carro e esperasse enquanto quatro rapazes entravam pelas quatro portas com aspiradores, detergentes e panos para limpar o interior, fazê-lo brilhar.

Ann esperou ao lado, piscando por causa da claridade, observando. Deixou os rapazes fazerem o trabalho, aspirarem a sujeira com as mangueiras compridas. Tornando-a respeitável de novo. Retiraram as batatas fritas ressecadas enfiadas debaixo do assento e as embalagens de chocolate caídas dentro do banco de trás. Sua vida sendo lavada.

De volta ao carro, sentiu-se melhor, mais ordenada. Voltou a pensar em Daisy, perdoando a si mesma por suas transgressões, pronta para começar de novo. Essa noite havia um jantar na casa de Elisabeth. Eles estariam de volta da viagem ao Brooklyn, loucos para contar tudo o que tinha acontecido. E ela estaria lá, com um buquê de flores para Daisy e votos de sucesso em sua empreitada, independente de qual fosse. Dizia respeito a um relógio e um soldado do Brooklyn. Ann não havia prestado atenção em tudo o que Michael dissera quando explicou o motivo de não ir para sua casa depois da escola.

Ann parou numa floricultura para comprar um lindo buquê de flores embrulhado num papel elegante; um buquê tão grande que ela teve que segurá-lo com as mãos. Em casa, colocou-o sobre o balcão da cozinha. Imaginou a si mesma entregando-o a Daisy como uma oferta de paz, um pedido de desculpas pelo seu comportamento pavoroso. Daisy nem imaginava, mas, mesmo assim, seria um pedido de desculpas e um apelo para um recomeço.

Apresentando uma nova Ann, interessada na vinda, na presença e no bem-estar de Daisy.

Saiu da cozinha. Encontrou o genro e o irmão dele em sua garagem. O genro segurava uma serra circular; o irmão, a madeira que estava sendo cortada. Um barulho tremendo, pó de madeira voando, pousando nas calças jeans dos dois e no chão da garagem. Parada à porta, Ann mexeu na corrente de ouro que usava no pescoço. Conversou amavelmente, oferecendo café, mas ambos recusaram.

Voltou depressa para a cozinha para fazer um café para ela, seus olhos indo imediatamente para o buquê. Sentiu-se bem por estar virando aquela nova página — com flores. Mal podia esperar a hora de entregá-las a Daisy. Passou o café, ligou a televisão, deu alguns telefonemas. Tomou o café na sua caneca, sentada na cadeira reclinável da sala de estar, imaginando se vestir para o jantar. Imaginando a noite na casa de Elisabeth, contente por estar lá com todo mundo reunido ao redor da mesa, conversando como sempre — como costumavam fazer antes da chegada de Daisy. Aquela imagem se modificou, o grupo reunido ao redor de Daisy, todos prestando atenção na prima, fixados nela como estiveram desde sua chegada. Deixando Ann de lado, abandonada — como a mãe de Daisy havia feito com ela.

Respirou fundo, engolindo o resto do café, até mesmo a borra do fundo. Pegou o controle remoto. Mudou de canal distraidamente, mais voltada para seu interior que para fora. Tentou trazer de volta o primeiro cenário, em que ela era o centro das atenções e Daisy ouvia calada. Mas o cenário incômodo continuava voltando como se alguém tivesse um controle remoto para a cabeça de Ann e mudasse para o canal Tudo Daisy, o Tempo Todo.

Levantou-se. Caminhou até a cozinha. Pôs a caneca suja debaixo da torneira da pia. Lavou-a e a colocou no escorredor. Visões de Daisy, mais popular que nunca, passavam em sua mente. Todos estariam falando sobre o passeio do dia, com brincadeiras e histórias sobre o Brooklyn. Ann ficou nervosa, sem conseguir se livrar do sentimento de que Daisy não merecia aquilo, que nenhum filho de sua tia Meredith merecia aquela alegria.

Aborrecida, Ann pegou o buquê, rasgando o papel elegante. Colocou um vaso de cristal sobre a mesa e arrumou aquela explosão de cores de uma forma encantadora. Deu um passo para trás para admirar o arranjo. Depois pegou o telefone para dizer a Elisabeth que não poderia ir ao jantar porque estava morrendo de dor de cabeça.

32

Elisabeth saiu da cama. Segunda de manhã. Com aquela sensação. Uma sensação que estava atrasada nove semanas tinha finalmente voltado. Correu para o banheiro, certa de que havia chegado.

Estava enganada.

Curvada sobre a pia, Elisabeth escovou os dentes. Passou escova no cabelo, fazendo o couro cabeludo formigar. Vestiu sua roupa de trabalhar quase sem olhar para o espelho. Sem se importar com maquiagem.

Pensou no Homem Dardo — preocupada. Sabia que ele não atacara de novo desde que ela roubara a bicicleta de Richard. Sentiu-se mais insegura que nunca por causa disso. Refletindo bem, percebeu que o sumiço dos dardos poderia não estar relacionado à bicicleta ausente de Richard. Elisabeth pensou, franzindo a testa. Se o Homem Dardo nunca mais aparecesse, ela jamais saberia com certeza — pelo resto de sua vida — a verdade. Desceu apressadamente a escada, torcendo para a volta dos ataques, só mais uma vez.

Na cozinha, mais uma manhã corrida de segunda-feira de café da manhã e filhos. Daisy ergueu a voz acima do barulho, oferecendo-se para preparar uma xícara de chá. Elisabeth disse que passaria no Dunkin' Donuts a caminho do trabalho. Daisy desejou sucesso para Michael no seu primeiro Regents. Atônita, Elisabeth ouviu aquilo com culpa. Havia esquecido que a prova do filho era hoje. Olhou espantada para ele, que deixou que Daisy lhe desse um beijo na testa para dar sorte. Michael correu para o ônibus.

Usando um conjunto de saia e blusa em tom pastel, Daisy ficou parada à porta, dando adeus para eles, inclusive para Elisabeth. Então todos foram embora. Silêncio na casa. Daisy se demorou na cozinha antes de resolver fazer algo radical.

Ligou o computador para continuar de onde ela e Michael tinham parado, na árdua tarefa de procurar o Michael Baker certo no meio de centenas de milhares de outros. Tentou encontrar registros militares e atestados de óbito em Nova York. Daisy ficou orgulhosa de si por conseguir se lembrar de como voltar para onde ela e Michael haviam parado quando ele saiu correndo para estudar. Daisy usou um dedo de cada vez no teclado, lembrando-se do botão de Enter e de como e quando usar o mouse.

Se ao menos Dennis pudesse me ver agora, pensou.

Duas semanas em Nova York e ela já se sentia uma mocinha moderna.

33

O telefone tocava. Quarta-feira à noite. Dennis e Amanda ausentes. Eles estavam no litoral pela primeira vez desde a mudança. As coisas finalmente tinham se acalmado o suficiente em casa para permitir esse passeio. Por sobre a água, olhavam um para o outro. Mesmo àquela hora, o sol ainda estava alto no céu, projetando raios dourados sobre eles. Tudo se resumia a paz e serenidade.

Dennis estava surpreendentemente calmo. Ele nunca tinha estado nesse mar antes, mas ia voltar, porque esse incrível pedaço de terra ficava a menos de cinco minutos de onde morava agora. Ficou tonto ao pensar nisso. Era muito chocante para ele que essa visão profundamente perturbadora pudesse ser sua nesse novo estilo de vida. Os dois passaram os últimos vinte minutos parados um ao lado do outro em silêncio, desfrutando da paz e da beleza estonteante daquela paisagem diante, atrás e ao redor deles. Ouvindo apenas o bater das ondas e o barulho das aves marinhas.

Dennis desviou os olhos pensativos do mar. Virou-os para Amanda, para o seu perfil. Viu a brisa levantar e repartir o cabelo dela. Fez o mesmo com os dedos. Suas sandálias rangiam na areia. Beijou seus lábios úmidos, dizendo:

— Obrigado por tudo isso.

Amanda sorriu para ele, os lábios entreabertos, os belos dentes aparecendo, os olhos brilhando.

— Eu sabia que você ia amar. — Pegou a mão de Dennis e a levou aos lábios. Beijou-a, passando o dedo de leve pelo contorno do polegar dele.

— É verdade. — Dennis gostava da sensação da unha dela percorrendo seu dedo. Aquela sensação gostosa descendo pelo seu corpo. — E realmente — a voz dele ficou preguiçosa — vamos conseguir ficar bem financeiramente se passarmos um ou dois anos levando uma vida bem simples. Nada de compras caras. Isso não deve ser muito difícil. A casa já tem tudo de que precisamos. Só vamos ter que nos contentar em não comer nada muito além de batatas, alface e massa.

Amanda deu de ombros.

— Eu não me importo. Temos tudo isso. — Apontou para o mar. — Quem se importa com comida?

— Ótimo — disse Dennis, concordando com ela. — E em breve vou começar o meu livro. — Perguntou-se quando. — Talvez eu procure um emprego de meio expediente, talvez alguma coisa na faculdade.

— Eu sei que você não gosta que eu diga isso — Amanda se aconchegou nele, a mão enfiada em seu braço e o rosto encostado em seu ombro —, mas vou voltar a lembrá-lo. Sua mãe está sentada num pote cheio de ouro, e grande parte vai ser nosso. Ela só tem um neto. Lembre-se disso.

Dennis se recusou a deixar que qualquer coisa interferisse na paz que sentia. Contente demais para ficar irritado ou discutir.

Sem saber que naquele momento o telefone estava tocando em sua nova casa e que eles não estavam lá para atender. Adiando o momento de receberem a grande notícia. Só ouviriam a mensagem de Lenny mais tarde: Sarah era a mulher certa para ele; eles se casariam em breve, assim que Daisy voltasse dos Estados Unidos. Lenny pediu a Dennis o telefone da mãe em Nova York, ansioso para contar a ela todas as novidades. Ela ia ganhar uma nova nora. E três netos de consideração.

34

O Homem Dardo preso em flagrante.

Ao atirar um dardo. Às dez e dezessete da manhã, na esquina da rua 39 com a Terceira Avenida. Com uma mountain bike vermelha. Foi uma jogada arriscada porque as pessoas já sabiam sobre ele e estavam de olho. Ele atacou mais cedo do que habitualmente, mas foi visto, perseguido e apanhado por um coreano, dono de uma mercearia, que estava arrumando tangerinas do lado de fora. Ele o viu fugindo, pensou depressa e rolou um barril de flores no caminho do Homem Dardo, obrigando-o a desviar. Ele acabou atingindo um poste e caindo de costas, com as pernas para o ar. O heroico coreano, dono da mercearia, conseguiu segurá-lo até a chegada da polícia.

O Homem Dardo finalmente tinha sido capturado. Era um sujeito branco, de 22 anos, magro, ruivo, um ator desempregado do Meio Oeste, que teve seu momento de fama por ter aterrorizado a cidade durante trinta e três dias.

Ouvindo a notícia no rádio, Elisabeth se sentiu aliviada. E humilhada. Aquilo lhe deu saudade da sua cama, de uma pilha de travesseiros e cobertores — um lugar para se esconder.

Em vez disso, realizou um ato de penitência. Na hora do almoço, saiu apressada do escritório, pegou o carro e foi a uma loja de bicicletas. Discutiu prós e contras com o jovem, robusto e simpático vendedor. Explicou o que queria. Ouviu os conselhos dele. Juntos, escolheram uma bicicleta.

A culpa fez a compra. A culpa assinou o canhoto do cartão de crédito. A culpa comprou a bicicleta mais cara da loja.

* * *

Elisabeth ficou sorridente quando Richard voltou para casa. Às dez e dez. Ele a encontrou na cozinha, passando a camisa branca que Pete usaria para a formatura. Richard subiu para trocar de roupa, cumprimentando os meninos. Ouviu Michael dizer que o Regents tinha sido fácil. Passou pelo corredor, encontrando Daisy. Trocou amabilidades com ela, perguntando como ia sua pesquisa.

Daisy respondeu toda contente que estava fazendo a pesquisa no Google *sozinha* e que assim continuaria, apesar de não ter conseguido nada ainda.

Richard voltou para a cozinha. Elisabeth ainda passava a camisa branca. Largando o ferro, pediu ao marido para acompanhá-la — o que ele fez, parando primeiro na geladeira para pegar uma cerveja.

— Você não vai acreditar em quem eu encontrei hoje — disse Richard, abrindo a garrafa e colocando o abridor em cima da bancada, após deixar a gaveta aberta. Seguiu Elisabeth para fora da cozinha.

— Quem? — perguntou a esposa, mais interessada em mostrar a surpresa que tinha para ele do que em ouvir a resposta. Sentia-se animada, pensando que no fim havia feito a coisa certa. Já estava na hora de aposentar a bicicleta velha.

— Heather Clarke. Lembra-se dela?

Elisabeth parou abruptamente. Se lembrava dela? Ela era a coisa mais próxima de uma supermodelo que o colégio deles já tinha conhecido, a garota mais popular da escola. Uma pessoa autêntica. Todos a conheciam. Metade teria adorado odiá-la se ao menos Heather não fosse tão simpática quanto bonita e inteligente. E Elisabeth sabia que Richard era tão encantado por ela quanto os outros.

— Ela não se casou com um bilionário?

Richard assentiu. Os olhos brilhantes, recordando o encontro.

— Mas agora está divorciada. Disse que conseguiu um ótimo acordo e o apartamento em Park Avenue. Ela está fantástica, quase como era no tempo de escola.

Elisabeth supôs desanimadamente que Heather ainda devia estar com a menstruação perfeitamente em dia.

— Ela tem duas filhas — contou Richard, com os olhos sonhadores, lembrando-se da conversa. — Uma entrou para Harvard, e a outra está em um colégio interno.

— Que bom para ela.

— Ela continua muito simpática. Está envolvida com filantropia e organizando um fundo de ajuda para crianças pobres.

Já chega, Elisabeth estava pensando. Mas, em vez disso, falou:

— Tenho uma surpresa para você, Richard. Você vai adorar. — Tentando recuperar o entusiasmo de antes, abriu a porta da garagem e entrou para pegar a bicicleta.

— Eu a encontrei no metrô.

Elisabeth parou. O chão da garagem gelado sob seus pés descalços. Perdeu todo o entusiasmo pelo presente. Ele a havia encontrado no metrô? *No metrô*! Elisabeth lembrou por que o marido começara a andar de metrô. Sem querer lidar com aquela ironia do destino.

Richard viu a bicicleta. Andando na direção dela, sorriu.

— Ei, que legal. Você comprou para mim? — perguntou, olhando para ela, surpreso e feliz.

Elisabeth assentiu, mas sem mais nenhum prazer com a surpresa.

— É bonita. — Richard passou a mão sobre ela. — Acho que a minha outra bicicleta estava meio velha. — Sorriu para a esposa, inclinando-se por cima da bicicleta para beijar sua testa. — Obrigado. Você foi muito gentil. — Em seguida: — Heather disse que o marido a deixou por uma mulher mais jovem. Você pode imaginar isso? Deixar Heather por uma mulher mais bonita?

Com certa tensão na voz, Elisabeth respondeu:

— Que bom que você gostou da bicicleta. Podemos levá-la para a cidade no fim de semana e aproveitar para passear. Levar Daisy ao Empire State Building. Ela ainda não foi a Manhattan. E é melhor você comprar um cadeado melhor. De aço reforçado dessa vez.

— Você está brincando? Eu não vou levar essa bicicleta para a cidade. Ela seria roubada na primeira noite. E, além disso, gosto do metrô. É muito conveniente. Heather e eu combinamos de nos encontrar todas as segundas e quintas.

Elisabeth ficou completamente sem reação.

35

Daisy desligou o telefone. Olhou para baixo, mexendo numa bolinha sem importância no tecido da sua saia cor de pêssego. A cadeira dela estava afastada da mesa da cozinha. Os pés, plantados no chão; as costas, retas como sempre. Daisy absorvia a notícia. Chocada. Lenny? Casando de novo? Sentindo que alguém estava olhando para ela, ergueu a cabeça. Josh usava uma fantasia de *clone trooper* de *Star Wars*, parado em frente à geladeira, pronto para abri-la. Virou-se para ela, perguntando se havia acontecido alguma coisa. Daisy balançou negativamente a cabeça, dizendo a ele que tinha recebido notícias surpreendentes de casa.

Elisabeth entrou na cozinha naquele momento, arrastando o aspirador — bem a tempo de ouvir a conversa. Perguntou se as novidades eram boas.

Tão atônita, Daisy mal conseguiu formular as palavras.

— Meu filho Lenny vai se casar. — Pareceu envergonhada, como se estivesse contando um boato tolo.

Elisabeth parou de aspirar. Correu para Daisy a fim de expressar seus votos de felicidades. Daisy havia contado tanta coisa sobre sua família para Elisabeth que ela já sentia como se os conhecesse a ponto de ficar feliz com a notícia. Perguntou quando seria o casamento.

Daisy respondeu que assim que ela voltasse para casa. Pensou em Sarah, tentando buscar novas informações sobre sua futura nora da imagem que trazia armazenada na memória. Havia três espaços em branco para as três netas de consideração — meninas de 11, 14 e 17 anos. Chloe, Carrie e Christine. Daisy ficou meio tonta. Três espaços em branco. Três rostos em branco. Novos netos. Uma nova nora. Lenny, um homem casado.

O *clone trooper* de *Star Wars* tinha se servido de suco de laranja e estava quase terminando de beber quando alguém o atacou de surpresa por trás. David, naquele momento Darth Vader, fez o *clone trooper* derramar seu suco na bancada e no chão. Gritos altos, confusão — David aos risos, Josh zangado. Com toalhas de papel, Elisabeth complementou a limpeza malfeita por David.

Tudo isso agitou Daisy. Arrancou-a de Liverpool de volta para Long Island, de volta à mesa da cozinha.

Levantou-se. Alisou a saia com as palmas das mãos. Pigarreou e ergueu a voz acima daquela bagunça.

— Preciso voltar para casa.

Seis olhos alarmados se viraram para ela. Josh saiu correndo imediatamente, gritando a notícia para Michael, que estava sentado no computador no cômodo ao lado, verificando milhares de Michael Bakers para encontrar o certo.

Agachada, Elisabeth limpava o suco do chão. Olhou para Daisy, dizendo que ela não podia ir embora porque ainda não tinha encontrado Michael Baker. Levantou-se, tirando o cabelo da testa com as costas da mão.

— Eu sei — concordou Daisy, com tristeza na voz. Pensativa. — Mas eles querem se casar. Não devo deixá-los esperando.

— O quê? — Michael entrou na cozinha como um touro enfurecido, indo direto para Daisy, os braços cruzados de forma desafiadora sobre o peito. Exigindo uma resposta. — O quê? Você vai embora?

Daisy olhou para Michael, depois para Josh, depois para David e depois para Elisabeth, os quatro parados diante dela, à espera de uma resposta, prontos para reagir. Daisy oscilou de leve sobre seus tornozelos finos, lágrimas de afeto sincero surgindo em seus olhos.

— Sinto muito, Michael, eu sei que você tem trabalhado bastante para encontrá-lo, mas e se não o acharmos nunca? Existe uma chance de que ele esteja morto. E, se não conseguirmos encontrá-lo, jamais encontraremos os filhos que ele pode ter tido. Eu tentei. Nós tentamos. Estou muito feliz por termos tentado. Sou muito grata a você, a todos vocês, eternamente grata. — Olhou para cada um. — Mas agora preciso voltar para casa, para junto de Lenny.

Ninguém disse nada.

— Você não pode ir ainda — tentou Michael. — Talvez eu esteja chegando perto agora.

Elisabeth sentiu tanto orgulho do filho.

— Faltam quantos Michael Bakers ainda? — perguntou.

Michael fez uma careta. O rosto dele, a imagem da flexibilidade juvenil. Enrubesceu.

— Não sei exatamente. — O que significava milhares.

Ele ficou abatido. Daisy teve vontade de abraçá-lo, mas foi Elisabeth quem o fez. Puxou-o para os seus braços, encostando seus lábios maternais na testa do filho. Michael deixou que a mãe o abraçasse, o corpo rígido, por um segundo, depois empurrando-a, dizendo:

— Por favor, Daisy, não vá.

— Sinto muito, Michael, acredite. Vai ser muito difícil para mim ir embora daqui... Você, sua família, nosso objetivo... Mas parece preciso ir. — A voz dela, meiga, combinando com a expressão dos seus olhos.

— Quando você vai? — perguntou Elisabeth, sentindo surgir em sua voz uma tristeza e uma sensação de perda que nunca havia sentido antes.

— Vou ver se consigo um voo para hoje.

Mais uma vez, ninguém disse nada. Josh tirou o capacete de *clone trooper*, o rosto suado.

— Hoje? Mas é tão cedo.

— Isso não está certo, Daisy — comentou Michael, zangado. — Terminei os meus exames, e estudei tanto para eles por sua causa! As aulas terminaram. As férias de verão acabaram de começar. Vou ter o dia todo para pesquisar. Você não pode partir agora!

Daisy suspirou, curvando os ombros e dizendo:

— Sinto muito, Michael. — Sentou-se novamente na cadeira de espaldar duro. Pareceu triste, os olhos azuis úmidos. — Vamos fazer uma coisa. Vou deixar o relógio com você, para continuar procurando. Se conseguir encontrá-lo, pode mandar o relógio para ele. Se não conseguir, pode ficar com o relógio para você. Tenho certeza de que ele é muito valioso, mesmo sem a dedicatória de Arthur Rubinstein.

Josh e David levaram um susto. Olharam para Michael como se ele fosse o garoto mais sortudo da terra. Os olhos de Michael brilharam, surpreso com aquelas palavras. Mas o entusiasmo durou pouco. Porque, por mais atraente que fosse a ideia, não era o que ele queria. Ele queria que Daisy ficasse. Ele queria encontrar Michael Baker.

Todos queriam. Todos olharam zangados para Daisy. Um clima pesado no ar.

— Tem certeza de que precisa ir hoje? — insistiu Elisabeth, jogando a esponja suja na pia, as toalhas de papel molhadas no lixo. — Estávamos planejando outro dia com minhas irmãs. Estávamos pensando em ir ao Circle Lane, o barco que faz a volta em Manhattan, e depois jantar na cidade. Sei que Richard adoraria jantar na cidade com você. — Pensando que ele poderia gostar mais ainda num vagão do metrô.

Forçou-se a tirar isso da cabeça. Richard a amava tanto quanto antes. Nada havia mudado fora da cabeça dela.

Daisy repetiu, com pena, que precisava mesmo ir. Pensou em sua casa e em ficar com ela. Lenny dissera a ela que Dennis e Amanda tinham se mudado e que Dennis parecia bem feliz até

Lenny mencionar o casamento. Contou também que Sarah estava imaginando quando Daisy voltaria, e que ambos estavam ansiosos para se casar. Disse a Daisy que voltaria a ligar dentro de uma hora para ver se a mãe tinha alguma informação sobre o voo de volta.

— Obrigado pelo relógio, Daisy, mas não é o que quero. — Michael saiu da cozinha com passos pesados. Josh e David discutiam sobre quem ia usar o computador agora que David não usaria mais a internet. Elisabeth respondeu que nenhum dos dois; ela precisava marcar a viagem de Daisy.

Daisy seguiu Elisabeth até a outra sala, onde estava o computador. Digitou no teclado. Daisy observou atentamente, pensando que talvez ela já fosse capaz de fazer isso sozinha, maravilhando-se com o milagre da internet — com que facilidade e com que rapidez ela conseguiu mudar a data da passagem.

Estava feito. Ela estava com lugar marcado num voo noturno. Combinou que seria apanhada às seis da manhã seguinte no Aeroporto de Manchester.

As malas vermelhas foram refeitas, fechadas e colocadas na sala de estar.

Daisy saiu para a varanda, tomando um chá que ela mesma havia preparado. Naturalmente, se oferecera para fazer chá para os outros, e naturalmente todos recusaram. Ela voltaria para a Inglaterra sem ter servido uma única xícara de chá.

Ficou sentada em silêncio, desfrutando a visão daquela propriedade maravilhosa. O doce perfume de mel ao redor. As flores de cores vivas pareciam se divertir. Algumas sempre-vivas novas estavam aparecendo, iniciando a floração das variedades do fim da primavera. Pássaros conhecidos e desconhecidos tagarelavam e voavam de uma árvore a outra. Havia o sol, o clima, as abelhas e uma variedade de outros bichos voadores assustadores que Daisy preferiu ignorar, recusando-se a ficar apavorada diante deles. Inspirou e expirou calma e profundamente. O lugar era próprio para relaxamento, pedindo apenas isso dos visitantes, mas Daisy não se sentia relaxada — não por não tentar ou não querer. Ela estava tomada por tantas emoções contraditórias que não conseguia relaxar. Precisava ficar sozinha para examiná-las.

Ia sentir saudades dos meninos; isso era certo. Ia sentir mais saudades dos meninos e da família do que jamais poderia imaginar. Ela havia se apaixonado por aquele lugar em pouco tempo, desfrutando a alegria de morar de novo com uma família; o ritmo diário da vida, a promessa de novos dias, a energia das crianças, a satisfação de dividir o mesmo calendário com outras pessoas. Richard vivia exausto e raramente ficava em casa, mas era muito simpático. Elisabeth estava confusa, chateada, tensa e sobrecarregada. Estivera lenta naqueles primeiros dias depois de sua chegada, com suas saídas misteriosas no meio da noite — que ainda permaneciam um mistério, embora a atividade em si parecesse ter cessado —, mas era bastante meiga, bondosa e compassiva, e se esforçava ao máximo. Pete, o que estava no último ano da escola, conversava sobre garotas e esportes e iria para a universidade no outono. Steve era o único que Daisy não havia conhecido; ele voltaria para casa dali a poucos dias. Daisy estava desapontada por eles terem se desencontrado. E havia o doce Michael, com todas as suas nobres tentativas e sua determinação, uma criança inteiramente diferente daquela que tinha ido buscá-la no aeroporto. E Josh e David, que tocaram para ela noite após noite, enquanto tomava seu Cointreau na sala, ouvindo-os ao piano, interrompidos cada vez mais, ultimamente, por Michael, que entrava correndo com alguma pergunta sobre Michael Baker, jamais se cansando da busca. Ele tentou bastante.

E agora, apesar de tudo isso, Daisy voltaria para casa. Dennis havia ido embora, estava morando a cinco horas de distância, e Lenny em breve se casaria. Mas ela ainda tinha sua casa, seu jardim, seu gramado, suas amigas. Ela gostava de tudo isso. Gostava. Mas.

Daisy refletiu. Ainda refletia na varanda quando Ann entrou em casa. Depois de saber da notícia, tinha vindo se despedir da prima. Parada na sala, segurando as chaves numa das mãos, a bolsa pendurada no ombro. Foi rapidamente até o sofá para dar um beijo em Josh e David, que estavam vendo um filme. Eles se deixaram beijar, obedientes, embora estivesse claro que estavam com a atenção totalmente voltada para *Star Wars*. Ann perguntou onde a mãe deles estava. Duas mãos apontaram para cima, resmungando:

— Passando o aspirador.

Ann perguntou por Daisy. Duas mãos apontaram para a varanda.

Foi à procura da filha. Chegou por trás dela, sem ser ouvida por causa do barulho do aspirador, e deu um tapinha no ombro de Elisabeth, assustando-a. A filha desligou o aparelho com a ponta do dedão.

Ann se inclinou com um ar conspiratório, pronta para proferir uma tirada maldosa.

— Então ela finalmente está indo embora, hein? Você deve estar pronta para abrir um champanhe.

Elisabeth sentiu um aperto na garganta de indignação. O comportamento da mãe nas últimas semanas tinha sido vergonhoso. Daisy conquistara os corações da família de Elisabeth, mas Ann não estivera por perto para ver isso.

— Na verdade, mãe — começou Elisabeth, com uma voz que não escondia seus sentimentos —, todos nós imploramos a ela que ficasse. — Aborrecida o bastante para dizer: — Acho que você não entendeu a mensagem.

Ann, que raramente era contrariada, encolheu a cabeça como uma tartaruga. Olhou para Elisabeth. Precisou se localizar. Sem saber ao certo se devia ficar apenas espantada ou se devia se sentir excluída — como vinha acontecendo ultimamente.

Elisabeth acrescentou:

— Por que você não vai conversar com Daisy enquanto eu acabo aqui? Como ela vai embora hoje, talvez seja uma boa hora para saber por que veio para cá.

Deu as costas para a mãe, voltando a ligar o aspirador, de volta aos pensamentos que Ann tinha interrompido: o mundo de Heather Clarke, uma mulher da alta sociedade. Imaginando como devia ser a vida dela, Elisabeth pensava em suas limitações. Ela havia procurado Heather no Google, tinha visto fotos.

Ann continuou parada, sem graça, confusa, sem saber por que ou quando os sentimentos de Elisabeth por Daisy mudaram tão radicalmente. Ela não fazia ideia de quando a filha havia cruzado aquela linha, deixando-a sozinha do outro lado. Virou-se, sem uma palavra, e foi procurar Daisy.

Ann atravessou a porta de correr para o sol reluzente do lado de fora. Não havia nem uma brisa. Nuvens brancas, enormes, fofas, pontilhavam o céu. Daisy estava sentada a uma mesa na varanda, com ar sério, preocupado, pensativo, contemplando o enorme freixo a poucos metros de distância. Ela se animou ao ver Ann, cumprimentando-a com afeto. Não tinha nada contra Ann. Daisy não era uma pessoa intolerante e crítica. Havia apagado de sua vida qualquer traço disso muitos anos antes, assim que ficou claro para ela que sua mãe era assim.

Ann se aproximou da mesa, puxando uma cadeira. Sentou-se.

Daisy sorriu, cumprimentando-a animadamente. Perguntou se Ann gostaria de uma xícara de chá e apontou para a dela. Ann balançou a cabeça, murmurando um amável:

— Não, obrigada.

Manteve um comportamento perfeito, disfarçando seus sentimentos. As duas conversaram educadamente sobre o tempo. Ann explicou que em geral a umidade dessa época do ano era intolerável, mas que Daisy tivera sorte. Elas conversaram sobre a paisagem, Ann fingindo interesse quando Daisy comparou as plantas inglesas com as americanas.

Disse que queria um café, não um chá. Perguntou a Daisy se ela se importaria de aguardar enquanto ia lá dentro buscar uma xícara.

Daisy não se importou. Ela se levantou e aproveitou a oportunidade para fazer mais um chá para si mesma.

Seguiu para a cozinha atrás de Ann. Pôs a chaleira no fogo. As duas mulheres ficaram ali paradas, em silêncio, esperando a água ferver.

O silêncio foi se tornando desconfortável. Nenhuma das duas sabia o que dizer. Por fim, com dificuldade, Ann falou:

— Antes de você ir, Daisy, eu lhe devo uma explicação. — Curiosa, Daisy balançou a cabeça. Ann respirou fundo e continuou: — Sei que não fui muito amável com você. Desculpe. Mas não consigo fingir. Toda vez que tento nos ver no futuro, o passado surge e destrói minhas boas intenções.

— O passado? — Daisy ficou espantada.

— Olhe, vamos ser honestas.

— Claro, mas não faço ideia do que você está falando. Desculpe.

Ann olhou para a prima e disse:

— Eu estou falando do que a sua mãe fez comigo, com a gente. Comigo e com a minha mãe. — Engoliu em seco. — Ainda passo mal só de pensar nisso. — Pôs a mão sobre o estômago.

— Minha mãe? — Daisy estava estupefata.

— Sim, sua mãe.

— O que a minha mãe fez com você? Como ela pode ter feito alguma coisa com você? Vocês nem se conheceram.

Ann a observou com atenção.

— Você não faz ideia mesmo?

Daisy, perplexa, meneou a cabeça.

— Tudo o que sei é que sua mãe costumava mandar açúcar, farinha e arroz para nós durante a guerra.

— E que agradecimento ela recebeu por isso.

A chaleira apitou, desviando a atenção delas. Ambas se viraram ao mesmo tempo para o fogão. Daisy chegou lá primeiro.

— Por quê? O que a minha mãe fez? Eu sinceramente não sei do que você está falando.

— Você não sabe que quando eu tinha 6 anos meu pai nos abandonou? Ele fugiu com outra mulher, deixando a mim e a minha mãe sem nada.

Daisy balançou a cabeça. Isso era novidade para ela.

— Você não sabe que minha mãe, uma imigrante nesse país, sem parentes por aqui, teve que vender o pouco que tinha para comprar uma passagem de volta para nós, para Liverpool? Você não sabe que, quando chegamos lá, sua mãe, a irmã mais velha e única irmã da minha mãe, a única família que ela tinha, nos deu as costas? Que não nos recebeu e mandou o seu pai nos levar de volta para o porto, nos deixando lá no meio do nevoeiro e do frio. Que ele disse a minha mãe que sua mãe tinha falado que ela havia feito a própria cama ao se casar com um americano, e que agora a minha mãe e sua "filha gorda" deviam se deitar nela. — Ann tomou fôlego.

Daisy ficou perplexa, horrorizada. Boquiaberta. Finalmente ela entendia Ann.

— Oh, não — disse baixinho. — Lamento muito, Ann. Minha mãe era uma pessoa horrível, era mesmo. — Balançou a cabeça. — Eu não sabia de nada disso. Nunca soube nem que a sua mãe tinha voltado para a Inglaterra. — Daisy estendeu a mão para dar um tapinha no ombro de Ann. — Deve ser horrível ter que olhar para mim. Eu sinto tanto. E aqui estou eu, sem saber de nada disso.

— Se é assim, então eu é que devo pedir desculpas. Sinto muito. Achei que você sabia. Eu tinha certeza de que você tinha ficado sabendo. Você era adolescente na época.

— Quando foi isso?

— Eu estava no primeiro ano. Foi em maio de 1945.

As peças se encaixaram.

— Agora entendo. — Daisy despejou a água quente na sua xícara e na garrafa de café de Ann. — Minha mãe e eu estávamos brigadas na época. Eu tinha me apaixonado por um soldado americano e minha mãe não queria que eu gostasse dele. Ela odiava o Michael. E me odiava por amá-lo. Ela tentou terminar o nosso namoro. Ficou feliz quando ele parou de escrever para mim. Sempre acreditei que ela teve algo a ver com a interrupção das cartas dele, mas nunca consegui descobrir como. Por mais que eu chorasse, ela nunca demonstrou nem um pingo de pena ou de bondade. — E então disse em voz alta, sem se envergonhar: — Eu a odiava.

— Talvez por isso ela tenha sido tão agressiva em relação ao fim do casamento da minha mãe com um americano.

As duas mulheres absorveram aquelas novas informações.

— Espero que acredite em mim — disse Daisy. — É verdade. Eu não sabia de nada disso que você me contou.

— Minha nossa, então me desculpe. Eu lhe devo um enorme pedido de desculpas pelo meu comportamento enquanto você esteve aqui. Tentei ser amável, mas não consegui. Sentia um aperto no peito e era obrigada a ir embora. Espero que me perdoe.

— É claro que sim. — Daisy segurou as mãos de Ann, criando uma nova realidade para elas. — Vamos nos sentar ali à mesa e tomar nosso chá e nosso café. Temos muito o que conversar e pouco tempo para isso. Vou voltar para casa essa noite, como você já soube.

— Sinto tanto ter demorado para falar com você sobre isso. Fui uma idiota. Eu podia dar uma surra em mim mesma. — Deixou-se levar pela mão até a mesa.

Daisy puxou uma cadeira para a prima. Voltando para pegar as xícaras, disse:

— Bem, não faça isso. Temos o resto das nossas vidas para consertar as coisas.

Ann observou Daisy equilibrando as xícaras e pediu:

— Deixe-me ajudar.

— Não, não. Fique aí sentada — respondeu Daisy, depressa. — Deixe os sentimentos se acalmarem dentro de você enquanto tento desfazer um pouco a crueldade da minha mãe. Não que isso seja possível. — Colocou as xícaras na mesa e se sentou à frente da prima.

Ann olhou para Daisy, estendendo o braço para afagar sua mão.

— Não vai ser difícil começar a amá-la agora.

O telefone tocou. Nenhuma das duas tomou a iniciativa de atender, imaginando que outra pessoa o faria. Mais toques. Ann gritou para Josh ou David atenderem, imaginando que Elisabeth não iria ouvir por causa do aspirador. Nem Josh nem David, que normalmente corriam para atender, se mexeram. Ninguém lá em cima estava atendendo também. Ann chamou os meninos de novo, mais alto dessa vez.

A ligação caiu na secretária eletrônica.

Daisy e Ann, ali sentadas, obrigadas a ouvir os barulhos e o falatório que saíam da máquina. Uma voz aguda, empolgada e incompreensível capturou a atenção delas. Daisy e Ann, ambas sentadas à mesa na cozinha de outra pessoa, ouvindo. Olhando uma para a outra. Com uma vontade súbita de rir. Amigas, finalmente.

O que era aquilo que estava saindo da máquina? Nenhuma das duas fazia ideia — até que uma delas entendeu.

Daisy quase deixou a xícara cair. Saltou da cadeira, derramando chá quente na mão e na frente do vestido. Correu para atender o telefone, mal percebendo a dor da queimadura do chá, apertando o fone no ouvido e dizendo:

— Hulda?

Houve uma certa confusão até Hulda perceber que não estava mais deixando um recado, que de fato era um ouvido humano do outro lado da linha — o de Daisy, nada menos, exatamente a pessoa com quem ela queria falar.

— Eu me lembrei de uma coisa! Só agora consegui me lembrar — avisou Hulda, empolgada.

Daisy sentiu uma aflição no estômago depois da surpresa de ouvir a voz de Hulda ao telefone, louca para saber o que ela tinha a dizer. Concentrada, não deixou que a entrada de Elisabeth na sala a distraísse. Ann avisou à filha quem estava ao telefone, uma pessoa chamada Hulda.

— Hulda! — exclamou Elisabeth, arregalando os olhos, animada, pondo Ann a par das coisas em frases curtas.

— O quê? — perguntou Daisy.

— Eu me lembrei da família. Eles moravam no segundo andar. — A voz de Hulda estava aguda, muito animada. — O filho era pianista e soldado. Michael. Muito bonito, pensando bem.

O coração de Daisy bateu mais forte. Um nó na garganta.

— Eu lembro agora que ele disse que tinha uma namorada na Inglaterra e que ia lá buscá-la assim que tivesse dinheiro.

— Era eu!

— Sim — assentiu Hulda, já tendo imaginado isso. — Então, ouça. Houve uma tragédia horrível, muito triste. Os pais dele morreram num incêndio num restaurante na rua 14. George e Maria, eu me lembro deles. Procurei e achei fotos e artigos de jornal sobre o incêndio. Tenho vasculhado os meus armários desde que vocês estiveram aqui. Sinto muito por ter demorado tanto. Eu tenho tantas fotos e recortes e lembranças e tralhas. — Riu. — Mas eu me lembrei de que isso tinha acontecido e que poderiam ser eles.

— Meu Deus! — exclamou Daisy, pensando em Michael. Que coisa horrível. — Quando isso aconteceu? O jornal diz?

— Estou com ele aqui no meu colo... Foi em 16 de julho de 1945.

— Foi quando ele parou de escrever para mim! A última carta dele é de 15 de julho. Deve ter sido por isso! — Não porque ele deixou de me amar! *Não porque ele deixou de me amar!* O coração de Daisy batia forte.

Hulda voltou a falar:

— Diz aqui que ele estava vindo de uma consulta médica, aparentemente para se encontrar com eles, quando viu o incêndio. Ele correu para dentro do restaurante no meio das chamas para salvá-los e ficou ferido.

— Ah, não! — exclamou Daisy. — O que aconteceu com ele?

— Não diz. Só diz que ele ficou ferido. Diz que os ferimentos ameaçaram seus planos de se tornar um pianista. De fato, esse é o título do artigo: "Incêndio trágico mata pais e destrói sonho de filho herói, um músico em ascensão."

Daisy precisou se sentar. Cambaleou até o banquinho da bancada desabando sobre ele.

— Desculpe. — A voz fraca. A cabeça apoiada na mão, a palma escondendo os olhos. Lágrimas, anos de lágrimas, encheram seus olhos. — Só preciso de um minuto. — Um minuto para fechar um buraco que estava aberto havia sessenta anos.

— Tudo bem. Tenho o dia todo. Só vou ter que arrumar meu armário inteiro de novo. Não estou nem conseguindo fechar a porta. — Riu, com bom humor. — Espere, tem outro artigo aqui. Ainda não li. Eu corri direto para o telefone. Deixe-me ver...

Silêncio ao telefone enquanto Hulda lia e Daisy chorava, dizendo a si mesma que era uma tolice lamentar por algo que havia acontecido sessenta anos antes. Ela tentou parar, tentou se controlar, mas as lágrimas continuavam a escorrer.

Elisabeth foi até ela, abraçando-a. Daisy segurou o braço de Elisabeth. Ann abraçou a prima também.

— O artigo diz alguma coisa? — perguntou Daisy, com a voz trêmula.

— O título é: "Após ter seus sonhos destruídos, filho herói tem alta do hospital." A data é de 28 de julho de 1945. Diz que ele teve alta do hospital e que os ferimentos sofridos na tentativa de salvar os pais dificilmente permitiriam que voltasse a tocar piano como profissional. Lista todos os concursos que ele ganhou pelo mundo e diz que tocou para Arthur Rubinstein quando tinha 16 anos. Diz que o Sr. Rubinstein ficou tão encantado com Michael que o presenteou com um relógio em que mandou gravar uma dedicatória. Termina dizendo que ele planejava deixar Nova York. Que iria morar com sua tia Lucille e seu tio William em Littleton, New Hampshire.

— New Hampshire?

— É o que diz aqui. Essa é uma boa informação. Littleton, New Hampshire.

— Muito obrigada, Hulda. Você foi maravilhosa, simplesmente maravilhosa. Não sei como lhe agradecer.

— Não precisa me agradecer. Estou muito feliz por ter sido útil. Se conseguir encontrá-lo, não deixe de me contar. Estarei torcendo por você.

— É claro — assentiu Daisy.

Comentários finais. Daisy e Hulda se despediram, prometendo manter contato. Daisy deu a Hulda seu endereço e seu telefone em Liverpool, dizendo que ligaria para ela assim que voltasse para a Inglaterra.

Desligou. Virou-se para Elisabeth.

— Preciso do seu Michael.

Daisy, Elisabeth, Michael e Ann inclinados sobre o computador, olhos fixos na tela, tensos e calados. Michael digitava *Michael Baker New Hampshire.*

Bingo. Isso reduziu o número para 249.000 resultados, incluindo treze de uma lista telefônica: treze endereços e treze números de telefone.

Daisy tinha que fazer uma grande escolha, e levou menos de meio minuto para decidir. Pediu a Michael para voltar ao site onde tinha reservado a passagem.

Pediu a ele para cancelar a reserva.

Michael sorriu satisfeito, fazendo isso na mesma hora.

Elisabeth notou Ann afagando carinhosamente as costas de Daisy.

— Bem, já não era sem tempo, mãe — comentou.

— Concordo plenamente — respondeu Ann.

Daisy sorriu. Pegou o telefone. Ligou para Lenny.

Eles ligaram para os treze Michael Bakers que tinham telefone em New Hampshire. As mãos de Daisy tremiam. Perguntaram por Michael Baker.

Sem sorte.

Alguns dos Michael Bakers atenderam o telefone. Nenhum deles era um Michael Leonard. Nenhum deles conhecia um Michael Leonard. Outros Michael Bakers retornaram a ligação ao longo do dia, mas nenhum deles era o que procuravam.

Elisabeth e Daisy pegaram um atlas para procurar New Hampshire. Encontraram Littleton nas montanhas Brancas. Estudaram as cidades vizinhas.

Michael e Ann examinaram as outras 249.000 referências no Google a *Michael Baker New Hampshire*, à procura de alguma pista, qualquer coisa, que pudesse indicar um homem de 80 e poucos anos.

Ocupados a tarde inteira até Daisy insistir em parar um pouco e comemorar a descoberta de New Hampshire com uma ida até o Ben & Jerry's. Insistiu em comprar sorvete para todos e até um copo para levar para Richard, que não pôde ir com eles por causa de um compromisso inesperado no escritório, no sábado. Elisabeth recusou o sorvete — pensando na cinturinha de Heather Clarke. Preferiu ir ao cabeleireiro perto de casa, para dar um jeito em seu cabelo. Voltou para casa uma hora e meia depois com os fios mais curtos e num tom mais claro. Abandonou o estilo de contadora pública, mulher profissional, por um corte mais original, oposto ao de Heather Clarke, a garota da sociedade com cabelos longos e ondulados. Permitiu-se outro estilo. Sentiu saudades de seus passeios no meio da noite, do jeans bem largo, da sua menstruação. Mas não permitiu que isso a deprimisse, não com aquele visual novinho em folha.

Torcendo para Richard gostar.

Todos voltaram para casa. Novamente no computador. Michael Leonard Baker, Littleton, New Hampshire. Não tiveram sorte. Nada na internet. Nenhuma escritura de propriedade. Nenhum documento legal.

Novas ideias surgiram. Uma consulta a atestados de óbito em New Hampshire não mostrou nenhum resultado, o que podia significar qualquer coisa. Uma ligação para a Associação de Veteranos em New Hampshire. Ninguém atendeu o telefone.

Michael sugeriu que deveriam ir até lá para perguntar no correio. Para perguntar na cidade, nos mercados, nos hospitais, nas casas de repouso.

A ideia teve o apoio de todos, embora fosse um tiro no escuro. Ele podia estar morto ou morando em algum outro lugar. Ele podia ter saído de New Hampshire décadas atrás. Ele podia nem ter chegado a ir para lá.

Mas ele podia estar vivo. Ele podia estar lá.

Fizeram planos para ir. Discussões. Mapas. Hotéis. Horários.

Richard adorou o cabelo de Elisabeth. Comentou que ela estava linda, de verdade. Tornou a repetir. Também disse que encontrou

Heather na volta para casa, que não era incomum o fato de ela estar na Penn Station num fim de semana. Ela estava indo para a casa dela nos Hamptons, onde deixava o carro. Contou que Heather estava preocupada, com medo de que seus planos para a instituição de caridade pudessem fracassar, e nesse caso ela teria que procurar outra atividade. Richard mencionou o Departamento de Fundações Privadas do seu escritório para ela. Ela falou que parecia perfeito e deu um beijo no rosto dele.

Elisabeth decidiu observar o marido de perto para ver se ele estava evitando lavar um lado do rosto.

36

Tarde da noite. Daisy continuava acordada, sem conseguir dormir. O desdobramento das informações de Hulda sobre o recorte de jornal. Na escuridão da noite, Daisy andava pelo quarto. Ela havia tentado dormir, mas não conseguira. Ficou se revirando na cama e olhando para o teto. Pensando, revivendo julho de 1945, olhando através do prisma do tempo com novas informações. Despejando concreto em espaços vazios, inacabados, com tudo o que sabia agora.

Acima de tudo, imaginou a dor de Michael, seu belo soldado, presenciando os horrores de julho de 1945 através dos olhos dele, e vivendo a tragédia. Como deve ter sido duro. Ele era tão jovem. Como a vida pode ter sido tão cruel com ele, após voltar da guerra para aquilo? E ela, sem saber de nada, com um oceano de distância entre os dois, zangada com Michael, indignada, ofendida. Se ao menos tivesse sabido, poderia ter ido ao encontro dele, indesejada ou não. Ele saberia disso? Por que não havia perguntado? Por que não tinha mandado dizer a ela? Ela teria ido na mesma hora, com ou sem o consentimento da mãe.

Teria sido sem.

Domingo à tarde. Mais planos para New Hampshire. Longas conversas. Opiniões fortes. Deliberações. Tentativas de determinar quando ir, como ir, e quem deveria ir. Sem dúvida Elisabeth, mas ela teria que pedir férias. Sem dúvida Michael. Mas e quanto a

Pete, Josh, David e Ann? Ann disse que adoraria, mas que não podia ir. Precisava ficar em casa por causa dos netos. E Steve, que voltaria da faculdade justo naquele dia, naturalmente não iria. E Richard, que com certeza precisava de férias, mas que não podia tirá-las agora. Ele disse a Elisabeth que ela devia ir e se divertir um pouco. O que aumentou suas suspeitas. Ela perguntou de novo se ele tinha gostado mesmo do cabelo novo.

Daisy transbordava gratidão. Pediu para usar o telefone, para voltar a agradecer a Hulda. Ela atendeu no quarto toque. Contou tudo a ela, ouvindo Yodeli ao fundo, misturado com os ruídos da rua no Brooklyn.

Hulda ficou muito satisfeita ao saber que eles iam para New Hampshire. Empolgada. Fez perguntas. Sugestões.

Daisy ouviu, arregalando os olhos. Virou-se para os outros.

— Hulda quer ir conosco.

Segunda-feira de manhã, com seu novo penteado extravagante, Elisabeth estava com a maleta de viagem pronta, fazendo algo radical. Na cama da mãe, Michael observava, ouvindo e duvidando de que a mãe fosse até o fim com aquilo, que realmente fosse ligar para o trabalho para dizer que estava doente. Ela nunca fazia isso, mesmo nas vezes em que se sentia muito mal. Quando os meninos eram pequenos, tinha medo de mentir que estava doente, porque um dia isso podia ser verdade ou então um dos meninos podia ficar doente, e ela não teria como faltar. E dias de férias não podiam ser sacrificados. Eles precisavam ser usados nas férias de fato ou os meninos acabariam conhecendo melhor a avó que a mãe. E esse ano ela teria que usar suas férias para ajudar Pete a se instalar na universidade em agosto. Então, com seu período de descanso sempre muito comprometido, precisava ser muito prudente com faltas por doença e sempre tinha sido — até agora.

Trinta graus antes das nove da manhã. A umidade igualmente alta, o céu cinzento, mas ninguém ligou para isso. Estavam todos animados com a viagem. Elisabeth pegou o telefone, sob os olhos atentos de Michael. Contou a mentira, dizendo que estava se sentindo mal e não podia ir trabalhar. Michael aplaudiu silenciosamente. A secretária desejou melhoras com simpatia. Elisabeth desligou, sentando-se na cama. Comemorou com Michael. Oba! Miniférias!

Animadíssimo, o trio — Daisy, Michael e Elisabeth — se preparou para partir para New Hampshire, que nenhum deles conhecia.

Com as bagagens no carro e todos acomodados, saíram de ré. Michael ia no banco de carona com informações do trajeto, sete sacos de batatas chips, três caixas de cookies — tamanho gigante — e água suficiente para causar uma enchente catastrófica. Elisabeth levava cenouras e aipo. Daisy tinha seus saquinhos de chá.

Acenos de despedida. Josh e David apertaram o rosto contra a janela de Elisabeth, fingindo chorar. Elisabeth abriu o vidro, perguntando o que estava acontecendo. Os meninos sorriram, admitindo que estavam fingindo. Beijos foram lançados enquanto o carro recuava devagar.

Então, Daisy gritou:

— Esperem! Esqueci uma coisa. — Abriu a porta do carro e correu para dentro de casa.

O automóvel parado, esperando.

Daisy voltou apressadamente com a garrafa de Cointreau. Entrou no carro, sorrindo.

— Se eu me encontrar cara a cara com Michael Baker essa noite, vou precisar de um drinque.

Cinquenta minutos depois, Michael tocou a campainha do apartamento de Hulda. Elisabeth e Daisy estavam paradas em fila dupla na porta do prédio. Não havia nenhuma vaga por perto. Um calor abafado nas ruas e calçadas.

A resposta veio imediatamente. Michael abriu a porta de vidro e entrou. Foi atingido por um aroma apetitoso que sufocava o ar úmido. Ele ficou com fome. Torceu para que o cheiro viesse do apartamento de Hulda. Lembrou-se dos biscoitos. Mas, ao se aproximar do andar dela, o aroma diminuiu. Tudo bem.

Hulda esperava à porta. Deixou-o entrar. Michael conversou rapidamente com Yodeli. Ela mostrou então ao garoto o que deveria ser levado para o carro: sua sacola de lona e diversas latas.

— Você gosta de cupcakes? — perguntou. Michael disse que sim. — Você gosta de bolo de cenoura? — Michael voltou a assentir. Hulda sorriu com orgulho. — Espere até provar esses.

Isso e *mais* trinta e seis biscoitos Mailaenderli, mais tortas de damasco, mais tortas de framboesa. Michael estava encantado.

— Você fez comida para uma semana! — Apontou com o queixo para o pássaro ao se dirigir à porta. — Yodeli vai ficar bem aqui sozinho?

— Ele não vai gostar, mas vai ficar bem por uma noite. — Hulda pegou sua bolsa e o recipiente plástico com as tortas. Respirou fundo. Seguiu em direção à porta, parando e voltando. Michael, aguardando-a para sair, viu-a voltar para junto de Yodeli. Hulda deu um beijo de despedida no pássaro. Acariciou o alto da cabeça dele com a mão livre, dizendo para se comportar direitinho enquanto ela estivesse fora.

— Eu te amo.

Michael esperou no hall enquanto Hulda trancava a porta. Observou a pintura na parede. Não numa tela, mas na parede. Era uma pintura de montanhas, dos Alpes, com cerca de dois metros de largura por um e vinte de altura, na parede ao lado da porta. Ele a havia notado na primeira vez que esteve lá. Todos eles notaram — era impossível não notar —, mas ninguém perguntara nada a respeito.

— Que pintura é essa? — Dessa vez ele perguntou.

Hulda ainda estava ocupada com fechaduras e trancas. Sem se virar para olhar, respondeu:

— O Jungfraujoch. Albert me deu de presente no nosso primeiro aniversário de casamento, em 1939. — Som de metal deslizando. Um clique. A última tranca no lugar. Hulda se virou para olhar para a pintura. Contemplou-a, como se pela primeira vez, os olhos sonhadores por trás dos óculos. — Eu estava com tantas saudades de casa quando voltei de lá. Albert quis que ele se tornasse algo permanente, então o pintou na parede. Foi uma ousadia, eu sei, mas ele era jovem e apaixonado. O dono do prédio, o Sr. Davis, acho que você o conheceu, ficou furioso com isso. — Michael fez que sim com a cabeça. — Há anos que ele ameaça apagar a paisagem, dizendo que assim que eu sair ele vai passar tinta sobre ela. Diz que já está até com um balde de tinta branca e um pincel preparados, gritando que vai ser um prazer. Ele não gosta muito de mim, sabe? Ele quer a minha cozinha.

Começaram a descer a escada, Hulda bastante ágil para a idade, mas bem mais lenta que Michael. Ele foi descendo devagar, acompanhando o ritmo dela. Perguntou que cheiro maravilhoso era aquele.

— O Sr. Davis é um chef.

— É mesmo? Num restaurante? Aquele cara esquisito?

Hulda riu, satisfeita com as palavras dele.

— Não. Aquele "cara esquisito" cozinha por prazer. Esse lugar sempre cheira bem. Nos feriados ele coloca alguns dos seus pratos aqui, nessa mesa — disse, apontando. — É um cozinheiro maravilhoso. Uma pessoa horrível, mas um cozinheiro maravilhoso.

Michael olhou para a mesa. Havia correspondência sobre ela agora — jornais, folhetos, revistas. Imaginou-a coberta de travessas de comidas quentes, deliciosas, nos dias frios da época do Natal. Pensou que devia ser muito aconchegante ali com toda aquela madeira pesada e escura, lustres antigos, escadas e corrimões de madeira com mais de um século de existência. Imaginou os vizinhos se reunindo e conversando. Imaginou Brian Davis de bom humor: compartilhando sua comida, sorrindo para os seus inquilinos, e talvez até sendo amável com Hulda durante algumas horas por ano.

Michael abriu a pesada porta do prédio para Hulda, que saiu para o calor úmido do dia, dirigindo-se ao ar-condicionado ligado do carro. Michael a ajudou a entrar, depois sentou no banco do carona. Todos acenaram para Yodeli. Hulda olhava amorosamente para a fachada do prédio que ia ficando para trás enquanto desciam a rua 2.

Daisy, mais uma vez, imaginou como teria sido a vida dela lá.

37

Dennis acabara de desligar o telefone, livrando-se da exuberância do irmão Lenny, que lhe avisava que o retorno da mãe deles tinha sido adiado. Dessa vez indefinidamente. Supôs que ela devia estar se divertindo em Nova York. Era inadmissível que ele nunca tivesse ido lá, com a profissão que tinha. Talvez algum dia fosse. Mas sabia que a mudança de casa havia empurrado esse dia bem para a frente.

Noite de segunda-feira. Por que não imaginara que Amanda passaria mais tempo com a mãe depois de se mudarem para tão perto dela? Já passava das seis, hora do chá. Estava sozinho numa casa enorme. A maior parte das coisas ainda embalada, e ele havia trabalhado sem parar a semana inteira — e quase sempre sozinho. Dennis se lembrou de que Amanda mal podia esperar a hora de comprar a casa e se mudar para Chessex. Agora parecia que ela mal podia esperar a hora de sair. Suspirou. Pensou que em breve ela estaria em casa. Se esperasse mais um pouco, talvez ela chegasse a tempo de lanchar com ele. Não estava mesmo com muita fome.

Pegou uma bebida e se acomodou na sala enorme, de frente para as janelas largas. Cansado demais para esvaziar outra caixa, distraído demais para ler, desanimado demais para fazer planos de conseguir um novo emprego.

Tomou um longo gole de cerveja. Fechou os olhos, deixando a bebida molhar a língua e escorrer devagar pela sua garganta. Escutou o silêncio.

Pensou que, desde que Amanda não estivesse fazendo compras, ele não se importava realmente que ela quase nunca ficasse em casa.

38

Manhattan. Sobre a ponte Williamsburg — no meio do trânsito, é claro. Elisabeth recordou aquelas noites, poucas semanas antes, quando pôde voar sobre a ponte. Sentiu saudades daquelas noites. Daquela sensação de estar viva. Lembrou-se delas com nostalgia, sabendo que provavelmente nunca mais faria aquilo.

Uma sensação nova a invadiu, ali no carro, no meio do trânsito pesado. Percebeu que tinha a mesma sensação de estar viva que experimentara naquelas noites. Ali mesmo. Elisabeth olhou para o East River lá embaixo e para a cidade diante deles, com seus prédios e sua beleza e dezenas de milhões de vidas. Era cedo agora, e o dia era cheio de mistério, energia e o contínuo desenrolar de vidas privadas.

Ela percebeu que não precisava da noite, das ruas vazias e do ponteiro do velocímetro chegando a cem, embora aquilo tenha sido maravilhoso. Tinha mistério, energia e vidas privadas acontecendo ali mesmo no carro, na forma do seu filho, que não se parecia em nada com o menino de um mês atrás. Pensando em como ele havia descido do carro na casa de Hulda sem que ninguém tivesse pedido, para ajudar a senhora a descer os três andares. Elisabeth olhou para ele ali no banco, ao lado dela, vendo-o satisfeito com seus livros e mapas.

Desviou a atenção para o espelho retrovisor, olhando para suas companheiras de viagem. Daisy e Hulda, felizes ali atrás, sorrindo, conversando sobre suas vidas. Elisabeth agora fazia parte daquelas vidas, era uma personagem importante nesse ato, assim como elas agora também eram importantes na vida dela. Quem teria pensado pouco tempo atrás que ela faria parte de algo assim, não importa o que fosse ocorrer no fim? Pessoas surgiam nas vidas umas das outras das maneiras mais inesperadas.

Atravessou finalmente a ponte, e o trânsito foi melhorando. Elisabeth seguiu na direção norte para atravessar Manhattan na rua 34, porque ela queria que uma mulher de 77 anos contemplasse o Empire State Building pela primeira vez.

Maravilhada pelo famoso prédio e por outros arranha-céus menos conhecidos, Daisy olhou arrebatada para aquilo tudo — as ruas, as placas, os vendedores e as pessoas de Nova York. Apreciou seu passeio por Manhattan. Elisabeth se desculpou mais de uma vez por não a ter trazido antes, dizendo que era uma falha horrível, prometendo fazer isso quando eles voltassem de New Hampshire, e acrescentando que também iriam fazer o passeio de barco, um tour no ônibus de dois andares, assistir a uma peça na Broadway e visitar Chinatown. Michael interrompeu para perguntar se elas sabiam que a mais antiga Chinatown da Europa ficava em Liverpool, algo que ele se lembrava da pesquisa feita para a escola. Elas não sabiam. Agradeceram a ele essa informação. Elisabeth prometeu a Daisy que elas visitariam o Soho, Little Italy, o Central Park e veriam o pôr do sol sobre o rio Hudson.

Daisy concordou. Tudo parecia maravilhoso. Essas eram as coisas que ela tinha esperado ver em Nova York, mas o que havia encontrado lá era muito melhor: a família de Elisabeth. Elisabeth. Richard. Os meninos. E finalmente Ann. Não precisava de mais nada.

* * *

Connecticut era bonito, exuberante, arborizado, sem engarrafamento. Quase. O trânsito lento perto de Stamford e de novo ao redor de Yale.

Massachusetts, lindo. Sem trânsito. Eles pararam perto de Worcester para esticar as pernas e as costas. Michael deixou Hulda se apoiar nele, sem se importar que Daisy estivesse segurando seu outro braço. Atravessou o estacionamento quente e abafado com uma senhora idosa em cada braço. Todos necessitados de ir ao banheiro.

Normalmente, Michael teria implorado por um cookie de chocolate da Mrs. Fields. Elisabeth mencionou estar surpresa por ele não ter pedido. Michael estreitou os olhos por causa do sol refletido nos para-choque dos automóveis, dizendo:

— Não tão surpresa quanto eu por você ter dito no trabalho que estava doente. Além disso, por que vou querer um biscoito da Mrs. Fields se tenho os da Sra. Kheist?

Hulda ouviu e sorriu. Os olhos brilhando. Podia haver elogio maior que esse?

Norte de Massachusetts. Daisy contava a eles sobre a enchente no porão da casa dela, sobre ter consertado sozinha o chuveiro, sobre ter ficado horas em cima de uma escada, sobre cortar a própria grama. Ninguém conseguia acreditar. Michael estava mais impressionado que nunca.

Hulda contou a eles que três meses antes ela mesma tinha colocado papel de parede no banheiro dela, explicando que anos antes Albert insistira em pintá-lo de verde, mas ela sempre detestara a cor. Depois de ver na televisão alguns homens colocando papel de parede num quarto, achou que seria capaz de fazer isso sozinha. Foi até a Sétima Avenida, comprou um papel de parede bem bonito e conseguiu fazer o serviço. Levou quase uma semana, mas ficou ótimo.

Aos 93 anos ela havia colocado papel de parede no próprio banheiro. Agora estava pensando em fazer o mesmo no outro, que Albert havia insistido em pintar de vermelho Vermelho? Um banheiro vermelho? Quem já ouviu falar numa coisa dessas? Hulda ria. Albert era assim.

Elisabeth pensou que não tinha nada para contar. Ela não cortava a própria grama nem consertava chuveiros. Nunca havia ficado presa numa escada durante onze horas nem tinha colocado papel de parede num banheiro. Ela contratava pessoas para fazerem essas coisas. Tudo o que fazia era preparar formulários de imposto de renda e levar os filhos para cá e para lá. Ela nunca fazia nada que valesse a pena mencionar. Exceto, talvez, essa viagem.

Fronteira de New Hampshire. Muita empolgação por parte de todos — até se instalar a dúvida acerca da sensatez da viagem e das chances de encontrarem Michael Baker. Com um otimismo exagerado, eles deram a si mesmos um dia e uma noite para isso. Era como procurar uma agulha em um palheiro.

Continuaram rumo ao norte pela rodovia, o carro ficando mais silencioso. As mesmas lojas enormes de atacado dos dois lados ao longo dos últimos quatrocentos quilômetros, mas agora elas tinham como pano de fundo uma região montanhosa. À medida que as montanhas ficavam maiores, o coração de Hulda batia mais depressa. Quilômetro após quilômetro na direção norte, o único som vinha de Hulda.

Passaram por Concord. Passaram pela região dos lagos. As montanhas Brancas apareceram diante deles ao longe, imponentes e azuis. Passaram por diversas saídas. O azul mudando, ficando mais definido. Menos carros na estrada. Até só restarem jipes e SUVs. O azul das montanhas se transformou em verde. Árvores majestosas.

Então ainda mais majestosas quando o pico do imenso monte Washington apareceu. Michael consultou o atlas. O monte Washington era a montanha mais alta do nordeste dos Estados Unidos. Todos eles prestaram atenção no pico mais poderoso de todos.

O que fez Hulda quase desfalecer de emoção. Sons de prazer saíram de sua garganta, fazendo Michael pensar que havia um mundo de emoções que ele ainda precisava descobrir, níveis que ele nunca tinha alcançado — embora talvez tenha chegado perto disso uma vez enquanto tocava Chopin. As mãos de Hulda tremiam de emoção. Com lágrimas nos olhos, ela dizia:

— Olhem! Olhem!

Eles já estavam olhando. Vendo montanhas, montanhas majestosas. Como se parecia com a Suíça! Não eram tão altas, é claro. Não eram os seu amados Alpes, mas mesmo assim eram montanhas maravilhosas.

— Por favor, podemos parar no próximo mirante?

Eles pararam. Hulda quase saltou antes que o carro estivesse totalmente parado. Encostada no veículo, contemplou a paisagem, de sapatos pretos, meias caídas na altura dos tornozelos, formando anéis escuros em volta deles. Seu vestido estampado em tons pastel ia até abaixo do joelho; estava mais amassado do lado esquerdo e mais esticado do direito. Suas mãos, cruzadas à frente do corpo; os dedos, tremendo de empolgação. De frente para as montanhas, o sol do meio-dia aqueceu seu rosto. Respirou profundamente.

— Ar fresco da montanha! — disse, com uma voz exuberante, os lábios estendidos num sorriso. Respirou de novo, bem devagar, pelo nariz, como que apreciando cada molécula de ar. Inalando o máximo possível do ar da montanha para dentro dos pulmões.

Os outros a observavam. Apreciaram a felicidade dela. A visão de Hulda absorvendo as montanhas que os rodeavam, confortando-os como um cobertor macio de lã.

Depois, cedo demais para Hulda, os outros quiseram continuar. Daisy queria chegar logo a Littleton. Para Elisabeth, tanto fazia, ir ou ficar mais um pouco. Sentiu-se estranhamente contente. Sem ter que pensar no momento seguinte. Sentiu a paz de não precisar saber que horas eram. Ela estava podendo viver o momento, estava podendo dedicar um tempo à contemplação das montanhas e à beleza da terra.

Silêncio no carro. O som do asfalto sobre as rodas, o ar passando pelas janelas. Hulda comentou:

— Sabe, Michael, você só terá a minha idade daqui a oitenta anos. Pode imaginar? Oitenta anos a partir de agora, quase no próximo século. — Hulda olhou para ele. Michael se virou para trás para olhar para ela, que continuou: — E, se você se lembrar de mim quando tiver a minha idade, daqui a oitenta anos, então um pedaço de mim, alguma essência minha, terá se estendido por um período de quase duzentos anos, do meu nascimento até você, aos 93 anos.

— Puxa vida — emitiu Michael, contemplativo.

Hulda olhou para ele com intensidade.

— Então, Michael, por favor, faça isso: prometa que vai se lembrar de mim.

— Eu prometo. — Michael sorriu. — Prometo me lembrar de você quando tiver 93 anos. E do seu pássaro, dos seus biscoitos, e dessa viagem. Eu vou levar você comigo até o ano 2100.

— Ótimo! — exclamou Hulda, sentindo-se feliz. Reclinou-se no assento. — Obrigada.

Michael virou mais a cabeça, para olhar para Daisy, que estava logo atrás dele.

— Vou me lembrar de você também, Daisy, mesmo você não sendo tão velha. Você ainda é uma cocota.

Daisy deu uma gargalhada aguda.

E, virando-se para Elisabeth, Michael continuou:

— E é claro que de você também, mamãe. Vou me lembrar de você usando as calças jeans do papai. Essa vai ser minha única lembrança de você.

Elisabeth estendeu o braço e bateu com as costas da mão no peito magro do filho.

Michael riu, batendo nela de volta. Depois se virou de novo para Hulda.

— Então, como é ter 93 anos?

Hulda refletiu. Um quilômetro passou, mais outro, e então:

— Acho que, à medida que se envelhece, você se torna mais quem é. Torna-se uma versão mais concentrada de si mesmo. Aprende-se quem realmente é, por que é único e quem sempre foi. Todos falam da adolescência como sendo o período em que isso acontece, mas os anos da adolescência não são nada comparados a esses. E, se tiver sorte suficiente para ter uma boa saúde, como eu, então é muito bom. As coisas vão se perdendo à medida que se envelhece, fazendo apreciar o que fica. — Eu que o diga, pensou Elisabeth. — Há uma perda de coisas não essenciais. Às vezes também de coisas essenciais, é verdade, mas o que permanece é o eixo, a sua essência, o seu verdadeiro "eu". E compreende-se que ainda se é quem sempre foi sem aquilo que perdeu desde que mantenha todos os seus neurônios... Ou quase todos. — Deu uma risada. — Eu estou contente por cada dia na terra, mas não vou ficar triste quando for embora. Cada dia me leva para mais perto de Albert e dos meus filhos e dos meus pais.

Ao terminar, pareceu contente com sua resposta.

O carro ficou silencioso. Todos pensando no que Hulda tinha dito.

Até aparecer uma placa dizendo LITTLETON. Então todos começaram a falar ao mesmo tempo, animadamente, mudando o clima que tinha se instalado depois da pequena mensagem de Hulda. Eles haviam chegado.

Littleton, New Hampshire.

39

A primeira coisa que eles fizeram foi achar um hotel. Não houve problemas. Havia muitos para escolher. O que eles preferiram foi unânime, sem discussão: O Chalé Suíço.

Pararam no estacionamento. Saíram do carro. Hulda olhava para o local. Quem teria adivinhado? Um chalé suíço numa paisagem montanhosa. Tinha duas bandeiras: uma suíça e uma americana. Era feito de vigas de madeira escura com pintura branca e gerânios vermelhos saindo de jardineiras nas janelas. Zonza de felicidade, Hulda juntou as mãos e exclamou:

— Igualzinho onde eu nasci!

Todos estavam empolgados e foram depressa fazer o cadastro. Um hotel suíço era um bom presságio, um arauto de mais sucesso. Eles se reuniram na recepção, perguntando à simpática mulher se ela conhecia um Michael Baker na cidade.

A recepcionista repetiu o nome. Passado um momento, meneou negativamente a cabeça. Disse que conhecia diversos Michaels e diversos Bakers, mas nenhum Michael Baker. Eles perguntaram há quanto tempo ela morava lá. Há trinta e cinco anos, respondeu ela. Perguntaram se ela havia conhecido uma Lucille e um William. Eles não sabiam o sobrenome, mas eram os tios de Michael Baker, então o sobrenome deles poderia ser Baker.

— William e Lucille — repetiu a mulher, encostando a ponta do dedo nos lábios, dando três batidinhas, depois dizendo que não. Aqueles nomes não lhe despertavam nenhuma lembrança.

Eles agradeceram, pegando as chaves — que pareciam mais cartões de crédito que chaves — e acharam os dois quartos, um ao lado do outro, um para Daisy e Hulda, outro para Elisabeth e Michael. Entraram e deixaram seus pertences.

Depois saíram — primeiro o correio, que foi fácil de achar na rua principal que cortava a cidade. A mulher atrás do balcão era idêntica à do hotel. Elas pareciam irmãs, mas não eram. Michael perguntou. Tinha o mesmo cabelo grisalho, o mesmo óculos bifocal no nariz e o mesmo jeito simples e despreocupado.

Ela também deu a mesma resposta: não conhecia nenhum Michael Baker. Atualmente ou nunca? A mulher respondeu que trabalhava no correio havia vinte e sete anos e que não se lembrava de um Michael Baker. Afirmou isso com autoridade, mas eles não podiam aceitar não como resposta. Contaram a ela por que estavam ali, deram todas as informações que possuíam. Explicaram por que acreditavam que ele poderia estar ali e como era importante encontrá-lo. Apontaram para Daisy, contando que tinha vindo da Inglaterra para procurá-lo.

A mulher balançou a cabeça. Disse que gostaria de poder ajudar e sugeriu que eles falassem com Harry Gates, do corpo de bombeiros. A família dele morava na cidade havia mais de cem anos. Talvez ele soubesse.

Eles agradeceram a ela. Saíram cabisbaixos, arrastando os pés, estalando as línguas. Tinham achado que o correio era o melhor lugar para ir, visto que, se ele morasse na cidade, receberia correspondências, e a mulher do correio saberia. Elisabeth e Michael tentaram consolar Daisy, dizendo a ela que era melhor não ter notícia nenhuma do que ser informada de que ele havia morrido.

Daisy manteve o otimismo.

Correram para o corpo de bombeiros, deixando Hulda sentada num banco na rua. Nada de correria para ela. Gostou de ficar ali esperando por eles e contemplando as montanhas.

Os outros entraram na grande garagem do corpo de bombeiros, que cheirava a gasolina e cera. Perguntaram por Harry Gates, mas foram informados de que ele fora para casa e só voltaria na quinta-feira. Daisy perguntou sobre um Michael Baker. O bombeiro olhou espantado para ela. Elisabeth explicou, mas o homem balançou a cabeça.

— Não. — Ele não conhecia nenhum Michael Baker.

As coisas não estavam indo nada bem.

Prosseguiram — perguntaram em mercearias, lojas de bebidas, lojas de ferragens. Daisy apontou a peça que tinha trocado no chuveiro. Falou com seriedade, mostrando as ranhuras para eles. Elisabeth e Michael prestaram atenção, balançando a cabeça, um ar de perplexidade ao redor deles.

Saíram da loja de ferragens. De volta à rua. Perguntaram no cinema, nos postos de gasolina. Mostraram a foto dele usando uniforme militar para as pessoas, passando todas as informações que tinham.

Sem chegar a lugar nenhum. Foram a restaurantes, conversaram com garçons, ajudantes, proprietários.

Sem sorte.

Pegaram Hulda. Voltaram para o hotel pouco antes do pôr do sol.

Na piscina, Michael se divertia sozinho na água. As três mulheres o observavam mergulhar, dar cambalhotas e nadar, enquanto elas discutiam a situação. Todas tinham chegado mais ou menos à mesma conclusão: Michael Baker não estava lá. Ele não ia ser encontrado. Provavelmente, ele se mudara anos antes — se é que algum dia de fato havia morado lá. Ele podia estar em qualquer lugar dos Estados Unidos ou em outro país.

Nem Daisy conseguia manter o otimismo, mas não estava arrependida.

— Essa viagem foi um grande sucesso mesmo assim, não só para Long Island como também para cá. Vejam como isso aqui é lindo. Eu jamais teria vindo aqui se não fosse por isso.

Elas concordaram. A beleza da região se derramava sobre elas. Hulda, com sua espreguiçadeira virada para as montanhas, olhava para as outras com um ar sonhador, maravilhado, sem dizer quase nada. Elisabeth e Daisy conversavam sem parar. A mais nova com as calças arregaçadas, os pés dentro da piscina. Com os braços estendidos, os ombros projetados para a frente, as palmas das mãos apoiadas no chão, os dedos mexendo na água morna da piscina. Olhava por cima do ombro para Daisy, numa espreguiçadeira, fazendo perguntas a ela sobre a família, seus filhos — Dennis e Lenny —, tentando entender o parentesco entre eles. Concluíram que eram primos em segundo grau e pararam por aí. Elisabeth interrogou Daisy sobre seu marido, Paul, seus pais e sua irmã, Doreen. Queria saber tudo sobre todo mundo, vivos e mortos.

Daisy explicou a árvore genealógica da família. Michael nadou até perto delas, apoiando-se fora da piscina. Daisy falou sobre os antepassados mortos, dois tios-avós que morreram no *Titanic*. Contou que o avô de Ann tinha trabalhado em navios mercantes durante a Segunda Guerra Mundial. Ele havia recebido uma medalha por serviços prestados à rainha.

— A rainha de verdade? — espantou-se Michael.

— A rainha de verdade — garantiu Daisy. Depois, se virou para Elisabeth com um ar de espanto. — Sua mãe nunca contou nada disso para vocês?

Elisabeth balançou negativamente a cabeça, percebendo o quanto isso era estranho.

— Ela nunca fala sobre o lado inglês, e só de vez em quando diz alguma coisa sobre sua mãe. Ela não fala muito sobre o lado do pai também. Na verdade, ela só fala sobre a família do meu pai.

Michael fez a conversa voltar para o *Titanic* para saber mais sobre os parentes que afundaram com o navio. Satisfeita, Daisy o presenteou com histórias da família. Ela estava mais contente que nunca agora que sabia que Ann não havia contado nada disso a eles. Sentindo que, pelo menos, a viagem tivera esse mérito:

permitir que as histórias atravessassem o Atlântico e ganhassem uma nova vida ali.

Elisabeth não queria interromper aquele momento e não quis nem ligar para casa. Ela preferiu achar que estava tudo bem, do contrário teriam telefonado para ela. Jogou a cabeça para trás, sentindo as pontas do cabelo curto roçando a parte de trás do pescoço, o sol batendo no rosto, e a temperatura perfeita da água até os joelhos. Fechou os olhos e desfrutou daquela ausência de ansiedade.

Cada um deles desfrutava a alegria daquele momento, apesar do fracasso da busca. Tentaram prolongar os minutos, enchê-los de significado e beleza e detalhes e paz que o tempo naturalmente trataria de expandir.

40

Elisabeth já estava de pé bem cedinho para ver o sol nascer nas montanhas. Aproveitou o fato de estar só com um dos filhos, podendo prestar atenção somente nele. Deitados de lado, um de frente para o outro em camas paralelas, os dois só se levantaram para abrir as cortinas das janelas com aquela vista deslumbrante. Conversaram preguiçosamente. Elisabeth ouvia com atenção. Não havia nenhuma distração, nem mesmo em sua cabeça. Queria conhecer melhor aquele novo Michael que avançava a passos largos para a idade adulta.

Elisabeth tomou café devagar — Daisy e Hulda preferiram chá — ao lado da piscina. Michael estava outra vez dentro d'água para um mergulho rápido antes do café. Donuts de cortesia. Michael comeu três. Elisabeth não disse nada, deixou que ele aproveitasse, lambendo os dedos ruidosamente para limpá-los. Em geral ela não o deixaria abusar tanto de doce nem que fizesse tanto barulho. Devia haver algo no ar.

Nove horas. De volta ao carro. Eles tinham uma lista de casas de saúde, comunidades de aposentados e casas de repouso. Também levavam informações sobre a localização do setor de reabilitação do Littleton Hospital e um mapa.

Às três da tarde, eles haviam virado Littleton do avesso. Falaram com pelo menos metade dos moradores, inclusive um punhado de Gates: o filho de Harry, uma filha, um sobrinho e duas sobrinhas. Ninguém conhecia nenhum Michael Baker.

Não conseguiram nenhuma informação, mas olhando para eles era impossível dizer isso.

* * *

Hulda fez um último pedido antes de voltar para casa: eles poderiam, por favor, tomar o trenzinho que levava ao pico do monte Washington?

Ela nem precisou pedir duas vezes. Todas as cabeças balançaram afirmativamente.

A estrada era longa e reta, atravessando o vale. Era tarde para estar chegando. A maioria das pessoas já havia subido e descido e estava voltando para os carros.

Eles saltaram, olhando para cima. O céu estava perfeitamente claro. A temperatura, ainda perto dos trinta, com um toque de umidade. Muita gente andava pelo museu e pela lojinha, grandes grupos à sombra da montanha. Verde, grama verde. Dentes-de-leão. Crianças tomavam sorvete ou brincavam sentadas no enorme trator parado. Antes um trator de trabalho; agora, ali, só para exibição, para criar uma atmosfera, um cenário. O lugar cheirava a grama fresca e flores.

Hulda estava no céu.

Entrou no pequeno museu para uma rápida visita. Aprendeu sobre o funcionamento do trenzinho, como ele conseguia subir uma encosta tão íngreme. Uma exposição do trem original, com mais de cem anos. O letreiro orgulhosamente anunciando que o trenzinho do monte Washington havia começado a operar antes do primeiro trenzinho da Suíça. Hulda adorou a informação.

Compraram bilhetes para ir até o topo e procuraram assentos. Michael ficou sozinho atrás. As outras, na frente, perto do condutor.

O trem estava quase vazio naquele fim de dia. A viagem até o topo, de trinta e cinco minutos, seguiu com o veículo por vezes tão inclinado que Elisabeth brincou dizendo que elas todas acabariam no colo de Michael. À medida que subiam, o terreno da montanha ia mudando. A grama deu lugar às rochas. As árvores rarearam até eles alcançarem o topo delas, e depois desapareceram. Estranhos insetos de alta altitude entravam pelas janelas abertas — pequenos besouros amarelos e pretos zumbindo, pousando neles, no vidro, nas costas dos assentos. Essa parte foi desagradável, mas tolerada sem reclamação por causa da animação de estarem se aproximando do topo.

As engrenagens rangiam sob seus pés. O condutor brincou, dizendo que os freios estavam ruins.

Enfim, o pico do monte. Hulda respirou fundo antes de descer na montanha. Segurou o batente dourado da porta com a mão trêmula.

— Albert está me olhando. Posso sentir os olhos dele em mim — disse, saindo decidida do trem para o ar rarefeito, o sol brilhante.

Caminhou na direção dos degraus que levavam ao ponto mais alto, ao mirante. Todos apreciaram a paisagem.

Michael olhou para Hulda, dizendo:

— A qualquer momento ela vai começar a cantar. Vamos ouvir que as colinas estão vivas com o som da música.

Hulda riu. Garantiu que era bem capaz de fazer isso.

Passaram pelo restaurante, um grupo lá dentro. Pararam no quiosque e todos compraram cartões-postais. Depois subiram os degraus do mirante. Do ponto mais alto do leste da América do Norte. Lá em cima, Hulda abraçou cada um, apertando o rosto contra o deles. Agradeceu com lágrimas nos olhos. Disse que jamais imaginou que pudesse voltar ao cume de uma montanha. Ela havia desistido, mas eles fizeram o impossível acontecer. Agora podia morrer feliz.

Hulda e Daisy se sentaram, ofegantes, nos bancos ao longo da área do mirante. Precisavam descansar. Michael se sentou também.

Elisabeth o puxou pela camisa.

— Vamos, Michael. Vamos explorar.

Surpreso de ouvir essas palavras da mãe, Michael se levantou depressa, descendo os degraus na frente dela. Elisabeth correu para alcançá-lo.

Hulda e Daisy compartilharam o silêncio, cada uma em seu paraíso particular. Uma, escrevendo os cartões-postais. Outra, pensando na sua casa em Liverpool. Daisy contemplou os picos das montanhas ao redor e recordou tempos felizes nos Alpes franceses e suíços com Paul. Pensou que também podia sentir os olhos dele sobre ela. Imaginou o casamento de Lenny e Dennis e Amanda morando tão longe. Sentiu-se preocupada ao pensar em cuidar sozinha da casa. E se Dennis tivesse razão — especialmente agora que Lenny ia se casar de novo? Talvez ela devesse vender a casa, não para se mudar para o Carillion, mas para um apartamento pequeno como o de Hulda. Um apartamento tornaria tudo mais simples. Eliminaria o problema da jardinagem.

Mas eliminaria também o jardim. Daisy amava seu jardim. Suspirou. Nem um pouco mais perto de saber o que fazer do que quando saiu de Liverpool.

Michael e Elisabeth passearam ao redor do cume da montanha, descendo várias trilhas, mas sem ir até muito longe nelas. Conversaram sobre como deveria ser fantástico subir por elas até o topo.

— Se papai algum dia tirar férias de novo, deveríamos voltar aqui. Ele ia adorar.

— Josh e David também — concordou Elisabeth. — E Pete e Steve também. Podíamos voltar aqui no início de agosto, antes de eles irem para a universidade. São só seis horas de carro. — Elisabeth pensou que era melhor ela comprar um aparelho para fazer exercícios... e logo.

Passeou, fazendo planos para a família. Finalmente achou que estava na hora de voltar.

Viu que na verdade já passava da hora. Eles não tinham ouvido os gritos dos funcionários anunciando que o último trem ia partir. Daisy e Hulda, já no último degrau do mirante, esperavam por eles. Apavoradas em perder o último trem para a descida. Ambas nervosas.

Michael pediu para comprar uma garrafa d'água, dizendo que ia rapidamente pegar uma no quiosque. Elisabeth enfiou uma nota de dois dólares na mão dele, pedindo que se apressasse.

Michael chegou ao trem antes delas, considerando o ritmo do andar de Hulda àquela altura do dia. Parado à porta com um sorriso de satisfação e uma garrafa d'água na mão, dizendo a elas para se apressarem. Segurou a porta para a mãe, e depois para Daisy. As duas procuraram um lugar, indo para a frente do trem. Hulda, andando devagar, entregou a bolsa para Michael segurar. Michael procurou um assento, tentando decidir se ficava na frente, perto da mãe e de Daisy, ou atrás, onde tinha sentado na subida. Decidiu pela frente e foi para lá, achando que teria uma visão melhor. As pessoas conversavam baixinho no trem não muito cheio, apontando para a paisagem, tirando as últimas fotos.

As portas se fecharam. O trenzinho começou a descer a montanha e o condutor voltou a brincar sobre os freios.

No meio do caminho, assustada de repente, Daisy olhou em volta.

— Onde está Hulda? — perguntou, nervosa.

Abalados, os três olhavam um para o outro, e nada de Hulda. Nervosos, disseram ao condutor que tinham deixado para trás uma senhora idosa. *Como puderam fazer isso?*

O condutor encolheu os ombros, respondendo:

— Essas coisas acontecem. Não há muito o que fazer agora. Vou passar um rádio lá para cima quando chegarmos lá embaixo.

Nenhum deles falou nada enquanto olhavam pela janela durante a torturante descida.

* * *

O condutor passou um rádio quando chegaram ao início da montanha, falando com Charley no topo. Explicou que deixaram para trás uma Hulda Kheist. Charley administrava a montanha há trinta e sete anos. Eles já tinham visto isso antes — normalmente crianças e às vezes pessoas idosas, mas não alguém de 93 anos! Disse para eles não se preocuparem. Ela devia estar no restaurante. Poderia descer com os funcionários.

Elisabeth, Daisy e Michael, com a bolsa de Hulda no colo, se sentaram num banco diante do trator. Lembraram-se da entrada no trenzinho. Todos se sentindo culpados. Torcendo para ela não estar furiosa com eles.

Trinta minutos mais tarde, o rádio chamou. Charley avisou ao condutor que Hulda não estava no restaurante, nem no banheiro, nem no quiosque, nem no mirante. Em suma, não conseguiam encontrá-la. Iam continuar procurando.

Rostos preocupados no banco.

— Meu Deus, isso é terrível! — lamentou Daisy. Elisabeth e Michael concordaram.

Mais chiado do rádio e então uma voz:

— Stuart, temos um problema aqui. Não conseguimos encontrá-la. Ela não está em lugar nenhum. O meu pessoal tem que descer. Eles precisam ir para casa. Não costumo fazer isso, mas você pode pedir à família dela para subir para procurar? Vou ficar aqui para descer com eles. Você pode levar os funcionários para baixo.

Correram para dentro do trem. Subiram. Dessa vez sem piadas de mau gosto sobre os freios.

* * *

Charley esperou por eles no topo. Os funcionários entraram no trenzinho e desceram imediatamente. Daisy, Elisabeth e Michael se apresentaram ao administrador da montanha. Charley perguntou se eles achavam que havia alguma chance de Hulda ter começado a descer a montanha por uma das trilhas. Ela seria capaz de uma coisa dessas?

Eles balançaram as cabeças.

— Ela está em boa forma, excelente para uma pessoa de 93 anos, e foi criada na Suíça, então é possível, mas pouco provável — explicou Elisabeth.

— Bem, ela tem que estar em algum lugar — ponderou Charley. — Por que não nos espalhamos e chamamos por ela. Talvez ela tenha se confundido. Vai ajudar se ouvir a voz de vocês. — Olhou para Daisy, acrescentando: — A senhora não vai se aventurar por aí sozinha.

— Eu vou ficar com ela — ofereceu-se Michael.

— Por sorte estamos em junho — observou Charley. — A claridade extra vai ser útil.

— Não devíamos chamar a polícia? — perguntou Elisabeth.

— Ela não vai vir ao topo para procurar alguém que está desaparecido há menos de duas horas. De jeito nenhum. — Meneou a cabeça com convicção. — Vamos nos espalhar, então? Cada um vai numa direção diferente. Há várias trilhas para descer. Não vão até muito longe nem demorem muito. Não quero que nenhum de vocês se perca na montanha sem nenhum funcionário aqui além de mim. Tecnicamente, nem deveríamos estar fazendo isso.

Eles agradeceram e foram.

Mas não acharam nenhum vestígio. Hulda tinha simplesmente desaparecido.

41

Mal conseguiram dormir. Todos se reviraram na cama, acordados, conversando no escuro. Por volta das três da manhã, tornaram a acender a luz. Os três alternando papéis, ora se culpando ora aconselhando os outros.

No Chalé Suíço — eles, as malas e a bolsa de Hulda.

Haviam descido da montanha quase no escuro depois de três horas de buscas infrutíferas. Daisy se sentia exausta, os joelhos latejavam de dor. Charley finalmente chamou a polícia, que disse exatamente o que o administrador havia pensado: não poderiam fazer nada aquela noite. Era muito cedo e muito perigoso mandar equipes de resgate ou helicópteros para a montanha àquela hora por causa dos ventos e da má visibilidade.

Elisabeth ligou para o marido avisando que eles teriam que ficar mais uma noite. Richard, que fora retirado de uma reunião com o telefonema, consolou a esposa e disse para ela não se preocupar, que ele voltaria para a reunião e informaria aos colegas que precisava se ausentar. Pegaria o próximo trem para casa e buscaria os meninos com Ann. Ele os levaria para comer comida chinesa. Satisfeita, Elisabeth desligou e voltou a se preocupar com Daisy e Michael. Os três tentaram imaginar o que Hulda estaria fazendo no alto da montanha, sozinha no escuro.

Charley tinha prometido reunir uma equipe de resgate assim que o dia clareasse. Então eles ficaram ali, contando os minutos até o sol nascer.

* * *

Os três foram os primeiros a chegar à montanha, bem antes de ela abrir para os turistas. Charley passou o comando para o capitão Miller, da polícia. As pessoas começaram a saber que estava sendo organizada uma equipe de busca e alguns ofereceram sua solidariedade. Daisy, Elisabeth e Michael ficaram à disposição para responder perguntas que pudessem surgir além do que eles já haviam contado à polícia. Formou-se uma multidão, o trenzinho encheu, levando unidades especiais para o topo onde iriam vasculhar a área antes de se espalharem para descer pelas trilhas. Outros voluntários estavam sendo organizados para subir por elas. Havia helicópteros e cães que farejaram as roupas de Hulda. Eles iriam encontrá-la. O capitão Miller garantiu a Daisy, Elisabeth e Michael, pondo a mão no ombro de Daisy.

Os três se misturaram ao pessoal que vinha ajudar. Juntaram-se ao grupo no círculo formado em volta da polícia. Ouviram o policial com o megafone dizer:

— Escolham uma trilha e comecem a subir devagar. Olhem para a direita e para a esquerda para fora da trilha, pois Hulda pode estar em qualquer lugar. Não há nenhuma garantia de que ela esteja numa trilha ou perto de uma. Ela tem 93 anos. — Repetiu isso. — Noventa e três.

As pessoas se dividiram em pequenos grupos, conversando em voz baixa. Não se ouviu nenhum riso.

Os três ficaram para trás para esclarecer o que fosse preciso, depois seguiram devagar. Ficaram juntos, escolhendo uma trilha — uma de muitas — para começar a subir. Não que achassem que iam conseguir chegar ao topo. Era uma caminhada de oito horas para quem estava em boa forma física, seis para atletas e quatro para superatletas.

Daisy se sentia exausta da longa caminhada do dia anterior, e além disso tinha passado a noite em claro. Normalmente ela teria evitado andar, mas aquela não era uma situação normal. Então continuou caminhando, parando várias vezes para descansar, sentando-se em todos os bancos do caminho.

O tempo de repente mudou. Formaram-se nuvens, invisíveis até estarem bem no alto do céu, tapando o sol. O ar, sempre pesado de umidade, ficou mais pesado, deixando o dia ainda mais horrível.

Um grupo de dois homens e duas mulheres, todos membros da Patrulha Nacional de Esqui durante os meses de inverno, passou por eles na trilha, embora mal tivessem começado a subir. Levaram quinze minutos para alcançá-los. Daisy, Elisabeth e Michael tinham levado uma hora para chegar até aquele ponto. Houve uma rápida troca de informações. Daisy agradeceu a eles o apoio que estavam dando. O grupo disse que estava contente em poder ajudar e prosseguiu, subindo a montanha com pernas fortes de esquiadores — ao contrário de Daisy, já sem fôlego, suando e quase caindo, mas insistindo em dizer que estava bem, que eles deviam era se preocupar em encontrar Hulda.

Elisabeth estava preocupada com ambas, imaginando se deveriam dar meia-volta e descer, avisar ao capitão Miller, dar água para Daisy e arranjar um lugar para ela se sentar.

Foi o que fizeram.

— Isso é horrível — comentou Daisy, de volta a um banco lá embaixo, coberta de suor, o rosto vermelho. — Como uma coisa dessas pode ter acontecido? — perguntou pela centésima vez.

— O que vamos fazer? — Elisabeth estava com alguns galhinhos presos no cabelo crespo. Também exausta.

Ninguém respondeu.

— Talvez ela ouça o trenzinho e volte para cima para pegá-lo — sugeriu Michael, no meio das duas, com o rosto nas mãos.

As pessoas ali, ao redor deles, tinham um objetivo. Todas estavam lá para ajudar nas buscas.

— E quando eles abrirem para o público? Será que pedem ajuda a todo mundo ou nem mencionam o que está acontecendo? — questionou Elisabeth.

Nem Daisy nem Michael responderam. Não sabiam a resposta e estavam cansados demais para especular. Só conseguiam ficar ali sentados, olhando para as pessoas, completamente sem forças. Todos exaustos, precisando de uma nova injeção de energia. Michael foi comprar um novo estoque de água mineral e enormes Snickers nas máquinas automáticas. Voltou e distribuiu o que tinha comprado. Comeu e bebeu, mas ainda precisava de mais reforço.

Recebendo mais reforço. De um certo rosto na multidão.

O braço de Daisy voou na direção de Michael, com um Snickers desembrulhado na mão, a boca suja de chocolate.

Michael se virou para ela. Viu o rosto de Daisy. Seguiu seus olhos observando as pessoas que estavam se dirigindo para o trenzinho. Olhou como se tivesse avistado Hulda.

— O que foi? Hulda se juntou à equipe que está procurando por ela? — sugeriu Michael, de brincadeira.

Daisy, séria, apontou.

— Olhe ali. — Sua voz estava ofegante.

Elisabeth e Michael observaram a multidão, vendo, não muito longe, um senhor alto, forte, com uma mulher mais jovem, de uns 50 anos, ao lado dele, com as mãos enlaçadas no seu braço esquerdo. Ambos estavam embarcando no trenzinho junto do restante do grupo.

— O que foi, Daisy?

— Aquele pode ser ele.

— Ele quem? — perguntou Elisabeth, entendendo de repente. — Você quer dizer Michael Baker?

— É mesmo? — disse Michael, espantado.

— Pode ser. Não tenho certeza. — A voz de Daisy agora trêmula.

Michael, em tom de urgência:

— Rápido, vamos perguntar antes que ele vá embora. — Puxou Daisy, arrancando-a do banco.

Elisabeth se levantou também. Os três correram até o trem. Havia grupos de pessoas no caminho, algumas andando, algumas paradas. Michael puxava Daisy, tentando fazê-la andar mais depressa. Daisy ia o mais rápido que suas pernas finas permitiam, tentando enxergar no meio da multidão. Perdeu-o de vista. Avançou mais depressa, imaginando se seria mesmo possível que fosse ele, que ela o tivesse encontrado. Seria mesmo Michael ou ela estaria vendo coisas por causa do cansaço? Aquele seria apenas um senhor idoso e alto?

— Vamos Daisy, mais rápido — incentivou Michael.

Daisy não andava tão depressa havia cinquenta anos, mas não foi suficientemente rápida. As portas do trem estavam começando a se fechar.

— Vamos, Daisy — chamou o garoto, com mais urgência.

— Não consigo ir mais rápido. — Daisy ofegante, vermelha.

Elisabeth olhou para a prima, preocupada.

— Vá com calma, Michael. Assim ela vai ter um enfarte.

— Mas as portas estão se fechando! — gritou Michael. Resolveu soltar Daisy e correu na direção do trem. Com as portas fechadas, o trem começou a andar. Michael olhou para o vagão lotado. Encontrou o homem. — O senhor é Michael Baker? — perguntou, gritando. Sentiu os olhos do homem nele. Sem nenhuma reação.

A mulher que estava com ele balançou a cabeça, dizendo pela janela fechada:

— Não, sinto muito.

Devagar, as rodas do trem começaram a subir a montanha. Michael continuou correndo ao lado dele, no mesmo ritmo, ignorando a mulher. Seus olhos apenas no homem.

— O senhor alguma vez tocou piano? — gritou.

A mulher abriu uma janela, pondo a cabeça para fora.

— Por favor, deixe o meu pai em paz. Estamos aqui para ajudar numa busca. — E pôs a cabeça de volta para dentro.

Indignado de repente, Michael continuou correndo ao lado do trem.

— Você não precisa me falar da busca! Nós *somos* a busca. Hulda veio para cá *conosco*. E nós viemos para procurar *você*! — Apontou para o senhor. Michael correu, tentando manter a mesma velocidade que o trem. Correu sobre um terreno irregular. Tropeçou numa pedra. Caiu. Olhou para cima e viu o trem se afastar. Berrou, desesperado: — Daisy Phillips está procurando por você. Ela está aqui. — Ele apontou para Daisy alguns metros atrás. Daisy, ofegante, apoiava-se em Elisabeth. As duas tropeçaram na grama, indo na direção de Michael, que se levantou do chão e limpou a roupa. De repente cansado. De repente com vontade de ir para casa. De repente de saco cheio de tudo aquilo.

O trem sumiu e os três voltaram para o banco. Daisy pedia desculpas. Duvidando de que fosse ele. Sentindo-se culpada por causar tanto transtorno. Notou a mudança na fisionomia de Michael. Como ele parecia cansado, indefeso e infeliz.

Deu a ele mais um Snickers, terminando de comer o dela.

Mais oito horas. Longe de um desfecho. Pararam para jantar, deixando a montanha. Comendo com vontade, sentindo-se culpados por seus apetites saudáveis e pelo prazer que sentiram com a comida. Perguntaram-se de novo o que deveriam fazer. Como isso pode ter acontecido? Onde Hulda poderia estar? E se eles não a encontrassem depois do jantar?

Outra vez de volta à montanha, temendo o anoitecer.

Nenhum sinal de Hulda. Diversas equipes, pessoas e cães foram desmobilizados até o dia seguinte.

Elisabeth fez várias ligações para Richard, para as crianças e para a mãe, explicando que eles precisariam ficar mais uma noite.

Voltaram cansados para o Chalé Suíço. Lavaram as roupas íntimas na pia, pendurando-as para secar no chuveiro. Torcendo para o telefone tocar com boas notícias.

Dormiram profundamente às nove.

Nenhum telefonema. Estavam de pé de novo assim que o dia amanheceu. Esfregaram os olhos. Com o corpo pesado, arrastaram-se durante a higiene matinal.

E então Michael se lembrou. Repentinamente. Enquanto escovava os dentes na pia de porcelana creme, olhando para si mesmo no espelho com luz fluorescente. Uma palavra surgiu em sua cabeça: Yodeli.

Correu para fora do banheiro. Histérico. Exigiu que fossem embora: eles tinham que salvar Yodeli! Hulda devia estar preocupadíssima com o pássaro. Ela só havia deixado comida e água para uma noite, e tinham sido três. Eles precisavam partir.

Elisabeth e Daisy pararam de dobrar seus pijamas. Olharam uma para a outra.

— O que você acha? — perguntaram ambas.

Michael implorava. Enfiou o pijama e a escova de dentes na mala, gritando que eles tinham que partir. Elisabeth sugeriu que ligassem para Brian Davis e pedissem a ele para entrar no apartamento de Hulda para dar comida ao pássaro. Michael explodiu, argumentando que aquilo seria uma idiotice, que Brian Davis jamais faria isso, jamais faria nada por Hulda, e ela devia saber disso.

Elisabeth e Daisy refletiram por um momento, conversando a respeito. Finalmente concordaram que ir cuidar de Yodeli era a coisa certa a fazer, que Hulda diria que havia gente suficiente na montanha para ajudá-la, mas que ninguém estava ajudando Yodeli.

Elisabeth ligou para a polícia, explicando ao capitão Miller que eles tinham que voltar. Deixou todos os seus contatos com ele e lhe agradeceu enormemente a ajuda.

Saíram do estacionamento do hotel com outra missão em mente.

42

Não parecia haver mais nada a dizer. O lugar vazio de Hulda era a coisa mais gritante no carro. Foi uma sensação horrível deixar as montanhas para trás. Deixar Hulda para trás. Se não fosse para ajudar Yodeli, talvez eles não tivessem conseguido fazer isso.

Precisavam partir. Precisavam voltar. Pelos meninos e por Richard e Ann, que tinham segurado a barra, e por causa do emprego de Elisabeth.

De volta ao Brooklyn. Perto do apartamento de Hulda. Daisy perguntou como eles entrariam.

— Sem problema — tranquilizou Michael. — Estou com a bolsa que ela me deu para segurar. As chaves devem estar aqui dentro. — Esticou a mão entre seus pés. Pegou a bolsa, hesitando antes de abri-la e mexer no fecho. — Posso abrir?

Elas afirmaram que sim. Ele só ia pegar as chaves.

Mas não foi isso que aconteceu. Porque bem no alto da bolsa havia algo endereçado a ele. E a Daisy. E a Elisabeth — cartões-postais do monte Washington. Escritos no alto da montanha, num banco no mirante com Daisy ao lado dela, sob o sol brilhante, enquanto Elisabeth e Michael passeavam por lá.

Cartões-postais escritos para eles.

— Não! — exclamou Michael, enquanto lia. — Não. Mãe? — A voz dele soou mais jovem.

Elisabeth olhou para o filho, mas manteve um olho na rua movimentada do Brooklyn à sua frente.

— Michael, o que foi?

Teve um mau pressentimento.

Daisy se inclinou para a frente no banco de trás, com a mão na lateral do assento de Michael.

Com a voz trêmula, Michael pediu:

— Mãe, pare o carro.

Elisabeth olhou para ele de soslaio. Parou num trecho da rua. Não havia onde estacionar. Ficou em fila dupla, com o pisca-alerta aceso. Virou-se para Michael. Os cartões-postais. Fez sinal para ele continuar.

Michael começou a ler numa voz trêmula:

— Queridos Daisy, Elisabeth e Michael. Não sei quando lerão isso, mas quando lerem eu com certeza estarei desaparecida. Por horas ou dias, não sei. Ou talvez eu já terei sido encontrada, do modo como desejo ser encontrada, fazendo parte da montanha. Espero que me perdoem pelo sofrimento e pelo incômodo que causei a vocês ao fazer isso. Estou fazendo o que quero fazer, terminando os meus dias com o nome de Albert em meus lábios e os nomes dos meus filhos e dos meus pais, quando, onde e como escolhi.

Michael passou para o segundo cartão-postal.

— Vocês três realizaram os meus desejos, porque não há nenhuma glória em morrer sozinha num apartamento no Brooklyn com o senhorio comemorando meus últimos suspiros. Mas há em retornar a um lugar como o que os meus pais e os meus avós conheceram. Vocês me permitiram terminar o meu tempo na terra num lugar tão parecido com o lugar onde nasci.

"Por favor, se me permitem pedir isso, entrem em contato com o meu filho na Venezuela. Ele é o número um no meu celular."

Passando para o último cartão-postal, Michael começou a ler:

— Elisabeth, por favor, fique com o meu caderno de receitas e prepare sempre os biscoitos Mailaenderli para o doce Michael.

Michael, eu gostaria que você ficasse com Yodeli. Talvez consiga fazê-lo cantar como um tirolês! E Daisy, o que posso dizer a não ser obrigada? Foi o seu espírito e a sua coragem em vir sozinha para Nova York que deram início a tudo isso. Você me deu coragem. Estou olhando para você enquanto escrevo isso sob a luz brilhante do sol. Você é linda. Eu gostaria de poder ajudá-la um pouco mais a realizar seu objetivo. Desejo que você consiga.

"O meu amor para todos vocês, Hulda Kheist."

— Ah, não — suspirou Daisy, com a voz cansada, a boca seca.

— Que droga — lamentou Elisabeth.

Silêncio da parte de Michael. Os três cartões abertos em suas mãos. Releu-os, refletindo sobre aquilo.

— Ela planejou tudo — constatou Elisabeth.

Daisy assentiu lentamente.

— Foi por isso que ela entregou a bolsa para Michael.

Silêncio no carro, exceto pelo barulho do pisca-alerta. As três cabeças, pensativas, tentavam compreender tudo. Sons da rua vindos de fora. Um dia quente e úmido do fim de junho. Nova-iorquinos de shorts, sandálias, camisetas. Pessoas de todas as partes do mundo. Bebês irritados em seus carrinhos. Cachorros corriam em suas coleiras, farejando. Uma idosa empurrava um carrinho de compras. Um rapaz carregava um violão num estojo preto.

Com os olhos pousados nos cartões-postais nas mãos de Michael, Daisy não sabia o que pensar. Visualizou Hulda no topo da montanha, debruçada sobre os cartões, a poucos metros de distância, sem que ela tivesse a menor ideia do que a outra planejava fazer. Agora, ali sentada, sem ter ideia do que estava sentindo. Sentiu-se confusa. Precisando de tempo. Precisando deixar que as coisas se assentassem dentro dela. Precisando examinar todas as suas emoções.

— Temos que ligar para o capitão Miller. Ele precisa ser informado disso. — Elisabeth assumiu o controle.

— Então ela pode estar morta? — perguntou Michael, olhando para a mãe. Seu lábio inferior tremia, lágrimas nos olhos. Elisabeth, espantada por ele não ter pensado nisso. O que a atormentava desde o início não havia nem passado pela cabeça do filho. Ela olhou longamente para ele antes de responder. Imaginou se deveria deixar que o processo que o havia impedido de pensar no pior continuasse a protegê-lo. Ela deveria poupá-lo da verdade? Protegê-lo daquela incômoda proximidade com a morte? De esbarrar com ela desse jeito?

Porque Hulda o deixara literalmente segurando sua bolsa. Cimentando sua esperança de que ela e o fim de semana jamais fossem esquecidos.

Elisabeth olhou para o filho com carinho nos olhos. Balançou a cabeça devagar. Ele tinha feito uma pergunta e ela devia dizer a verdade a ele.

— Era o que ela queria — explicou, com a voz bondosa, carinhosa e amorosa.

Michael mordeu o lábio. Chorou convulsivamente. Com tristeza e horror.

Elisabeth o tomou nos braços, embalando-o como a um bebê. Consolou-o como antigamente. Sentiu o cheiro do seu cabelo, da sua pele. Pensou que queria continuar sentindo o cheiro dele enquanto ele permitisse.

Sentiu um grande contentamento.

Eles tinham que se controlar. Enxugar as lágrimas. Salvar Yodeli.

Elisabeth e Michael se separaram. A mãe pegou o celular. O filho olhou com tristeza pela janela. Os cartões-postais ainda na mão. Os olhos fixos num girassol no canto do jardim de alguém. Os pensamentos muito longe dali.

Daisy ficou com pena de Michael. Seu coração partido, desejando consolá-lo. Mas resistiu. Aquele era o momento de Elisabeth. Com um olho em Michael, Elisabeth conseguiu achar dentro da bolsa o pedaço de papel com o telefone do capitão Miller. Conseguiu ligar.

Ele atendeu na mesma hora. Elisabeth explicou tudo. O capitão Miller disse que a informação mudava a natureza da busca, mas não ia interrompê-la. Ele agradeceu a ela por ter ligado, expressando sua compaixão e garantindo que manteriam contato.

Elisabeth desligou e se voltou para Michael, que continuava olhando pela janela. Resistiu ao impulso de acariciar o ombro dele, não querendo exagerar.

Deu a partida no carro, dirigindo-se para o apartamento. Parou em fila dupla na frente do prédio, com o pisca-alerta ligado. Eles desceram. Michael tinha as chaves.

A caminho da escada da frente do prédio, Elisabeth confessou:

— Espero não sermos obrigados a ver aquele Brian Davis. Qualquer coisa que não seja tristeza da parte dele vai me fazer explodir.

— Sou capaz de jogá-lo escada abaixo — revelou Michael.

— E eu, de arrancar o coração dele — acrescentou Daisy.

— Espero que ele esteja no trabalho. — Elisabeth pensou que era lá que ela devia estar. Se faltasse no dia seguinte, completaria uma semana de ausência. Cacete, eles devem estar revoltados, pensou. Olhou para Michael, que tentava a primeira chave. Viu que não servia.

Tentou outra. Sucesso. Empurrou a porta pesada. Entrou. Inspirou instintivamente. Nenhum cheiro bom de comida.

— Parece que ele não está em casa — murmurou Michael.

Subiram até o primeiro patamar. Passaram pela porta com os desenhos infantis de flores e sol. Começaram a subir para o segundo, ouvindo o som de uma porta se abrindo, uma voz vindo lá de baixo.

— Hulda? É você? — Brian Davis caminhou na direção da escada.

Três pares de olhos assustados se entreolharam. Michael perguntou:

— O que dizemos a ele?

Não houve tempo para resposta. Brian Davis subiu a escada.

— Onde você estava, três noites fora de casa?

Chegou ao primeiro patamar, alcançando-os. Parou, olhou para eles e se lembrou de quem eram. Olhou para o espaço entre eles, em volta deles. Procurando Hulda. Um tempo se passou sem que ninguém falasse.

— O que vocês estão fazendo aqui? Onde está Hulda?

Ninguém respondeu nada, ficaram ali parados, sem saber o que dizer.

— Onde está Hulda? — insistiu. — Eu estava preocupado com aquele pássaro idiota dela. Quase entrei para dar comida a ele, mas então achei que ela ia ficar uma fera se me pegasse lá dentro. Onde ela está? Quando ela vai voltar? — Olhou para cada um à espera de uma resposta. — O que há de errado? O gato comeu a língua de vocês?

Daisy pigarreou.

— Ela não vai voltar. Nós achamos que ela se foi.

— Se foi?

— Faleceu... em New Hampshire — explicou Daisy.

— Não é possível. — Brian se encostou na parede, sem conseguir acreditar, como se isso fosse impossível, como se ela não tivesse 93 anos, e, o que era mais surpreendente, como se estivesse abalado. — Como?

— No monte Washington. Nós fomos até o topo. Ela não desceu. Ainda estão procurando por ela lá em cima — falou Elisabeth.

— Numa montanha? — perguntou com ternura, com sentimento. — Ela deve ter gostado disso. Vocês viram a pintura no hall do lado de fora do apartamento dela? É claro que viram; vocês teriam que ser cegos para não ver. — Processou a notícia, refletindo sobre ela. — Ela morreu numa montanha. Não acredito.

— É verdade — confirmou Elisabeth. — Ela morreu numa montanha e nós estamos com as chaves dela. Vamos entrar no apartamento e levar o pássaro para casa conosco.

— E o caderno dela de receitas — acrescentou Michael. — E não esqueça que ela quer que a gente ligue para o filho dela.

— Ela se foi mesmo? Não consigo acreditar. — Brian Davis estava descalço, com uma camiseta branca, short preto, esfregando a testa e os olhos com as costas da mão. — Passei catorze anos imaginando esse dia e agora estou triste. Não acredito nisso. Acho que sou mais imbecil do que pensava. — Balançou a cabeça, subindo a escada, passando por eles para ir na frente. — O pobrezinho deve estar faminto.

Daisy, Michael e Elisabeth seguiram Brian, entreolhando-se espantados. Pararam na pintura dos Alpes, vendo-a com novos olhos.

— Sabem, acho que nem vou pintar essa parede — revelou o zelador. — A pintura está aqui desde 1938. Faz mais parte do prédio que eu. Vou conservá-la aí. — Depois, para perplexidade deles, acrescentando: — Isso vai deixar Hulda feliz.

Brian saiu da frente para dar passagem a Michael, que abriu a porta. Todos entraram, olhando ao redor com a atenção aguçada, com a sensibilidade à flor da pele.

Viram o pássaro na gaiola com uma tigela de água e outra de comida, ambas vazias. Yodeli olhou para eles com intensa desconfiança nos olhos pretos, até Michael trazer água fresca e encher a vasilha de comida até a boca. Daisy e Elisabeth cuidaram das outras coisas que Hulda havia pedido. Ali parado, perdido, com as mãos enfiadas nos bolsos do short, Brian meneou a cabeça, incrédulo.

43

Estavam em casa, entrando no portão. Aliviados.

Michael desceu do carro, retirando cuidadosamente a gaiola.

David e Josh, ouvindo o barulho, saíram correndo de casa e se atiraram nos braços da mãe. Ela nunca tinha passado três noites fora antes. Brigaram por ela, competindo por espaço em seus braços, cada um empurrando o outro com o quadril, com os braços em torno da cintura dela.

Elisabeth riu, satisfeita.

Depois Richard, de camiseta vermelha, apareceu na entrada. A barba por fazer. O cabelo desgrenhado. Numa quinta-feira. No início da tarde. Milagre dos milagres, ele havia tirado o dia de folga. Josh e David imploraram até ele ceder. Ele entrou no meio de David e Josh para ganhar um abraço. Apertando Elisabeth nos braços, murmurou que tinha sentido saudades dela. Penalizado pelo que havia acontecido.

Em seus braços, Elisabeth notou que não tinha pensado em Heather Clarke uma única vez naqueles três dias, e que não ia pensar nela agora que estava de volta. Uma parte dela era sensata o bastante para saber a verdade: que a preocupação com Heather Clarke, e com o Homem Dardo antes disso, eram fantasias criadas por ela. Se olhasse para dentro de si mesma por um minuto, saberia por quê.

Mas Elisabeth não precisou fazer isso porque sua próxima ida ao banheiro lhe daria um presente na forma de uma mancha de sangue em sua calcinha. Viva. Ela ainda menstruava. Mas, como

Hulda disse, as coisas se perdiam com o tempo. E essa seria uma delas. Mas Hulda também dissera que a coisa mais importante não se perdia: seu eixo, sua essência, a pessoa que ela realmente era. Elisabeth sorriu e abraçou Richard, pensando que estava tudo bem, que estava tudo ótimo.

Richard se virou para cumprimentar Daisy, expressando sua decepção por ela não ter encontrado Michael Baker.

Daisy olhou atentamente para ele, afastando uma mecha de cabelo da testa. Confessou a Richard que ao ir para Nova York ela havia encontrado muito mais. Agradeceu por ter emprestado a ela dois entes queridos para a viagem. E anunciou que dessa vez estava mesmo na hora de partir. Ela reservaria um voo para o dia seguinte. Não queria deixar Lenny e Sarah esperando mais tempo.

Avisou que deixaria o relógio com Michael. Se ele quisesse continuar a busca, poderia seguir em frente. Se não, tudo bem. Podia ficar com o relógio de presente.

Michael, naquele momento, não tinha muito interesse em fazer isso. Já estava farto. Subiu a escada com dificuldade carregando a enorme gaiola, gritando obrigado pelo relógio e pedindo a Daisy para ficar mais tempo. Richard correu para ajudá-lo com o pássaro, vendo que um dos pés da gaiola estava preso num degrau.

Elisabeth fez coro com Michael, dizendo que Daisy devia ficar mais um pouco, descansar alguns dias antes de viajar de volta para casa.

Daisy balançou a cabeça. Estava na hora de ir embora. Ela entrou na casa. Para ligar o computador e reservar uma passagem. Pela internet — sem pedir ajuda a ninguém.

44

Ela não conseguia. Ficou dolorosamente claro em poucas semanas que Amanda simplesmente não conseguia.

Dennis se conformara com a ideia de que ia ter que desempacotar tudo sozinho. Ela sempre tinha um motivo para correr para a casa da mãe. Ele havia relevado os comentários dela ao saber que Lenny se casaria de novo. Tinha escutado de forma submissa os comentários dela de que sua mãe não devia nada àquelas três netas de consideração e que o casamento do irmão não deveria mudar em nada suas perspectivas de herança. Ele se conformara em jantar sozinho quase toda noite desde que se mudaram e com o fato de ela estar adiando a procura por um emprego enquanto berrava com ele por só ter marcado uma entrevista de trabalho até o momento. Dennis tinha superado tudo isso. Mas havia algo que ele simplesmente não seria capaz de superar, e Amanda descobriu isso.

Ele acabara de voltar das compras, onde tinha passado sem parar pela seção de cervejas especiais, embora sua língua tivesse ficado pendurada para fora da boca. Defendeu a compra da cerveja em sua cabeça, torcendo para o cérebro mandar uma mensagem para a mão pegar uma garrafa. Mas Dennis era forte. Ele passou com o carrinho pelas fileiras de cervejas maravilhosas e só pegou uma caixa de macarrão, um vidro de molho e um pacote de brócolis. Foi para casa orgulhoso, lembrando a si mesmo que a beleza da região onde estava morando valia mais que qualquer cerveja. Também lembrou a si mesmo que Amanda estava feliz, e era isso que importava.

Em casa de novo, uma panela de água no fogo para cozinhar o macarrão. O molho na panela. Os brócolis esperando para serem passados no azeite e no alho. Dennis colocou um CD de jazz para tocar, procurou sites de emprego e torceu para achar alguém que estivesse procurando uma pessoa de 50 e poucos anos que não tivesse feito nada por uma década depois de ter publicado um best-seller e que houvesse trabalhado durante décadas editando uma revista decadente chamada *Artefatos, Tesouros Arqueológicos e Antiguidades*, um especialista em artefatos do século XVII.

Não encontrou nada do gênero, obviamente. O que o fez realmente desejar uma cerveja. Tentou se convencer de que podia tomar uma só, e que as coisas não estavam tão ruins a ponto de não poder tomar uma única cerveja. Desligou o computador, saindo para comprar uma cerveja. Amanda chegou de carro em casa. Sua longa perna saindo do automóvel antes do restante do corpo. Sorriu para a casa, caminhando, apressada, sua bolsa pesada pendurada no ombro.

Aproximou-se de Dennis, toda animada, segurando o rosto dele com as mãos e o apertando carinhosamente. Beijou-o nos lábios com força.

— Adivinhe o que acabei de fazer? — disse, tornando a beijá-lo.

O rosto dele apertado entre as mãos dela, esmagado dos dois lados. Amanda se balançava nas pontas dos pés.

— Prometa que não vai ficar zangado. Eu sei que foi um pouco extravagante, e eu sei que prometi não comprar nada por um ano, mas, querido, como eu poderia resistir? Eu teria que ter uma força de vontade extraordinária para resistir a uma pechincha daquelas! Você devia ficar orgulhoso de mim e não com raiva. Promete? — Beijou-o com mais força e por mais tempo.

Dennis deu um passo para trás, com medo de ficar com o rosto amassado. Quis saber o que estava acontecendo, mas seus lábios estavam imobilizados. Livrou-se do beijo. Perguntou aquilo que mais temia:

— Você não comprou nada, comprou?

Amanda fez uma pausa. Acenando com a cabeça que sim. Timidamente. Os dentes trincados numa careta de culpa.

— Ah, não, Amanda. — Dennis massageou as bochechas. Elas estavam latejando. — Você não fez isso. O que você comprou?

Amanda ficou preocupada. Sua alegria se transformava em medo. Percebeu que talvez não conseguisse escapar dessa. Fitou o rosto de Dennis, vendo uma impaciência jamais vista antes. Respirou fundo, esticando bem o corpo esguio e alto, dizendo a si mesma que ele teria que aguentar o golpe, e não ela. Usou todo o seu charme, passando os dedos pelos cabelos, jogando a cabeça para trás de um jeito que tinha funcionado às mil maravilhas no passado.

Dennis refez a pergunta. Numa voz neutra. Com os lábios semicerrados.

— Consegui um preço ótimo numa coisa que nós sempre quisemos ter, sobre a qual falávamos há anos. — Mais manobras com o cabelo.

Dennis, impaciente, o corpo todo retesado para a batalha, explodiu:

— O quê?

— Um piano de meia cauda. — Deu um risinho culpado agora que tinha contado. Tentando ser adorável, mas só conseguindo demonstrar nervosismo.

— Você não fez isso! — Dennis ficou realmente furioso. As veias saltadas no rosto e no pescoço. — Um piano? Um piano de meia cauda? Você ficou louca?

Amanda olhou horrorizada para ele. Nunca o tinha visto assim antes. Seu lábio inferior tremeu.

— Devolva! Está ouvindo? Cancele a compra! Não temos dinheiro para isso!

— Eu consegui comprar em prestações, sem juros! Achei que você ia adorar — argumentou, sem convicção.

— Isso é porque você vive num mundo de fantasias! — berrou Dennis. — Não é possível que alguém que tenha ouvido o que eu venho falando pudesse achar que eu ia adorar. É melhor você ligar agora mesmo para o cartão de crédito e cancelar o pedido! Vou sair para tomar uma cerveja e, quando eu voltar, é melhor que você me diga que já cancelou a compra!

Saiu furioso. Deixando-a chupando nervosamente a ponta do cabelo.

Algum tempo depois, uma cerveja de Dennis tinha se transformado em quatro. Subiu a escada da frente, pronto para a luta. Abriu a porta.

A casa estava vazia e havia um bilhete na mesa da cozinha, numa caligrafia floreada:

> *Dennis,*
>
> *Você me deve um pedido de desculpas. Acho que já deve saber disso, agora que teve tempo para esfriar a cabeça, eu espero. Você não tinha o direito de gritar comigo daquele jeito, quando tudo o que fiz foi tentar fazê-lo feliz e lhe dar a bela casa que você merece. Sei que você quer um piano. Você disse isso muitas e muitas vezes. E eu consegui um preço realmente muito bom. É claro que você não sabe disso, tendo saído correndo daquele jeito. Tenho certeza de que depois poderemos falar sobre isso como dois adultos. Quando você souber o quão barata é a prestação, vai concordar comigo. Eu estarei na casa da minha mãe. Ligue quando estiver pronto para conversar com calma.*
>
> *Beijos,*
>
> *Amanda.*

Dennrs leu o bilhete apenas uma vez. Percebeu que ele *estava* pronto para conversar com calma — não com ela, mas com o corretor de imóveis.

Sozinho na cama enorme, dormiu profundamente. Levantou bem cedo. De banho tomado. De malas feitas na hora do café. Trancou a porta atrás de si e jogou a mala dentro do carro. Pegou o cartaz guardado há pouco tempo na garagem, levando-o para fora.

Enfiou-o com firmeza no jardim da frente.

VENDE-SE. Em letras garrafais.

Satisfeito, Dennis deu um passo para trás, esfregando as mãos, limpando-as. Livrando-as daquela bagunça toda. Depois, entrou no carro, saindo pelo portão.

Seguindo rumo à autoestrada.

45

De madrugada, Daisy já estava de pé. De banho tomado. De malas feitas na hora do café. Ficou bebericando chá até os meninos acordarem. Richard e Elisabeth tinham se despedido dela antes de irem para a cama, na véspera. Ela beijara e abraçara Daisy, dizendo que queria levar a família toda para visitá-la esse ano. Richard usava um roupão listrado azul e branco e chinelos. Concordou que seria ótimo, mas que eles simplesmente não dispunham de dinheiro para isso, lembrando a esposa que agora eles tinham *dois* filhos na universidade. Elisabeth suspirou e se preparou para ir trabalhar. Pediu desculpas antes de sair por não poder levar Daisy ao aeroporto. Não poderia faltar mais um dia ao trabalho.

Daisy disse a ela que não se preocupasse com isso, inclinando-se para dar um beijo na testa da prima, um beijo maternal.

Agora, Daisy estava sozinha na sala, esperando os meninos acordarem, ouvindo os sons dos pássaros no jardim. Viu velhos álbuns de fotos, divertindo-se em descobrir os garotos quando eram pequenos. Virou as páginas e os acompanhou crescer. Tentou fingir que não ia sentir muitas saudades deles. Mas o que tinha dito a Richard era verdade: ela não conseguira encontrar a pessoa que fora procurar lá, mas havia encontrado muito mais.

De volta à sua mesa de trabalho, Elisabeth precisou lidar com as preocupações a respeito da sua saúde, com as perguntas, com as expressões de solidariedade. Uma gripe de verão? Não existia nada pior. E como ela estava se sentindo agora? Melhor? Que bom.

Elisabeth contemplou sua sala. Seus olhos passearam pelas paredes de um azul pálido e sem graça, pelas estantes de livros, pelas fotos e pelos objetos que estavam lá havia tantos anos. Estava tudo igual, tristemente igual — exceto as pilhas de declarações de imposto de renda, a lista de coisas a fazer e a caixa de entrada do e-mail. Isso estava acumulado e maior.

Olhou para a declaração de imposto de renda na tela do seu computador com todas aquelas linhas em branco, Formulário 6258. Uma pasta aberta cheia de planilhas sobre sua mesa. Resistiu ao impulso de sair da página da declaração e entrar no site de cachorros só por um minuto, para dar apenas uma olhada nos filhotes de são-bernardo ou de mastins ingleses ou de schnauzers. Qualquer raça serviria. Qualquer coisa seria melhor que o Formulário 6258 com todas aquelas linhas em branco esperando com teimosia para serem preenchidas.

Seus pensamentos estavam a seis horas de distância — nas montanhas e em Hulda, que permanecia lá. Ela havia falado com o capitão Miller pouco tempo atrás. A busca continuava, com uma unidade menor. Os voluntários agora se resumiam a um punhado de almas caridosas. Ele estava surpreso por Hulda ainda não ter sido encontrada. Suspeitava de que ela devia ter entrado bastante na mata. Prometeu a Elisabeth que não parariam enquanto não a encontrassem.

Elisabeth desejou estar de volta ao ar puro da montanha — tão puro que brilhava sob a luz do sol — e nos lagos cristalinos e nos rios que corriam velozes e caíam em cascatas sobre enormes rochas brancas. Na natureza bela e saudável.

Sentiu-se triste com a partida de Daisy. Elisabeth suspirou, descansando o queixo na mão e o cotovelo na mesa. Desejou estar de volta a New Hampshire. Desejou estar em casa. Desejou que Daisy ficasse mais tempo. Desejou que todos pudessem voltar para

Liverpool com ela. Desejou estar em qualquer outro lugar menos ali. Resistiu ao impulso e não entrou no site de filhotinhos.

Em vez disso entrou no eBay.

Colocou à venda a mobília da sua sala.

Ann estava a caminho da casa de Elisabeth para pegar a prima e levá-la ao aeroporto. Daisy estava à mesa com Pete, Michael, Josh, David e Steve, que tinha vindo da universidade, todos eles tomando café. Daisy disse que, se pudesse, gostaria de voltar no próximo verão para vê-los, mas os meninos argumentaram que um ano era muito tempo.

Steve fez perguntas sobre Liverpool. A pedidos, Daisy repetiu algumas histórias para ele.

Ann chegou, trazendo os netos pequenos com ela. Eles correram para dentro da cozinha, eletrizando a casa.

Daisy e os meninos tiraram a mesa, colocando os pratos no lava-louça. Barulho de pratos batendo uns nos outros.

Daisy fez um último pedido antes de sair.

— Michael, você faria uma coisa por mim?

Surpreso, o rosto de Michael assumiu um ar de curiosidade. Ficou feliz por ter sido escolhido no meio de todos os irmãos e respondeu que sim.

— Já faz muito tempo que não ouço um Michael tocando piano.

Michael entendeu o que Daisy pedia. Fez que não com a cabeça, dizendo:

— Desculpe, Daisy. Tudo menos isso.

Profundamente desapontada, ela deixou transparecer isso a ele com uma expressão no rosto.

Josh e David correram até o piano, disputando para ver quem chegava primeiro. Josh venceu e se sentou no banquinho do instrumento. Encheu a sala de Chopin. David, zangado, cruzou os braços e se atirou no sofá.

Daisy perguntou a Ann se dispunham de tempo para ouvir uma última peça tocada por cada um. Ann respondeu que sim. Sentada numa poltrona larga, Daisy garantiu a eles que estava gravando na mente aquela performance para que pudesse revê-la quando chegasse a Liverpool.

O telefone tocou e David correu para atender. Trouxe o aparelho para Daisy, dizendo que um homem queria falar com ela.

Daisy supôs que fosse o capitão Miller.

— Alô? — Com um ar espantado ao ouvir. — O quê? — Arregalou os olhos de surpresa. Ouviu mais um pouco. Todos na sala olhavam para ela. — É mesmo? Tudo bem. Espere um instante.

Afastou o telefone do rosto, olhando para todos.

— Meu filho Dennis acabou de desembarcar em Nova York.

46

Dennis estava sentado num assento azul de uma sala de espera do aeroporto. Com um ar cansado, abatido. Aliviado ao ver Daisy. Antes de tudo, disse para a mãe:

— Que bom que você não vendeu sua casa.

Apresentações. Dennis agradeceu a Ann muitas vezes, dizendo que esperava não ter atrapalhado os planos dela.

Passaram pelo Belt Parkway na volta para casa. Lento, mas contínuo. Ann ligou para Elisabeth.

A filha estava à mesa no trabalho. Arrastou-se pelas declarações de imposto de renda. Três linhas preenchidas do Formulário 6258. Ao telefone, Ann contava a ela que Daisy tinha cancelado o voo, explicando o motivo.

Elisabeth ouviu as notícias. Desligou. Sentiu-se deixada de fora, pensando sobre o que havia acabado de saber: Daisy ia ficar mais tempo, e Dennis estava lá, um primo, outro hóspede.

Ela tentava se concentrar no trabalho para poder sair num horário razoável. Queria estar lá quando o primo Dennis chegasse à casa dela.

No banco de trás da van de Ann, Dennis contou o que tinha acontecido. As revelações sobre Amanda chocaram Daisy e a prima. Elas menearam as cabeças. Dennis disse que realmente só estava precisando de alguns dias para se recuperar, que voltaria para casa com Daisy. Tornou a agradecer a Ann. Seu celular tocou. Achou que fosse Amanda.

Não era.

Era Lenny. Perguntando ao irmão se sabia o que estava acontecendo com a mãe deles, quando ela voltaria para casa. Ele e Sarah estavam ficando realmente ansiosos. Não queriam esperar muito.

Dennis sorriu e perguntou ao irmão:

— Você quer notícias da mamãe? Por que não fala com ela? Ela está sentada aqui do meu lado. — Entregou o telefone a Daisy.

Lenny ficou pasmo. Dennis estava em Nova York com a mãe deles! E não disse nada a ele! Chamou Dennis de fingido. Disse que ligaria depois. Desligou.

Dennis riu, adorando a implicância do irmão.

Lenny voltou a ligar. Daisy atendeu o celular de Dennis. Lenny falou alto, perguntando se ele, Sarah e as crianças podiam ir também. Disse que Sarah adoraria se casar em Nova York, que estava totalmente encantada com a ideia. Explicou que pegariam o primeiro voo no dia seguinte se não houvesse problema.

Daisy perguntou a Ann.

Ann respondeu que quanto mais gente melhor. Havia muito espaço na casa dela.

Isso foi a gota d'água para Elisabeth.

Lenny, Sarah e as filhas de Sarah. Um casamento a ser planejado. Providências a serem tomadas. Tudo nos próximos dias.

A gota d'água.

Elisabeth desligou o telefone. Fechou o Formulário 6258 com apenas quatro linhas preenchidas. Fechou a janela com os filhotes de schnauzer, fechou a janela com os filhotes de mastim, fechou a janela com os filhotes de são-bernardo, fechou a janela com os filhotes de goldendoodle.

Desligou o computador à uma e meia da tarde.

Pegou a bolsa, caminhou até a porta e apagou a luz.

Sua secretária perguntou a que horas deveria esperá-la de volta.

— Não me espere — respondeu, saindo do escritório.

47

Tudo planejado. Haveria um casamento. Naquele mesmo fim de semana. No dia seguinte. Seria uma cerimônia de oito minutos na prefeitura, seguida de uma festa na casa de Richard e Elisabeth.

Onde a umidade alta arruinaria as batatinhas. O calor murcharia os legumes frescos. A limonada estaria aguada porque o gelo derreteria muito depressa. Os penteados se desmanchariam. Os ternos seriam substituídos por roupas de banho. Picolés seriam a atração principal.

Enquanto os maridos tomavam conta das crianças, Elisabeth e as irmãs estariam ocupadas na cozinha tirando o papel-alumínio das comidas encomendadas. Sairiam com elas pelas portas de vidro e as arrumariam sobre as toalhas brancas de papel.

Sarah, a feliz noiva, estaria de olho nas filhas, encorajando-as a conversar, a parar de se esconder atrás dos cabelos, a dar um mergulho na piscina, a se divertir.

Dennis contaria a Lenny, o feliz norvo, tudo sobre Amanda.

Elisabeth atiraria as duas bombas no colo de Richard: seu emprego e a mobília da sala de estar. Ambos agora faziam parte do passado.

Ann estaria determinada a recuperar o tempo perdido, sem perder Daisy de vista.

Eles todos teriam notícias de Hulda através de dois convidados inesperados. Saberiam que Hulda tinha sido encontrada a quilômetros de distância de alguma trilha, deitada na base de um enorme pinheiro, com um sorriso nos lábios.

Daisy, Elisabeth e Michael ficariam felizes com a notícia. E Dennis, estupefato com a possibilidade de alguém novo em sua vida. Um dos dois convidados inesperados. Uma pianista de 50 anos chamada Catherine, formada na Juilliard. Que diria a ele que quase fora a Liverpool uma vez para visitar o Museu dos Beatles durante uma temporada em Londres, mas que, quando viu como era cara a passagem de trem, cancelou a viagem, incapaz de justificar um gasto tão inútil.

Dennis, ao ouvir isso, sentiria uma pancada na cabeça. Piscaria os olhos rapidamente, pensando que com certeza devia haver duas espécies muito diferentes de mulheres. Ele gostaria muito de conhecer melhor essa representante bonita e solteira da segunda espécie. Daria um jeito de voltar a vê-la.

E Daisy saberia, se é que já não sabia, que a frieza e a maldade da mãe não tinham limites. Ainda assim, no calendário de sua vida, Daisy marcaria um dia com um círculo — dois círculos.

48

Um pai e uma filha a caminho de Long Island. O percurso de New Hampshire até lá foi longo, com muito trânsito. Constantes paradas em banheiros tornaram a viagem ainda mais longa, aumentando o tempo dedicado às conversas. Uma revelação sem precedentes de informações estarrecedoras.

Uma janela para o passado. Finalmente, segredos guardados por muito tempo foram revelados aos poucos. O pai contou a verdade para a filha adulta, descrevendo fatos que ocorreram antes do nascimento dela. Ocultos a vida inteira. Até aquele dia. Sua boca se mexia. As palavras saíam. Ele podia ouvi-las, mas tinha a sensação de que estava relatando eventos ocorridos na vida de outra pessoa, não na dele. Segredos guardados há tanto tempo que haviam perdido o significado.

O pai contou a ela sobre o terrível acidente. Um incêndio num restaurante que mudou tudo — um nome, um projeto. Mais que uma vida.

Revelou-lhe ainda outro segredo: assim como ela, ele também havia tocado piano.

Enquanto ouvia com atenção, o rosto da filha foi ficando tenso sobre o volante. Ouviu que não fora apenas a mão esquerda dele que tinha sido esmagada no incêndio do restaurante, mas também seus sonhos. O pai havia sido uma criança prodígio. Vencera inúmeros concursos, recebera prêmios importantes, e um presente — um relógio com uma dedicatória gravada de Arthur Rubinstein.

Catherine descobriu que, desde que ele era muito pequeno, sua vida tinha sido traçada, sem questionamentos, porque era um prodígio. Rodas sobre trilhos. Girando resolutamente para a frente.

Mas então vieram as interrupções: a guerra, o Exército, os anos longe de casa.

Incluindo pontos altos: Inglaterra. Amigos de farda. Um piano de cauda onde ele menos esperava, e a jovem a quem o piano pertencia.

O melhor de tudo: a jovem a quem o piano pertencia. Um amor profundo onde ele menos esperava. Depois a notícia de que ele voltaria para casa. A alegria sem igual quando ela disse sim.

E então o desastre: o incêndio no restaurante. A perda dos pais. A perda da precisão musical em sua mão. O fim dos planos. O fim de certezas tão arraigadas. A imensa tristeza. A ruptura. O silêncio desesperador. E a perda do seu amor.

O futuro teve que ser revisto. Não incluiu mais o Carnegie Hall, o Lincoln Center, salas de concerto por todo o mundo, fama e fortuna, e sua amada alma gêmea. No futuro revisto, um novo nome — Higgins —, a equipe da Floresta Nacional das Montanhas Brancas, e, depois de mais velho, condutor do trenzinho do monte Washington.

Contou a Catherine sobre a decisão inabalável de passar o bastão para ela, sua única filha, apesar da oposição da esposa, já falecida. Essa determinação havia prejudicado o casamento, provocando uma ruptura insuperável. Sua esposa reclamava constantemente por ele investir todo o dinheiro nisso. Não aceitava a determinação dele de oferecer à filha a oportunidade de ter a vida que poderia ter tido.

E, agora, nesse momento por fim falavam sobre isso. Contou tudo a Catherine.

Catherine ouvia, impressionada. Lábios e mãos trêmulos suando sobre as ranhuras do volante. Lançou breves olhares para o pai, enquanto se obrigava a manter a visão na estrada. Perguntou a ele onde estava o relógio e por que ela nunca o tinha visto. Admitindo que adoraria vê-lo, sem saber que o veria naquela mesma tarde.

Questionou por que ele nunca contara a ela que havia tocado piano, que era um prodígio. Como tinha conseguido manter isso em segredo enquanto assistia às aulas da filha durante a infância e a adolescência, com a determinação inabalável de fazê-la entrar na Juilliard? Como era possível que ele nunca tivesse dito uma palavra?

O rosto do pai ficou tenso. Sua voz se tornou defensiva. Explicou que ele não queria a piedade de ninguém, que aquele livro estava fechado para nunca mais ser aberto. Tudo havia sido tirado dele. Ele jamais voltaria a tocar piano. Essa era a dura realidade. Jamais aceitaria piedade. Havia mudado de nome, adotado o nome de solteira da mãe, Higgins. E se mudara para as florestas distantes de New Hampshire, para a pequena cabana onde vivia até hoje.

Catherine perguntou de novo sobre o relógio. Ouviu que ele o tinha deixado na Inglaterra, e havia ficado contente por fazer isso. Nunca se arrependera dessa decisão, de deixá-lo com a mulher que amara mais que tudo. O nome dela era Daisy.

Catherine perguntou por que Daisy nunca tinha aparecido.

O pai balançou a cabeça. Contou que ela nunca respondeu aos telegramas urgentes que ele tinha enviado, seis ao todo. Nunca mais soube dela. Aquele silêncio longo e penoso ainda visível em seu rosto. O silêncio de Daisy era tão atípico que ele acabou supondo que, devido ao acidente, ela pensava que ele não tinha mais nada a oferecer. Daisy deve ter tido medo de abrir mão da casa, da família e do país por uma situação tão incerta. Ele ainda a estava defendendo, dizendo que era compreensível.

Ainda não sabia, embora fosse descobrir mais tarde naquele dia, que, embora Daisy vigiasse a entrega da correspondência como um gavião, sua mãe tinha interceptado — e provavelmente destruído — os telegramas.

A revelação finalmente viria à tona: a melhor amiga da mãe de Daisy trabalhava no correio.

A cabeça de Catherine buzinava, perguntando por que ele estava contando tudo isso a ela agora. Isso tinha alguma coisa a ver com a viagem, com essa viagem de carro que ele pedira a ela para fazer? Era por isso que ele insistira em fornecer pessoalmente a informação sobre a senhora na montanha? E era por isso que ele dissera ao capitão Miller que se encarregaria disso?

O pai assentiu.

— Você se lembra do menino? Do que perguntou sobre Michael Baker? — Na hora, aquilo fora um susto tão grande que ele ficara sem fala. Uma pergunta surgida do nada, totalmente inesperada. Um nome que ele não ouvia havia quase sessenta anos.

Catherine confirmou que sim.

Com a voz trêmula, o pai disse que era possível que o menino estivesse com uma pessoa que achou que jamais tornaria a ver. Era possível que ele tivesse visto Daisy ali na base da montanha. Era possível que ela estivesse nos Estados Unidos, em Nova York.

Catherine estava em silêncio agora. Pensou sobre tudo aquilo. Tantas informações novas. Seguiu pela estrada de Connecticut enquanto, dentro do carro, dentro de sua cabeça, pensava no amor — coisa que vinha fazendo cada vez mais ultimamente. Uma sensibilidade maior para isso. Até então, sua carreira tinha ocupado sua vida de tal forma que não havia espaço para mais nada, mas agora algo estava se abrindo para outra coisa além da música. Aos 50 anos, Catherine, que era uma concertista conhecida no mundo inteiro, apenas recentemente começou a imaginar se algum dia encontraria um amor capaz de adentrar aquele pequeno espaço que estava se abrindo.

Ainda não sabia que, antes de o dia terminar, ela se veria diante dessa possibilidade. No pátio da casa para onde estavam indo. Lá, no fim da tarde, ela encontraria o que poderia ser um começo. Na forma de um inglês que estava saindo de um casamento infeliz.

Um especialista em arte e em artefatos do século XVII, que tinha escrito um best-seller no passado. E, possivelmente, por causa dela, escreveria outro no futuro.

Os últimos dez minutos de viagem. Sem saber direito o caminho. O pai lia em voz alta itinerário no papel. A filha errava várias vezes a entrada. A tensão aumentava dentro do carro.

O pai imaginou se seria mesmo possível que fosse Daisy a pessoa que ele tinha visto. Teria sido mesmo ela? Ou tudo não passava de um sonho, de uma fantasia de um velho? Sua cabeça lhe pregou uma peça? Algo vindo da tendência cada vez maior que ele tinha ultimamente de olhar para o passado?

Encontrou o endereço. Entrou no portão. Abriu as portas do carro. O homem idoso engoliu em seco.

Pernas duras o levaram até a porta da frente. Sons de uma festa nos fundos chegavam até eles. Pai e filha estavam aliviados porque isso queria dizer que havia alguém em casa. Ambos conscientes da tolice de fazer a viagem sem ligar antes, comprometendo as chances de serem bem-sucedidos.

Um dedo velho apertou a campainha. Havia anos que os nervos dele não chegavam naquela tensão. Sentiu-se como um adolescente inseguro. Os joelhos tremendo.

Catherine viu a cor do rosto do pai e lhe deu o braço. Observou como era estranho vê-lo assim. Ele sempre tinha controlado muito bem as emoções. Catherine pensou sobre essa mulher, essa Daisy, e o que ela devia ter significado para ele. Torceu para que aquela viagem não fosse um erro, para que ele não ficasse arrasado de novo. Afinal, essa Daisy o havia largado uma vez. Ficou preocupada com o risco de isso acontecer, apesar da insistência dele em vir. Nada o teria impedido de embarcar na viagem. Catherine pensou no amor enquanto olhava para o pai, nos longos segundos que se passaram entre o som da campainha e o som de passos se aproximando.

Enquanto o pai ajeitava o cabelo.

A porta se abriu. Um rapaz cabeludo de 19 anos olhou para eles com curiosidade. Perguntou se podia ajudá-los. O senhor assentiu. Disse que estava ali para falar com Daisy. Ela estava? Ele tinha notícias de Hulda Kheist.

O rapaz cabeludo de 19 anos os convidou a entrar, avisando que chamaria Daisy, que voltaria logo.

O senhor ficou uma pilha de nervos.

Steve se dirigiu para onde Daisy estava sentada, ao lado de Ann. Nas cadeiras ao lado da piscina. Avisou a ela que havia uma pessoa à porta, querendo falar com ela, uma pessoa com notícias de Hulda. Que a pessoa havia perguntado somente por ela.

Daisy se levantou com dificuldade da espreguiçadeira. Steve a ajudou. Ela atravessou apressadamente o gramado, sem querer atrapalhar a festa. Sem dizer nada a ninguém. Subiu os degraus da varanda, passando pelas portas de vidro, entrando na casa e atravessando a sala de estar.

Foi até onde duas pessoas esperavam em pé, nervosamente.

Os olhos de Daisy foram direto para Michael. Vendo que ele também estava olhando para ela. Um observando o outro através do espaço de décadas. Ambos usando um momento, uma pausa, para se acalmar. Para registrar as circunstâncias. Para entender.

Então, Daisy se aproximou lentamente e Michael foi ao encontro dela, até que os dois ficaram frente a frente. Um silêncio nervoso.

Michael quebrou o silêncio, com a voz rouca:

— Daisy?

Ela fez que sim com a cabeça. Sem respirar. Sem conseguir falar. Abriu a boca, mas não conseguiu emitir nenhum som.

— Eu sou Michael Baker.

A cabeça de Catherine Higgins girou. A primeira vez que ela o ouvia dizer isso. Observou o pai. Digeriu o nome. Reconfigurando o homem.

Daisy olhou para ele olhando para ela. Ambos se examinando com os olhos. Absorvendo o presente. Comparando-o com o passado. Lendo as emoções externas, buscando as emoções internas.

Ambos acharam no outro o que tinham guardado dentro de si. Ambos pensaram que o outro ainda era muito belo, que quase não tinha mudado.

Ele ainda é um homem tão bonito, pensou Daisy.

Michael, encantado por ela estar do jeito que ele se lembrava. Ainda uma pequena pepita.

Ambos olharam, pesquisaram, resgataram. E ambos sentiram que, embora tivessem passado uma vida separados por um oceano, em mundos diferentes, de algum modo, o tempo todo, eles estavam sendo guardiões do tempo.

Segundos se passaram, nenhum dos dois se mexia. Presos numa bolha.

Catherine observava em silêncio, admirada. Sons de uma festa de casamento chegavam até eles — mergulhos, risos, gritos infantis.

Trêmula de emoção, Daisy finalmente tentou manter a voz firme, perguntando:

— Posso lhes oferecer alguma coisa depois dessa longa viagem? Que tal uma boa xícara de chá quente? — Esperando mais um “não” em sua longa série de recusas.

Foi surpreendida. E ficou arrepiada. Porque lá estava Michael, sorrindo de volta para ela, dizendo:

— Um chá tipicamente inglês? Meu Deus, isso seria maravilhoso. — Com lágrimas nos olhos.

Lágrimas surgiram também nos olhos de Daisy. Ela levou a mão à boca, as pontas dos dedos tocaram os lábios, o coração bateu irregularmente. Agradeceu em silêncio a Hulda, que não sabia o que tinha feito. Pois, se ela não tivesse sugerido uma excursão ao monte Washington, se ela não tivesse feito todos eles irem até o topo da montanha, e se não tivesse ficado para trás para fazer o que havia feito, não teria havido equipe de busca. E, se não tivesse havido uma equipe de busca, não haveria o agora. Esse momento incrível. Esse acontecimento inesperado. Essa cristalização do tempo.

E Daisy não estaria convidando gentilmente Michael e Catherine para irem com ela até a cozinha. Michael e Catherine não estariam agradecendo a ela. E não estariam saindo do hall e entrando na sala de estar com ela.

Passando por Yodeli, empoleirado na janela.

E por Michael, com o calção de banho encharcado.

Tocando piano.

DAISY PHILLIPS

&

MICHAEL LEONARD BAKER

solicitam a honra de sua presença

em seu casamento.

Dezesseis de julho de dois mil e seis

Às duas horas da tarde.

Port Washington, Long Island,

Nova York

AGRADECIMENTOS

Palavras não podem expressar minha profunda gratidão ao meu maravilhoso agente, Adam Chromy, por sua orientação segura, por sua fé inabalável e seu entusiasmo por este livro. Agradeço ainda a Jamie Brenner, também do Artists and Artisans, por ter contribuído com seu vasto conhecimento literário e compreensão de histórias.

Gostaria de agradecer a Dot Nicholson, minha prima, sua visita durante o verão de 2007. Este livro não teria sido escrito sem aquela visita. Sem esperar nada de especial, nós nos vimos diante de uma joia. Foi a coragem dela em vir sozinha para Nova York, em ficar com uma família de estrangeiros, que me inspirou a criar a personagem de Daisy.

Também quero agradecer aos meus primeiros leitores, Leonard Baker, Carol Spier, Adele Spier e Ellen Reiter. Agradeço de coração à minha mãe, Glad McGlynn, e à minha irmã, Cate McGlynn, suas diversas leituras entusiasmadas e o apoio inabalável. Também agradeço à minha sogra, Marylin Toomey, e ao meu irmão, John McGlynn, seu incentivo.

Obrigada a J. P. Shields por seu conhecimento a respeito de encanamentos e catástrofes em porões, e a Henry Jaglom, por ter me dito há tantos anos: "Você é uma escritora. Apenas não se deu conta disso ainda."

Meus sinceros agradecimentos a Shaye Areheart, minha revisora e editora — primeiro por ter dado uma chance a este livro, depois por ter me obrigado a terminá-lo. E agradeço também a Christine Kopprasch e a todo o pessoal da Random House, que me dedicaram seu tempo e seu entusiasmo: Kira Walton, Anna

Mintz, Katie Hickey, Annsley Rosner, Patricia Shaw e a todos que me ajudaram mas que não tive a oportunidade de agradecer pessoalmente.

E, é claro, gostaria de agradecer àqueles cujo apoio diário, incentivo e compreensão tornaram isto possível — meu maravilhoso marido, Rob Toomey, e nossos três filhos fantásticos, Jamie, John e Owen Toomey. Obrigada a vocês — meus rapazes — por guardar o tempo comigo.

Este livro foi composto com a tipologia
Sabon, em corpo 11,5/16, impresso em
papel off-white pelo Sistema Cameron da
Divisão Gráfica da Distribuidora Record.